작가 소개

배예람

앤솔러지 『대스타』에 「스타 이즈 본」을 수록하며 작품 활동을 시작했다. 소설 『사단법인 한국괴물관리협회』, 『살인을 시작하겠습니다』, 『좀비즈 어웨이』, 에세이 『소름이 돋는다』 등을 펴냈다. 느슨하더라도 포기하지 않고 이야기를 쓰는 삶을 목표로 한다.

끔찍하고 잔인한 상황 속에서 인간의 보편적인 감정을 깊이 파고드는 이야기를 좋아한다. 무섭고, 기괴하고, 피가 쏟아지고 내장이 너덜거리는 와중에도 울컥 눈물이 차오르는 이야기. 그런 이야기를 쓰는 사람이 될 수 있기를 바라는 마음을 담아 「무악의 손님」을 썼다.

클레이븐

2019년에 '환상문학웹진 거울'의 독자 우수 단편으로 「마지막 러다이트」와 「컴플레인」이 뽑혀 필진이 되었다. 2021년 거울 총서 '거울아니었던들'에 「마지막 러다이트」와 「컴플레인」이 수록되었다. 후에 장편 소설 『FTL에 어서 오세요』를 출간하였다. 앤솔러지 『감정을 할인가에 판매합니다』에 참여하였고, 2023년 장편 소설 『록스타 로봇의 자살 분투기』를 출간하였다. 현재는 브릿G에서 중·단편을 발표하고 있다. 개인적으로는 SF적 상상력과 코미디 혹은 호러를 뒤섞는 것을 좋아한다. 그리고 괴상한 괴물들과 암담하고 기괴한 배경, 그 속에서 발버둥 치는 주인공의 모습을 담담한 어조로 그리는 것을 즐기는 편이다.

매드앤미러 05

당신의 잘린, 손

MAD AND MIRROR

당신의 잘린 손

배예람×클레이븐

TXTY

바다에서 거대한 손이 올라왔다.

INVITATION

목차

무악의 손님

배예람

0

2004년의 8월은 유난히도 하늘이 새파랬다. 구름 한 점 없이 깨끗한 하늘 아래로 뜨겁게 해가 들이치던 여름날, 나와 희수는 무악의 바닷가에 있었다. 많고 많은 동해의 피서지 중에서도 하필이면 무악에.

나는 열세 살, 희수는 여덟 살이었다. 우리는 철이 없었지만 동시에 생각지도 못한 어느 순간에 조숙하게 구는 걸 좋아했다. 횟집에 부모님을 버려두고 단둘이 해변을 걸었던 것도 그 때문이었다. 우리는 비린내가 폴폴 풍기는 회와 매운탕으로 늦은 점심을 먹던 와중에 무료함을 참지 못하고 뛰어나갔고 그러면서도 부모님을 걱정시키지 않겠답시고 손을 꼭 붙들고 걸었다. 그날 우리는 유독 사이가 좋은 자매였다.

희수의 부드러운 손가락이 내 손을 꽉 채우던 감각을 여전히 기억한다. 또래보다 키도 몸집도 작았으나 손만은 특이할 정도로 컸던 희수. 희수는 내가 온전한 나로 존재하는 순간마저도 사랑해 주는, 아이답지 않은 독특한 취향을 가지고 있었다. 거무죽죽한 얼굴에 심술궂기만 해서 가장 인기가 없는 캐릭터의 인형을 사 달라고 사흘 밤낮을 졸랐던 아이. 그 인형을 머리맡에 두고 매일 밤마다 혼신의 힘을 다해 사랑해 주었던 아이. 그래서 희수는 친절한 엄마와 상냥한 아빠 대신 괴팍한 나를 제일 좋아했다.

"야, 너무 멀리 가지 마!"

오후 3시가 조금 안 된 시간, 나는 희수의 커다란 손을 놓아주며 사납게 소리쳤다. 희수는 고개를 끄덕이고 무리에서 홀로 떨어진 갈매기를 향해 살금살금 다가갔다. 저 외로운 갈매기의 친구가 되어야겠다고 지독하게 고집을 부린 뒤였다. 유독 무섭게 생겨서 무리에 끼지 못하는 게 분명하다며 왕따 갈매기에 대해 제멋대로 판단을 내린 희수였다. 희수가 고집을 부리면 나는 당해 낼 재간이 없었다.

무악의 해변은 잔잔하고 평화로웠다. 쏟아지는 여름의 햇살 아래에서 수면은 유리 조각을 잔뜩 뿌려 놓은 것처럼 반짝거렸다. 신기하게도 바람 한 점 불지 않아 머리카락이 얼굴에 달라붙는 일도 없었다. 모래 위를 걷거나 헤엄을 치던 사람들은 이상할 정도로 고요한 바다에 감탄했다. 무악은 주민이 많지 않은 조용한 마을이었으나, 소란스럽지 않은 피서지를 찾는 관광객으로 해변만큼은 꽤 북적거리는 편이었다.

  "희령아!"

  횟집에 남아 있던 엄마가 나를 불렀다. 뒤로 돌자 엄마가 손을 흔들며 카메라를 꺼내 들었다. 갈매기들을 향해 돌진하는 희수와 멀뚱히 서 있는 나를 굳이 사진으로 남기고 싶은 모양이었다. 나는 엄마를 향해 어색하게 손을 마주 흔들어 주었다. 연신 카메라 셔터를 누르던 엄마는 우리를 찍기에 거리가 너무 멀다는 걸 뒤늦게 깨달았는지, 카메라를 다시 테이블 위에 내려놓았다. 그리고 갑자기 비명을 질렀다. 내 포즈가 비명이 절로 나올 정도로 끔찍했나? 어리둥절해진 나는 엄마의 시선을 따라 몸을 돌렸다. 저 멀리, 끝이 어딘지 가늠할 수 없는 수평선을 향해.

  바다 위에 거대한 무언가가 있었다. 태어나서 처음 보는 광경이었다. 바닥처럼 깔린 푸른 해변 위에 세워진, 바닥과 비슷한 색의 장벽.

  해변에 있던 사람들이 연달아 비명을 질렀다. 엄마의 것과 비슷한 괴성이었다. 장벽이 무서운 속도로 가까워지자 사람들은 서로의 손을 붙들고 달리기 시작했다. 재빠르게 날아가는 갈매기 사이를 헤치며 나는 희수를 찾았다. 희수는 사람들의 비명에 겁을 먹은 탓인지 이미 홀

쩍대는 중이었는데, 눈물을 닦아 줄 여유 같은 건 없었다. 나는 왼손으로 희수의 오른손을 꼭 붙잡았다.

나와 희수는 육지 쪽으로 달렸다. 해변 근처의 식당을 가득 채우고 있던 사람들이 썰물처럼 건물을 빠져나갔다. 엄마 아빠는 보이지 않았다. 정신없이 달릴수록 발이 모래 속으로 깊게 빠졌다. 샌들 한쪽이 모래 속에 파묻혀 사라졌지만 우리는 여전히 달려야 했고, 희수는 점점 뒤처졌다.

마침내 모래사장을 벗어나 단단한 도로 위로 발을 내디딘 순간, 차가운 해일이 희수와 나를 덮쳤다.

뿌연 시야로 겨우 사방을 살폈을 때 우리는 해일 속이었다. 커다랗고 무거운 무언가가 우리를 붙들어 주고 있었다. 땅속 깊이 단단히 뿌리 내린 그것이 무엇이었더라? 거대한 전봇대? 건물 사이에 끼어 버린 거대한 간판? 그 무엇이라도 상관없었다. 나는 다행히 해일에도 꿈쩍하지 않는 그것에 몸을 맡겼고 나의 손을 꼭 붙잡은 희수도 마찬가지였다.

물에 젖어 흐릿한 시야 너머로 일그러진 희수의 얼굴이 보였다. 자매가 맞냐는 질문을 종종 들을 정도로 닮지 않은 동생이었지만 고통을 견디는 얼굴만큼은 쌍둥이처럼 비슷했다. 희수의 커다란 오른손이 나의 조그마한 왼손 안에서 점점 미끄러졌다.

차갑게 질린 얼굴로 희수가 나를 향해 무어라고 소리

쳤다. 날 왜 이렇게 멀리 보냈냐는 원망이었을지 엄마 아빠는 어디에 있냐는 물음이었을지 그것도 아니면 단순히 무서워 죽겠다는 외침이었을지, 이제는 알 수 없다. 그 외침에 대답한답시고 입안을 파고드는 물을 꿀꺽꿀꺽 삼키면서도 소리쳤던 것 같다. 절대 놓지 말라고. 부질없는 당부였다. 밀려드는 해일에 먼저 손을 놓쳐 버린 건 우습게도 나였다.

희수가 울부짖었지만 그것도 아주 잠깐이었다. 비명은 빠르게 멀어졌고 세찬 물소리 외에 아무것도 들리지 않게 되었다. 비명에 맞추어 무섭게 뛰던 심장이 곧 잠잠해졌다. 먹먹해진 귀로 흘러 들어오는 물소리는 꼭 자장가 같았다. 나는 자장가에 몸을 맡긴 채 눈을 감았고 잠에 빠지듯 기절했다.

해일이 마침내 가라앉고 건물의 잔해와 구정물로 더러워진 육지. 바다에는 해일이 벌어졌을 때와 비슷한 진동이 찾아왔다. 해일에 달아났다가 제자리로 돌아온 갈매기들을 두려움에 떨게 하고, 수많은 물고기를 떼로 죽게 만든 정체불명의 진동. 진동이 끝난 뒤, 수면 위로 손이 하나 솟아올랐다. 그날의 해일은 손의 강림을 알리는 무시무시한 경고였다.

그날, 무악의 해변을 찾아온 해일로 수백 명의 사상자가 발생했다. 몇 초도 되지 않는 짧은 순간이 사람들의 생사를 갈라놓았다. 엄마 아빠는 함께 식당에 있었던 손님들에 의해 강제로 끌려 나가 고지대로 대피했다. 부모님을 비롯해 육지에서 대피한 사람들 대부분이 살아남았지만 해변에 있었던 사람들은 나를 제외한 거의 모두가 죽었다. 그 난장판에서 내가 살아남은 건 정말 기적 같은 일이었다. 그리고 희수. 희수는 당연히 죽었다. 내가 희수의 손을 놓쳐 버렸으니까.

나는 미움 받는 걸 두려워하지 않는 아이였다. 짜증이 나면 소리를 지르고 손바닥에 쥔 것들을 갈기갈기 찢는 일도 마다하지 않았다. 친구들이 두려움과 경멸을 담아 날 노려보는 걸 즐겼다. 어린아이 특유의 뻔뻔한 악의로 무장한 채 자신만만했다. 내가 아무리 뾰족하게 굴어도 희수는 나를 사랑해 주었으니까. 희수는 세상에서 나를 제일 사랑한다고 했으니까. 그거면 되었던 때였으니까.

희수는 나와 정반대였다. 그 아이는 천성이 부드럽고 모질지 못해 여덟 살 주제에 남을 배려할 줄 알았다. 너무 소심하고 우유부단했지만 누군가에게 상처를 입히는 유의 위인은 절대로 되지 못했기에, 부모님의 걱정거리였던 동시에 걱정거리가 아니기도 했다. 못나고 심술궂은 것들을 유독 사랑했던 취향은 희수의 본성에서 비롯된 것일지도 모른다. 사랑받지 못하는 것들을 가엾게 여기는 마음으로부터.

나를 가엾게 여겼기에 나를 사랑하는 일에 힘을 쏟았던 희수. 시한폭탄 같은 나를 유일하게 잠재울 수 있었던

희수. 나의 작은 손바닥 위에 자신의 커다란 손을 올려놓
는 걸 좋아했던 희수. 우리는 그날 하필 무악의 해변에 있
었고, 희수는 떠났다.

  희수가 죽은 건 내가 희수의 손을 놓쳤기 때문이다. 장
례식이 끝난 후에도 나는 희수의 그림자 속에 오래 머물
렀다. 희수의 손을 놓은 죄로, 나는 그렇게 희수가 되었다.

1

희령은 익숙한 통증에 잠에서 깨어났다.

침실 안이 온통 푸른 빛에 잠식되어 버린 새벽이었다. 하얀 침대 위로 푸른 빛이 쏟아져 내리며 손발을 파랗게 물들이자, 꼭 어항 속에 잠긴 물고기가 된 것 같았다. 열린 커튼 사이로 스며들어 오는 새벽 앞에서 희령은 차마 커튼을 칠 생각조차 하지 못하고 무력해졌다. 무력함 다음으로 찾아오는 건 언제나 체념이었다.

옆자리의 석후가 잠꼬대를 중얼거려 희령은 몸을 돌렸다. 팔을 크게 벌리고 곯아떨어진 그의 곁에 스마트폰이 놓여 있었다. 동영상을 보다가 잠든 모양인지, 스마트폰에서는 누군가가 연설하는 음성이 흘러나왔다. 여러분. 여러분은 이제 알지요. 희령은 다음 문장이 이어지기 전

에 석후의 스마트폰을 음 소거로 바꾼 뒤, 협탁 위에 있던
자신의 스마트폰을 두드려 시간을 확인했다. 새벽 다섯
시였다.

희령과 석후는 두 사람이 눕기에 너무 넓지도 좁지도
않은 침대에서 잠을 잤다. 석후는 희령을 품에 꼭 안은 채
잠을 청하는 것을 좋아했으나, 매일 아침 침대 모서리에
걸쳐 있는 희령을 발견할 때마다 머쓱하게 웃었다. 석후
는 자신처럼 잠꼬대나 움직임이 심한 사람과 잠자리에
들기에는 희령이 너무 예민하다며 미안해했다. 그는 신
혼집에 침대를 두 개 배치하는 방안을 제시했고 가끔은
희령이 혼자 살아야 할 운명이라며 비난인지 원망인지
모를 말을 늘어놓았다. 어쨌거나 희령은 그 어떤 방안과
비난에도 대꾸하지 않았다. 그러기엔 희령은 너무 피곤
했고, 그건 오늘도 마찬가지였다.

희령은 작게 하품하며 기지개를 켰다. 뭉친 어깨를 주
무르자 그를 잠에서 깨운 통증이 슬며시 또 고개를 내밀
어, 푸른 반점이 새겨진 왼손을 허공에 치켜들고 주먹을
쥐었다 펴길 반복했다. 악몽 속에서 희령은 항상 희수의
손을 붙잡고 있었고, 희수의 손을 오래 붙잡고 있을수록
왼손은 더 심하게 저렸다.

희령은 왼쪽 손등 위의 푸른 반점을 무엇이라 불러야
할지 아직도 마음을 정하지 못했다. 표식이라 부르기엔
너무 거창했고 상처 혹은 흉터라고 부르기는 싫었다. 누

군가 희령의 왼손을 보고 몽고반점이 아직도 남아 있냐고 농담을 하면, 희령은 이렇게 대답했다. 갑자기 생긴 거예요. 왜 생겼는지는 모르겠어요. 농담을 농담으로 받아치지 못하는 대답이었으나 거짓말은 아니었다. 그날, 해일에 휩쓸렸던 희령이 무사히 구조된 순간부터 반점은 존재했다. 어른들은 희령이 해일 속에서 무언가에 부딪혀 멍이 든 것이라 추측했다. 곧 사라질 거야, 다 잊힐 거야. 병실 침대에 누워 있는 어린 희령을 간호하며 엄마가 그렇게 말했지만 반점은 여전히 여기 있었다. 조금도 옅어지지 않고 희령의 일부가 되어, 매 순간 희령과 모든 걸 함께했다.

석후가 조금 전보다 한층 더 우렁찬 기세로 잠꼬대를 뱉기 시작하자, 희령은 다시 잠드는 것을 포기하기로 마음먹었다. 스마트폰으로 가볍게 인터넷 서핑을 하다가 습관처럼 검색창을 켜고 검색어를 입력했다. 바다, 시체, 초등학생. 여러 단어를 적당히 조합해 검색하다 보면 시간이 금방 흘렀다. 잠들어 있던 시간은 고작 5시간 정도에 불과했지만 5시간이면 기적이 일어나기에 충분하다고 생각했다. 희령은 기적을 믿었다. 해일에 휩쓸려 사라진 시체가 20년 만에 발견되는 건 불가능한 일이라고, 발견되더라도 이미 형체를 구분할 수 없을 정도로 상해 버렸을 거라고 모두가 떠들어 댔지만 그래도 믿었다.

"깼어?"

　석후가 잠긴 목소리로 물었고 희령은 재빠르게 스마트폰 화면을 넘겼다. 바다 그리고 초등학생과 관련된 기사들 대신 원피스를 판매하는 상품 페이지가 등장했다. 스크롤을 대충 넘기고 있으니 석후가 팔을 뻗었다. 희령은 스마트폰을 협탁 위에 뒤집어 놓은 뒤 석후의 손을 마주 잡았다.

　"꿈꿨어?"

　아니, 간단하게 대답할 수 있는 물음에도 희령은 쉽게 입을 열지 않았다. 남들은 답답하다고 불평했지만 석후는 희령의 단점을 포용할 줄 아는 남자였다. 대답하지 않아도 대답을 들은 것처럼 행동하는 것. 희령이 석후와 한 침대를 쓰는 이유는 그 때문일지도 몰랐다.

　희령이 순순히 손을 맡기자 석후는 다시 눈을 감았다. 얼마 지나지 않아 익숙한 숨소리가 흘러나왔다. 석후를 따라 눈을 감아 보았지만 잠은 이미 한참 전에 달아나 버린 뒤였다. 석후의 숨소리가 깊어지자, 희령은 잡힌 손을 조심스레 빼냈다. 석후의 손가락 끝에 희령의 손바닥이 걸린 순간이었다.

　잠꼬대를 웅얼대던 석후가 갑자기 희령의 손을 강하게 움켜쥐었다. 혼비백산한 희령이 몸을 일으켜 뒤로 물러났다. 무언가 말하고 싶어 입을 벌렸는데 정확히 무슨 말을 해야 할지 알 수 없었다. 그냥 입만 벙긋거릴 뿐이었다. 수면 위의 무언가를 얻기 위해 애쓰는 물고기처럼, 뻐끔뻐끔.

다행히 석후는 희령이 거칠게 손을 잡아 뺀 후에도 잠에서 깨지 않았다. 희령은 침대에서 내려와 커튼을 쳤다. 미세한 틈으로 희미하게 보이는 푸른 빛 한 줄기에 잠시 시선을 빼앗겼다가, 거실로 향했다. 석후의 손을 뿌리칠 때 죄책감을 느꼈다는 사실을 애써 무시하려고 노력하며.

거실로 나간 희령은 소파에 앉아 또다시 검색창을 켰다. 석후가 일어나기까지 3시간 정도가 남았고 그건 희령에게 충분히 유의미한 시간이 될 터였다. 바다, 시체, 초등학생. 역시나 새로 작성된 기사는 없었다. 고심하던 희령은 새로운 단어를 입력했다. ㅁ, ㅜ, ㅇ, ㅏ, ㄱ. 사흘 전 한 유튜버가 무악의 어떤 종교와 그 교주를 모욕하는 영상을 올렸다가 신도들의 뭇매를 맞고 영상을 삭제했다는 내용의 기사가 등장했다. 희령은 안도의 한숨을 내쉬며 다른 기사를 찾아 부지런히 손가락을 놀렸다.

20년이 흘렀지만 손등 위의 푸른 반점도, 발견되지 않은 시체도 그대로였다. 희령은 소파 위에 몸을 축 늘어뜨렸다. 몇 시간 후면 희령은 석후와 함께 여행을 떠날 예정이었다. 초가을을 목전에 둔 어느 날, 뒤늦은 여름휴가의 목적지는 바로 무악이었다.

"희령아! 오랜만이다. 살이 더 빠졌네. 벌써 결혼 준비해? 보기 좋다."

다미는 아기자기한 카페 앞에서 희령과 석후를 기다리고 있었다. 승용차 창문이 열리자마자 다미는 손에 쥐고 있던 커피 두 잔을 둘에게 내밀고, 커다란 배낭을 품에 안으며 뒷좌석에 발랄하게 자리를 잡았다.

다미가 새롭게 준비하고 있는 기사는 '대한민국 괴이 특집'이었다. 지난 20년간 국내에서 벌어진 크고 작은 괴이한 현상을 모조리 수집해 설명하고 괴이로 인해 발생한 피해를 재조명하며, 아직 사라지지 않은 괴이가 우리의 삶에 어떤 변화를 가져올지 깜찍한 상상을 적당히 버무려 마무리할 예정이라고 했다.

희령과 석후가 늦은 여름휴가를 무악에서 보낼 예정이라는 것을 알게 되자, 다미는 하루가 멀다 하고 줄기차게 전화를 걸어 자신을 데려가 달라고 졸랐다. 다미는 '대한민국 괴이 특집'이 어떤 식으로 구성될 건지, 이번 특집이 자신에게 얼마나 중요한 일인지 일방적으로 떠들어 댔다. '무악의 손'은 다미가 준비하는 괴이 중에서도 가장 중요한, 특집 기사의 하이라이트였다. 자세히 듣진 못했지만 이번 기사에 앞으로의 생사가 달려 있다고 하는 걸로 보아, 직장에 취재를 위한 지원을 부탁하는 것도 불가능한 지경까지 몰린 모양이었다. 다미는 혼자 힘으로 전국을 돌아다니며 취재하기엔 돈이 부족하다고 우는소리를 했고, 그건 희령의 마음 한구석을 건드렸다.

어쩜 사람이 그렇게 뻔뻔해? 다미의 사정을 들은 석후

는 호텔 홈페이지에서 다미를 위한 방을 추가로 예약하며 그렇게 말했다. 나도 몰라. 희령이 암묵적으로 동의하자 석후가 장난스레 되물었었다. 자기는 그렇게 뻔뻔하게 살아본 적 없지? 희령은 대답하지 않았지만 석후는 이번에도 너그럽게 희령을 포용해 주었다. 다미는 그렇게 희령과 석후의 무악 여행에 끼어든 불청객이 되었고, 기사가 대박 나면 차비와 숙소비를 갚을 테니 지금은 커피로 대신하자고 넉살 좋게 웃었다. 그게 희령이 자신의 취향이 아닌 아이스 라테를 손에 쥐고 석후의 눈치를 보고 있는 이유였다.

무악으로 향하는 내내 다미는 '대한민국 괴이 특집'에 대해 큰 소리로 떠들었다. 어색한 분위기를 풀기 위한 노력이라고 하기에는 지나치게 소란스러웠다. 한때는 저런 모습이 사랑스러웠던 적도 있었지. 희령은 기억을 더듬었다. 고등학생 때의 다미는 지금처럼 뻔뻔하고 시끄럽고 눈치가 없었는데, 특별히 거슬리지는 않았다. 오히려 그런 면이 다미를 더 매력적으로 보이도록 할 때도 있었다. 하고 싶은 게 많았던 어린 다미는 성인이 되면 그 꿈을 모두 이룰 것 같이 반짝거렸으니까. 이렇게 이야기했을 때 석후가 뭐라 그랬더라, 희령은 무심코 떠올렸다.

'그때는 그래도 될 때지.'

그는 부드럽게 웃으면서 중얼거렸고 곧 덧붙였다.

'이제는 아니잖아, 실제로 이룬 것도 없는 사람이고. 자

기는 그런 사람들하고 어울리면 안 돼. 바보처럼 다 퍼 주게 될 거니까, 지금처럼.'

석후는 안정된 직장과 안정된 인생을 살아가고 있는 희령이 왜 다미와의 관계를 유지하는지 이해하지 못했다. 그가 충고할 때면 은근히 비난하는 어조가 묻어 나왔지만 희령은 반박할 수 없었다. 결혼과 육아를 고민하는 동창들 사이에서 다미는 홀로 동떨어진 천덕꾸러기였다. 월세를 감당하지 못해 해가 지날 때마다 도시 변두리로 밀려나면서도, 동창의 결혼식에 비싼 투피스를 새로 사서 입고 오는 등 현실에 좀처럼 발을 붙이지 못했다.

석후의 설명에 의하면, 이미 너무 달라져 버린 길을 걷고 있는 희령이 다미를 놓지 못하는 이유는 단 하나였다. 희령이란 사람의 기저에 깔린 자비로움. 사랑받지 못하는 것들을 가엾게 여기는 그 마음.

'나 이거 잘 써야 하거든? 실제로 잘 쓸 자신도 있고. 여기서 무악까지 한 번 왔다 갔다 하는 거, 어려운 일도 아니잖아. 희령아, 나 이거 잘못되면 진짜 갈 곳이 없어서 그래. 야, 나한테 이 정도도 못 해줘?'

수화기 너머에서 다미는 희령을 향해 그렇게 징징거렸다. 가엾은 것들을 포용하는 자비로움과 연민. 희령이 죽은 희수로부터 물려받은 유일한 유산이었다.

"안 더워? 음악 다른 거 틀까?"

"괜찮아. 그냥 머리가 좀 아파서."

"멀미하나 보다. 에어컨 끄고 창문 열래?"

초가을이었지만 날씨는 여전히 에어컨이 필요할 정도로 무더웠다. 후덥지근한 공기를 물리치기 위해 에어컨을 수시로 조작하던 석후가 다정하게 물으며 오른손으로 희령의 왼손을 덮었다. 희령이 반사적으로 미간을 좁혔다.

석후는 손아귀 힘이 유독 강했다. 희령은 석후와 손을 잡을 때마다 그의 손가락이 갈고리처럼 푸른 반점을 긁어 대는 것을 보며 남모르게 몸을 부르르 떨곤 했다. 특히 승용차처럼 폐쇄된 공간에 있을 때면 석후의 단단한 손바닥과 그 힘이 유독 달갑지 않았다. 물론 석후의 잘못은 아니었다. 모든 건 희령의 문제였다. 푸른 반점에 얽힌 진실을 아직도 털어놓지 못한 희령의 문제.

"아니야, 휴게소 얼마 안 남았잖아."

희령은 부드럽게 말하며 석후의 손을 핸들 위에 조심스레 돌려놓았다. 자신의 몸짓이 석후가 운전에 집중하도록 바라는 것처럼 읽히기를 바랐으나, 영악한 다미는 그 틈을 놓치지 않고 끼어들었다.

"희령이 그렇게 손 막 잡는 거 싫어해요. 아직도 모르셨구나."

다미는 천진하게 속삭인 뒤 킬킬거렸다. 석후가 대꾸하기 위해 입을 여는 순간 희령이 석후의 어깨를 두드렸고, 동시에 승용차가 휴게소로 이어지는 길목에 진입했다.

휴게소에 도착하자마자 다미는 화장실이 급하다며 서

둘러 뛰쳐나갔다. 석후가 핀잔주는 말을 어떻게 하면 최
대한 예의 발라 보이게 꺼낼 수 있을지 고민하는 짧은 틈
을 타 잽싸게 도망가 버린 것이다. 희령이 사과했다.

"미안."

"아니야, 자기 친구잖아. 원래 저런 사람인 거 알고 있
었는데 뭐."

석후는 사람 좋게 웃으며 희령의 손을 다시 한번 붙잡
고 어루만졌다. 차 안에서 희령의 손등을 덮었을 때보다
더 조심스럽고, 약한 움직임이었다.

"그래도 결혼식에는 불러야 욕 안 먹겠지?"

농담이라는 듯 웃는 얼굴에 희령은 조개처럼 입을 꾹
다물었다. 불편한 주제로부터 달아날 때 희령은 항상 이
런 방법을 사용했는데, 석후는 희령의 이런 면을 사랑하
면서도 가끔은 불쾌하게 여겼다. 참기 힘들 때마다 불쑥
불쑥 튀어나오는 석후의 낯선 얼굴을 감상하며, 희령은
석후가 언제쯤 더 이상 자신을 참아 줄 수 없다고 선언하
게 될지 궁금해하곤 했다.

희령이 석후를 처음 만난 건 지루한 이직 끝에 정착하
게 된 네 번째 회사에서였다. 20대 후반에 서로의 존재를
알았고 30대 초반에 연인이 되었다. 희령은 석후가 자신
처럼 평범하고 눈에 띄지 않는 사람이라 좋다고 생각했
다. 회사 근처 카페에서 아메리카노 두 잔을 시켜 놓고 고
백하던 석후 역시, 희령이 평범하고 조용해서 좋다고 했

다. 소름 끼치도록 서로의 마음이 일치하니 이 정도면 충분하다고 희령은 판단했다. 물론 연애 6개월 차, 석후를 소개받은 다미는 '평범하고 조용하다'는 표현이 소름 끼치도록 싫다고 했지만.

서로를 위해 평범하게, 눈에 띄지 않게 살기로 결심한 뒤 어언 2년이 흘렀다. 희령과 석후는 더 이상 이직을 고민할 필요도, 어떻게 살아야 할지 불안해할 필요도 없었다. 그저 당연하게 다가오는 크고 작은 결정들을 함께 고민하기만 하면 되었다. 크고 작은 결정에는 결혼이라는 중요한 행사가 자연스레 포함되었지만 희령은 늘 근본적인 질문 앞에서 주춤거렸다. 석후에게 진실을 말할 수 있을까?

다미는 석후가 '한 번도 슬픔을 경험한 적이 없는 인간만이 지을 수 있는 표정'을 짓는다고 했다. 그래서 거슬린다고, 오싹할 때가 있다고 불평했다. 저런 사람들이 가끔 있다고, 근데 평생 한 번의 슬픔도 겪지 못하는 건 사실상 불가능한 일이라고, 그러니 그런 사람들은 자신이 감당해야 하는 슬픔을 남에게 떠넘기며 살아온 거라고.

희령은 다미의 말을 웃어넘겼지만 석후와 시간을 보낼수록 이해할 것 같았다. 슬픔을 빚지고 살아온 석후가 자신의 푸른 반점을 이해해 줄 수 있을까. 희령은 점점 더 자신이 없어졌기에 선뜻 결혼을 입에 올리지 못했다.

희령이 입을 다물어 버리자 석후는 먼저 희령의 손을

놓았다. 답답한 얼굴로 한숨을 쉰 그가 희령을 불렀다.

"희령아."

희령은 침묵했다.

"너 결혼 이야기만 나오면 이렇게 구는 거, 나도 이제 어떻게 해야 할지 모르겠어."

한 번도 슬픔을 경험해 보지 못한 자의 말간 얼굴을 하고, 석후는 희령에게 물었다.

"무슨 생각인지 이야기라도 해 주면 안 될까?"

"……"

"내가 너무 강요하는 거야?"

희령은 대답할 수 없었다. 희령은 여전히 슬펐다. 슬펐지만 슬픈 이야기를 석후에게 꺼내고 싶지 않았다.

20년 전 무악의 해변을 찾아온 거대한 해일로 인해 동생을 잃었고, 동생의 시체는 결국 발견되지 않았으며 그로 인해 부모님과도 멀어져 버렸다는 이야기. 다행히 성인이 된 후 부모님과의 관계를 가까스로 회복했지만 아직도 부모님 앞에서 희수의 이름을 꺼내지 못한다는 지극히 불행한 이야기 따위, 석후에게 늘어놓을 수 있을 리가 없었다. 불운의 사고로 소중한 이를 잃은 사람이 영원한 죄책감 속에 머무른다는 이야기는 석후처럼 슬프지 않은 사람에게 말하기엔 너무 무거웠고, 이보다 더 큰 불행을 짊어지고 사는 사람에게는 명함도 내밀지 못할 정도로 가벼웠다. 그래서 희령은 자신의 슬픔을 삭히고 살아야 했다. 몸 어딘가 깊숙한 곳에 감추고 잠들지 못하는 푸른 새벽을 견디곤 했다. 적당한 불행과 슬픔을 지닌 사람들이 응당 그러하듯이.

생각에 빠진 희령을 향해 석후가 성큼 다가왔다. 느닷없이 손을 끌어다 강하게 부여잡아 희령은 제자리에서 펄쩍 뛸 뻔했다. 석후가 이렇게 다가오면 희령은 항상 저항하지 못했다. 석후가 마음대로 휴가지를 무악으로 정해 버렸을 때도, 기대를 담은 얼굴로 무악의 손과 손을 중심으로 생성된 거대한 관광 단지에 대해 읊을 때도 고개만 주억거렸다. 숨이 끊어지기 직전의 생선처럼 체념했다. 어떤 반응도 하지 못하고 우유부단하게 굴다가 여기까지 와 버리고 말았으니, 어린 희령이 답답하게 여겼던 희수와 다를 바가 없었다.

"……너무 빨리 왔나? 호두과자 사 왔는데."

얼어붙은 두 사람 사이로 속없이 발랄한 다미의 목소리가 끼어들었다. 다미가 쥐고 흔드는 호두과자 봉지에서는 고소한 냄새가 났다.

대놓고 짜증이 담긴 한숨을 뱉은 석후가 희령의 손을 놓았다. 휴게소 건물로 향하는 석후의 뒷모습을 응시하던 다미가 나직하게 속삭였다.

"내가 전에 말했었지, 저런 인간이랑 무슨 결혼이냐고."

깔깔대던 다미가 호두과자 하나를 입에 넣고 씹었다. 희령은 다미가 건넨 호두과자 봉지를 품에 안았다. 아침부터 한 끼도 먹지 않아 공복이었지만 이상하게 배가 고프지 않았다. 멀지 않은 곳에 무악이 있으며 몇 시간 후면 희수를 집어삼킨 해변과 바다 위로 솟아오른 거대한 손을 마주해야 했다. 그 사실을 떠올릴 때마다 목구멍 깊숙이 호두과자 수십 개를 쑤셔 박기라도 한 듯 속이 울렁거렸다.

20년 만에 다시 찾은 무악은 그야말로 별천지였다.

공용 주차장에 차를 대고 마을 입구로 걸어가는 내내 희령은 눈을 비벼야 했다. 지금 제 앞에 펼쳐진 마을이 정말 무악이 맞는 건지 믿을 수 없었다. 조용했던 무악이 손의 등장 이후 거대한 관광 단지가 되었다는 소식이야 익히 들어 왔지만, 무악의 변화를 온몸의 감각으로 직접 마주하는 건 다른 이야기였다. 형체를 가진 것들에만 국한되는 변화가 아니었다. 무악이라는 유기체의 내부를 채우고 있던 보이지 않는 혈관, 무악 곳곳에 뿌리내린 정신마저 사뭇 달라져 버렸다. 20년 전에는 느끼지 못했던 가볍고 화려한, 그래서 불쾌한 공기가 희령을 무겁게 짓눌렀다. 희령은 마을 입구 앞에서 잠시 멈춰 섰다. 석후에게 들키지 않게 조용히 숨을 골랐다. 다미가 상기된 얼굴로 연신 카메라 셔터를 누르고 있었다.

'무악에 오신 걸 환영합니다.' 입구를 지키는 구조물에 새겨진 커다란 글귀는 최근에 보수라도 한 듯, 햇볕 아래에서 새것처럼 번뜩거렸다. 관광객들은 불어오는 바닷바람을 만끽하며 거리를 부지런히 오고 갔다. 매미들이 힘차게 여름의 끝자락을 노래했다. 희령은 석후의 손에 이끌려, 아무것도 모르는 관광객의 얼굴을 하고 무악으로 발을 들이밀었다.

무악과 무악이 아닌 곳을 구분하는 경계. 희령은 매일 밤 악몽을 꿀 때마다 이 경계를 넘기 위해 애썼다.

악몽 속 마을 입구의 구조물은 지금과는 다른, 20년 전의 낡고 초라한 모습이었다. 무악이 아닌 곳에 서서 구조물을 노려보는 희령은 각양각색으로 다양한 꼴을 하고 있었다. 물에 젖은 생쥐 꼴이거나, 희수의 손을 잡았던 왼손이 이상하게 늘어나 바닥에 질질 끌리거나, 걷잡을 수 없이 거대해진 반점 때문에 온몸이 푸른색이기도 했다. 희수는 경계 너머 무악에서 희령을 향해 손짓하고, 희령은 희수의 손을 붙잡아 무악 밖으로 끌어당기려 한다. 악몽이 반복되는 동안 희령은 한순간도 허투루 굴었던 적이 없다. 절망스러울 정도로 최선을 다했고 끝내 발광하며 악을 썼다. 그래 봤자 변하는 건 없었지만.

희수는 해일에 휩쓸려 사라진다. 희수의 손을 놓친 희령은 무악의 밖에서 좌절한다. 꿈속에서 희령은 넘을 수 없는 경계를 두고 가슴 치며 오열했지만, 현실에서 경계를 넘어가는 건 어이없을 정도로 쉬웠다.

경계를 넘자 그에 대한 보상이라도 되는 듯, 길거리를 가득 채운 간판과 네온사인이 희령을 반겼다. 앞치마를 둘러맨 횟집 주인들이 쉴 새 없이 호객 행위를 하며 알아 듣지 못할 농담을 했다. 비린내가 물씬 풍기는 가운데 손 모양의 거대한 빵을 손에 쥔 연인이 희령의 곁을 지나쳤 다. 다미는 저만치 떨어져 기념품 가게에 카메라를 들이 대는 중이었다. 손 모양을 본떠 만든 키링과 마그넷, 손수 건과 조형물로 가득 찬 가게는 잔뜩 신이 난 관광객들로 인산인해를 이루었다. 석후는 뒤처지는 희령을 눈치채지 못한 채, 독특한 디저트를 광고하는 간판 앞에서 눈을 반 짝이는 중이었다. 희령이 걸음을 디딜 때마다 쩍쩍거리 는 소리가 났다. 신발 밑에 무언가 달라붙기라도 한 것 같 았다. 발걸음이 절로 느려지게 만드는 어떤 무게에 희령 은 그제야 안심했다. 겉모습은 바뀌었으나 무악의 본질 은 바뀌지 않았다. 무악에는 죽음이 있었다. 한결같이 많 은 죽음이 존재했다. 죽음들은 공기 한 움큼과 비린내 한 덩이에 담겨 유령처럼 관광객들 사이를 부유했다.

"희령아, 이거 어때? 맛있어 보인다 그지?"

희령에게 돌아온 석후가 스마트폰 화면을 들이밀었다. 손 모양의 커피 얼음에 우유를 부어 마시는 카페라테 음 료였다. 목구멍에서 무언가 요동쳤으나 희령은 웃었다. 희령의 웃음을 허락으로 받아들였는지, 석후가 희령의 팔을 잡아끌었다. 희령은 가게로 향하는 내내 소금기로 빳빳해진 머리카락을 정리했다. 문득 왼손이 땅에 질질 끌리는 기분이 들었다. 소스라치게 놀라 내려다본 왼손은 평소와 다름없이 멀쩡했다.

　하늘을 향해 손바닥을 뻗은 형태로 솟아오른 무악의 손, 정체불명의 재앙을 그대로 본떠 만든 커피 얼음은 생각보다 정교해 관광객들의 구매 욕구를 자극하기 충분했다. 창가 근처에 자리 잡은 세 사람 앞에 음료와 먹음직스러운 디저트가 놓였다. 석후가 상기된 얼굴로 유리컵 안에 우유를 부었다. 다미는 커피 얼음이 우유 안에서 서서히 줄어드는 짧은 순간조차 놓치기 싫은 듯, 카메라를 들고 부산스럽게 움직였다.

　희령은 열정적으로 셔터를 누르는 다미를 흘끗거렸다. 무악으로 오는 내내 시도 때도 없이 석후의 심기를 거슬렀던 것과는 다르게, 마침내 무악에 당도한 다미는 희령의 눈치를 살피는 것처럼 보였다. 무악으로 출발하기 전, 마지막 통화에서 희령이 거듭 당부한 어떤 약속을 이제야 떠올린 모양이었다.

　석후에게는 아직 희수 이야기를 하지 않았으니 무조건 모른 척해 달라는 비참한 부탁. 수화기 너머로 호기심이 잔뜩 담긴 침묵이 이어졌으나 다행히 다미는 더 캐묻지 않았다. 때와 장소를 가리지 않고 튀어나오는 취재 정

신도 가끔은 예의라는 걸 지킬 줄 아는 모양이었다. 지금
도 마찬가지였다. 다미는 카페 내부를 샅샅이 찍으면서
도 종종 희령의 표정을 살폈다. 당장이라도 금기를 깨고
싶어 안달이 났지만, 카메라 셔터를 누르는 것으로 간신
히 충동을 억누르는 것 같았다. 희령은 다미의 호기심을
무시하며, 석후가 건넨 라테를 한 모금 삼켰다. 그리고,

─언니!

희수가 희령을 불렀다.

"희수야?"

희령은 참고 참았던 이름을 입 밖으로 뱉으며 벌떡 일
어났다. 갑작스러운 충격을 받은 테이블이 흔들리며 유
리컵이 쓰러졌고, 반쯤 녹아내리는 중이었던 카페라테가
바닥을 엉망으로 물들였다. 바짓단에 커피가 튀었는지
다미가 호들갑을 떨었으나 희령은 듣지 못했다. 희수가
자신을 불렀으므로 희수 외에 중요한 건 아무것도 없었
다. 갈색 긴 머리를 하나로 단정하게 묶고, 그때처럼 청치
마 원피스를 입은 희수가 희령의 곁을 쏜살같이 스쳐 지
나갔다.

"희수야? 희수야, 언니 여기……."

그 이상은 내뱉지 못했다. 희령은 완성하지 못한 문장
을 어금니로 씹었다. 희수를 만나면 이야기하려고 꼭꼭
숨겨온 말이었다. 희수를 만나면 사과하려고, 희수를 만
나면 다 내 잘못이라고 고백하려고. 희령은 자꾸만 멀어

지는 희수를 찾아 달렸다. 재미있는 일이라도 생겼는지, 까르르 웃는 희수의 어깨를 사납게 잡아챘다. 희수가 날 카로운 비명을 꽥 질렀다. 희령은 소스라치게 놀라 뒤로 물러났다.

희령이 억지로 돌려세운 아이는 희수가 아니었다. 낯 선 얼굴이 와앙, 울음을 터뜨리며 엄마를 불렀다. 희령은 그제야 무언가 잘못된 것을 눈치챘다. 성인 남녀가 다급 히 달려와 아이를 달래더니 해명을 요구하는 눈으로 희 령을 쏘아보았다. 입술이 달라붙기라도 한 듯 말문이 턱 막혔다.

"당신 뭡니까? 우리 애한테 무슨 짓을 한 거예요?"

단지 얼굴을 보려 했을 뿐이라고, 그것뿐이었다고 변 명하고 싶었다. 희령은 호흡이 모자란 것처럼 입을 벙긋 거렸다. 그건 잔뜩 화가 난 부모를 앞에 둔 상황에서 어떤 도움도 되지 못했다.

상황을 파악한 석후와 다미가 희령을 대신해 고개를 숙이고 사과하는 것으로 사태는 마무리되었다. 친구가 사람을 착각한 것 같다며 살갑게 말을 붙이던 다미가 부 부와 함께 그들의 테이블 쪽으로 이동했다. 아이에게 먹 을 것이라도 사 주려는 모양이었다. 자리로 돌아온 희령 은 석후가 바닥을 닦는 동안 멍하니 창밖을 응시했다. 분 명 희수의 목소리였는데, 내가 착각할 리가 없는데.

설명해 줄 수 있어? 정리를 끝낸 석후가 조심스레 물었다. 희령은 대답하지 않았다. 석후는 자신의 손으로 희령의 푸른 반점을 덮으며 다시 한번 물었다.

"……설명해 줄 수 있어?"

그건 단순히 지금 일어난 일을 설명해 달라는 의미만은 아니었다. 오래전부터 참고 참아 왔던 것을 석후는 겨우 묻고 있는 것이다. 놀라울 정도로 정중하고 조심스럽게. 더 이상 참을 수 없는 자의 아슬아슬한 얼굴을 하고서.

"아니."

희령은 뻔뻔하게도 석후의 손을 뿌리쳤다.

석후의 얼굴이 천천히 일그러지기 시작한 후에야 희령은 자신이 무슨 짓을 저질렀는지 깨달았다. 뒤늦게 변명하듯 웅얼거렸다.

"……아직 준비가 안 됐어."

석후는 대답 없이 포크를 들었다. 바다 위로 솟아오른 손을 형상화한 케이크가 플라스틱 포크 아래에서 형편없이 무너졌다. 생크림이 사방으로 튀어나오며 접시가 엉망이 되었다. 마침내 아이와의 협상을 끝낸 다미가 임무를 마치고 무사히 자리로 돌아오고 있었다. 석후가 희령을 바라보며 미소 지었다.

"괜찮아. 괜찮은데…… 근데 이건 알아줬으면 좋겠어."

"……"

"난 네가 생각하는 것보다 더 오랫동안 기다렸다는 거."

명백한 비아냥이었으나, 희령은 상심한 석후를 두고

감히 반박할 수 없었다.

"자, 조금만 더 가면, 조금만 더, 조금만 더······. 바로 저기, 드디어 '손'이 모습을 드러냈습니다! 보이시나요? 네, 꼬마 친구. 꼬마 친구가 보고 있는 그게 맞습니다. 무서워할 필요 없어요! 저게 바로 그 위대한, 20년 전 무악을 뒤덮은 해일을 만들어 낸 주인공, '무악의 손'입니다! 박수한 번 주시죠? 그래요, 좋습니다! 이제 설명할 기분이 좀 나네요!

2004년 8월, 오늘처럼 평화로운 어느 여름날, 첫 번째 진동이 일어났습니다. 누구도 눈치채지 못한, 거대하지만 조용한 진동이었습니다. 그리고 수백 명의 사상자를 낸 무시무시한 해일이 무악을 덮쳤습니다. 해일이 모든 걸 휩쓸고 사라진 그때, 바로 이곳, 바위산의 해안 동굴 근처에서 두 번째 진동이 시작되었고, 진동이 끝난 후······ 손이 마침내 솟아올랐습니다! 여러분이 보고 계신 모습 그대로, 하늘을 향해 손바닥을 펼친 형태로 말이죠!

손이 나타난 후, 대한민국은 엄청난 혼란에 빠졌습니다! 바다 깊숙한 곳에서 손이 솟아오르며 두 번의 진동을 일으켰고, 그로 인해 해일이 발생한 건 분명했습니다! 단지 수면 위로 솟아오르기 위해 수백 명을 죽게 만든, 그리고도 빳빳하게 고개를 치켜든 이 친구는 도대체 무엇일까요? 대한민국 정부의 주도하에 수많은 연구자가 무악을 찾아와 손을 조사했습니다. 연구자들과 손의 첫 만남은 이러했습니다!

전 인류를 대표해서 이 경이로운 존재와 첫 접촉을 시도한 연구자들은 총 3명이었습니다. 그들은 군대의 보호를 받으며 작은 보트를 타고 손 가까이 접근했다고 합니다. 그중 첫 번째 연구자가 제일 먼저 거대한 손가락 위에, 자신의 손을 가져다 댔습니다.

우와! 그녀는 놀란 듯이 무악의 손을 손바닥으로 더듬었습니다. 뒤에 서 있던 두 번째 연구자가 왜 그러냐고 물었습니다. 지금 장갑을 끼고 있는데도 따뜻해요. 그녀의 대답에 세 번째 연구자가 물었습니다. 햇빛 때문일까요? 첫 번째 연구자는 천천히 손가락 위로 기어오르며 고개를 저었습니다. 아니, 그런 것 같지는 않아요. 그녀는 잠시 생각에 빠져 있다가 목소리를 가다듬고서 말했지요. 좋아요, 장비부터 꺼내죠. 일단 표본을 모아야 합니다. 우선, 연조직과 혈액을 챙깁시다. 그리고 할 수 있다면 뼈까지 뚫어……. 아차차, 어린 손님들도 계신데 제가 너무 자세하게 이야기했네요!

결론부터 말하자면, 그들의 계획은 실패로 돌아갔답니다! 왜냐고요? 현존하는 그 어떤 도구로도 손에게 상처 입힐 수 없었기 때문입니다. 아무리 두꺼운 주삿바늘도 손의 피부를 뚫고 진입하지 못했죠. 생체를 연구하는 것이 불가능해지자, 손의 '시작점'을 찾기 위해 바다 밑으로 잠수부들이 출동, 끊임없이 땅을 파고들었지만…… 손의 시작점은 찾지 못한 채 포기하고 말았습니다! 압력 때문에 더 아래로 내려갈 수 없었거든요! 허무맹랑한 이야기지만, 음모론을 좋아하는 괴짜들 사이에서는 정부가 손을 파괴하기 위해 핵미사일을 고려한다는 소문까지 돌았답니다.

믿거나 말거나, 어쨌든 인간은 손을 없앨 수도 치울 수도 없었고……. 결국, 바다 깊숙한 곳까지 단단하게 뿌리내린 손은 20년이 지난 지금까지 예전의 모습 그대로 남아 있게 되었습니다. 덕분에 여러분이 호화로운 유람선을 타고, 완벽한 가이드와 함께 손을 감상할 수 있게 된 것이죠!

자, 여러분! 손가락의 주름과 지문이 보이시나요? 우리의 손과 조금도 다르지 않습니다! 손목 지름이 4미터, 수면 위로 드러난 높이만 3미터가 넘는다는 사실을 제외하면, 놀라울 정도로 우리의 손과 같습니다! 심지어 혈색이 좋네요! 매일 똑같은 설명을 하느라 지친 제 얼굴보다 보기 좋은 것 같은데요!

바닷속에 잠들어 있었던 고대 생명체, 우리의 친구였던 외계인들이 남기고 간 선물, 인간 병기를 만드는 연구소에서 버린 실패작, 다른 차원에서 강림한 신……. 손의 존재를 두고 다양한 의견들이 분분했으나, 그 어느 것도 정답이라고 판명되지 않았습니다. 무악의 주민들 역시 한동안 논쟁을 벌였죠. 하지만 대세란 있는 법. 손을 신으로 모시고 믿는 '손교'가 만들어진 후, 무악 주민들의 대부분은 손교 신도가 되었답니다. 저도 가끔은 '손님'을 믿고 싶어질 정도로 손교는 화려하고 매력적인 예배를 여는데요. 관광객들을 위한 '손교 예배 체험'이 매일 낮 4시에 열리니, 궁금하신 분들은 참석하셔도 좋겠습니다.

이제 지루한 설명은 슬슬 끝을 내고, 여러분께 사진을 마음껏 찍을 시간을 드리겠습니다! 그전에 딱 하나, 마지막으로 말씀드리고 싶은 게 있는데요. 고대 생명체, 외계인, 실험의 실패작, 신······. 전 여러분이 무악에 계시는 동안, 손의 존재에 대해 끊임없이 고민해 보셨으면 좋겠습니다. 손의 등장으로 인해 무악이 어떻게 변화했는지, 그 역사에 주목해 보는 건 어떨까요? 때로는 어떤 기이한 현상보다 그 현상으로 인해 생긴 변화가, 변화가 만들어 낸 역사가 더 기이할 때도 있거든요! 설명은 여기서 마치겠습니다! 지금까지 무악 유람선 가이드, 미스터 김이었습니다! 감사합니다!"

희령은 가이드의 설명이 시작되자마자 멀미를 핑계로 유람선 내부로 돌아왔다. 손을 보기 위해 모든 사람이 나가 버린 탓에, 내부에 남은 사람은 희령 하나뿐이었다. 하얗게 질린 희령의 얼굴을 보고도 석후와 다미는 희령을 따라 들어오지 않았다. 취재 정신에 두 눈이 벌겋게 불타오른 다미는 카메라에서 얼굴을 떼어 낼 생각이 없어 보였고, 석후 역시 카페에서의 사건으로 인한 앙금이 남아 있는 듯, 굳은 얼굴로 난간에 기대어 가이드의 설명을 듣고 있을 뿐이었다. 좌석에 앉은 희령은 귀를 틀어막았으나, 마이크를 통해 울려 퍼지는 목소리를 완벽히 차단할 수는 없었다.

멀미 때문일 거야, 희령은 생각했다. 벌써 20년이 지났다. 우울하고 지긋지긋한 사건으로부터 벌써 20년이나 지났단 말이었다. 오래전부터 부모님은 아무렇지 않게 희수 이야기를 했다. 아무렇지 않게 희수의 기일을 준비했다. 아무렇지 않은 얼굴로 희수를 추억하며 먹고 마시고 희수가 좋아했던 못생긴 인형을 꺼내 보았다. 희수의 방을 정리하고 먼지가 없도록 쓸고 닦았다. 희령은 그러지 못했다. 희령은 나약하고 속이 좁아 무악에 도착한 것만으로 심사가 뒤틀렸다. 바다에 꼿꼿하게 서 있는 손을, 해일을 일으켜 희수를 앗아간 장본인을 똑바로 노려보는 것조차 힘들었다. 생채기조차 낼 수 없는 그것을 갈기갈기 찢고 싶었다.

엄마 아빠가 괜찮으면 저도 괜찮아요, 이것보다 더 괜찮을 수는 없어요.

희령은 부모님 앞에서 언제나 이런 식으로 말했다. 그

게 옳다고 생각했다. 희수가 처음으로 떼를 썼던 날을 떠올리며 웃는 부모님 앞에서 눈물을 후드득 떨어뜨릴 수는 없었다. 정리된 방 안에서 희수의 냄새가 나는 것 같다며 발광하는 것도, 희수가 죽은 건 손을 놓은 내 탓이라고 반복하는 것도 어려웠다. 아무리 대단한 상처라도 20년이라는 시간 앞에서는 치유되기 마련이므로, 희령은 유람선을 타고 손을 바라보는 것조차 해내지 못하는 스스로가 한심했다. 동시에 상처받은 표정으로 물끄러미 자신을 구경하던 석후의 얼굴이 떠올랐다. 구경, 왜 하필 구경이란 단어가 생각이 났을까? 그가 그토록 오래 희령을 기다려 왔으며 그래서 잔뜩 상처받은 상태임에도 불구하고.

지금이라도 늦지 않았다. 석후에게 모든 걸 털어놓자. 무악이 희령에게 어떤 의미인지, 왜 매년 8월마다 희령의 기분이 급격히 가라앉는지, 8월의 어느 날마다 본가를 방문하는 이유가 무엇인지, 왜 다른 사람들처럼 감탄하며 손을 관찰할 수 없는지, 그 모든 자질구레한 것에 대해 이야기하면 석후는 웃어 줄 것이다. 슬픔을 경험하지 못했다고 해서 남의 슬픔에 공감하지 못하는 것은 아니니까. 석후가 안으로 들어오면 이야기하자. 아니다, 유람선 관광이 끝나고 배가 육지로 돌아가기 시작하는 그때. 그것도 아니면 선착장을 함께 걷는 그때. 그래, 그게 좋겠다.

물론 희령은 유람선 관광이 끝나고 육지에 내릴 때까지 입술조차 달싹이지 못했다.

석후는 다미와 적당히 형식적인 대화를 나누었고, 육지에 도착하자마자 공중화장실을 찾아 사라졌다. 다미 또한 업무 전화가 왔다며 자리를 비워 버리는 바람에, 선착장에 혼자 남겨진 희령은 애꿎은 머리카락만 잡아 뜯었다. 바닷바람에 절여진 머리카락을 정리하는 와중에도 머릿속으로는 오늘 밤, 석후에게 털어놓을 이야기를 끊임없이 써 내려갔다.

2년을 함께 보냈으니 너도 잘 알겠지. 난 나약해. 나약해서 극복하지 못했어. 무악으로 여행을 가는 게 두려웠어. 그런데도 솔직하게 고백하질 못했지.

내 슬픔은 아주 길고 깊어서 듣다 보면 진저리를 치게 될 거야. 트라우마라는 건 영화나 드라마에 나오는 것과는 다르거든. 나를 매력적으로 보이도록, 신비로운 분위기를 풍기는 사람으로 만들어 주지 않아. 현실의 트라우마는 아주 너저분하고 역겹고 소름이 끼쳐. 그래도 네가 나를 받아들일까? 내 슬픔을 이해할까?

과연 네가 할 수 있을까?

—언니!

희수가 또 희령을 불렀다. 희령은 산사태처럼 쏟아지는 고백의 수렁에서 순식간에 빠져나왔다.

이번에도 분명히 희수였다. 고민하거나 의심할 필요도 없었다. 그러나 진짜 희수는 아닐 것이다. 진짜 희수는 죽었으니까. 가짜 희수를 따라가서는 안 되었다. 그랬다간

또 사고나 칠 테고, 안쓰럽게 희령을 구경하는 석후를 마
주 보며 잠자코 침묵하게 될 터였다. 제발 그만해. 희령은
자신에게 외쳤다. 아무리 나약해 빠졌다지만 이렇게 정
신마저 놓아 버리고 싶진 않았다.

　—날 또 놓쳐 버릴 거야?

　희수가 슬프게 물었다.

　희령은 뺨을 긁다 말고 제자리에 굳었다. 붉은 자국이
선명하게 남은 얼굴이 삽시간에 무너졌다.

　희령이 지나온 선착장 근처, 희수가 있었다. 이번에도
갈색 머리를 하나로 묶고, 청치마 원피스를 차려입었다.
하얀 레이스 양말과 함께 신은 깜찍한 샌들. 희수는 뒤를
돌아 유람선 매표소를 향해 종종걸음을 했고, 유리문을
열더니 건물 안으로 사라졌다.

　"희수야, 희수……."

　간신히 부르는데 목이 메었다. 희령은 걷는 법을 잊어
버린 사람처럼 위태롭게 지나온 길을 되돌아갔다. 날 또
놓쳐 버릴 거야? 희수는 그렇게 물었다. 희수는 희령을
원망하고 있었다.

　희수의 커다란 손이 그랬던 것처럼 유리문을 조심스레
밀어 보았다. 매표소 안은 관광객들로 북적거렸다. 아이
와 함께 여행 온 가족들도 많아 보였으나 그중에 청치마
원피스는 없었다. 매표소 내부를 빠르게 훑던 희령의 시
야에 익숙한 얼굴이 잡혔다. 다미가 매표소 구석에서 유

람선을 운전하는 선장과 이야기를 나누고 있었다. 세 사람이 탔던 유람선을 담당했던 사람이다. 검게 탄 얼굴과 길게 기른 수염, 선장이라는 직업에 더없이 잘 어울리는 외모를 가진 중년 남자였다. 남자는 심각한 얼굴로 다미와 말을 주고받았다. 남자가 고개를 몇 번 저었고, 다미가 간절한 얼굴로 사정했다. 그리고 당연한 절차처럼, 다미가 주머니에서 5만 원권짜리 지폐 뭉치를 꺼내 들었다. 지폐 몇 장이 선장의 손으로 넘어갔고 선장이 지폐의 수를 세었다.

희령은 다미와 눈이 마주치기 전, 급하게 매표소를 빠져나왔다.

희수를 쫓아 왔으나 희수는 보이지 않았고, 다미와 선장의 대화는 짧은 단어 하나조차 엿듣지 못할 정도로 조용하고 신중했다. 무언가 잘못된 것 같아. 희령은 존재하지 않는 상대에게 그렇게 중얼거려 보았다. 매표소 앞에서 숨을 고르는 희령의 앞으로 그림자가 졌다. 고개를 들자 어색하게 웃고 있는 석후가 있었다. 석후가 다짜고짜 재촉했다.

"가자, 빨리 안 가면 늦어."

"어디를?"

희령의 멍청한 물음에 석후가 눈썹을 들어 올렸다. 그 미묘한 변화를 감지했음에도 희령은 질문을 멈출 수 없었다.

"어디에 늦어?"

"예배. 손교 예배 체험 예약해 뒀다고 했잖아."

"우리가 거길 왜 가?"

"희령아, 이야기 다 끝난 거였잖아. 다미 씨도 엄청 가 보고 싶어 한 거였고, 너도 괜찮다며."

내가 그랬나? 정말로? 의심하는 희령을 향해 석후가 손을 내밀었다. 희령은 홀린 듯이 석후의 손을 잡았다. 석후가 미소를 지어 보였다.

"이러니까 얼마나 좋아."

순순히 석후의 뒤를 따르며, 희령은 문득 석후가 손이 작은 편이라는 걸 깨달았다. 한 번도 그렇게 느껴 본 적이 없었는데도 오늘따라 이상하게 그랬다. 무악에서의 몇 시간이 석후의 손을 줄여 버리기라도 한 것 같았다. 누군가의 손이 자신을 꽉 채우는 감각, 그 감각을 평생 다시 맛볼 수 없으리라. 희령은 새삼스레 그런 생각이 들었다.

2

예배당은 선착장 근처에 있었다. 관광 단지에서 동떨어져 허허벌판에 외딴섬처럼 자리 잡은 그곳은 거대한 체육관을 개조해 만든 것 같았다.

예배당 내부에는 여러 명이 앉을 수 있는 긴 의자들이 열 맞춰 놓였다. 앞쪽 무대에는 단상과 함께 빔 프로젝터 스크린이 설치되어 있었다. 조명이 많지 않아 예배당 안은 어두웠다. 심지어 몇 안 되는 조명마저 푸른색이라, 예배를 체험하기 위해 온 관광객들은 발밑을 살피며 신중하게 걸어야 했다. 희령은 짙은 푸른빛이 손등을 부드럽게 문지르는 광경을 지켜보았다. 강한 조명 아래에서 희령의 푸른 반점은 더 이상 눈에 띄지 않았다.

세 사람은 다른 관광객들과 함께 맨 앞줄로 안내받았

다. 체험을 신청한 외부인이라는 이유에서였다. 진한 남
색의 휘장이 무대 천장에 설치되어 아래로 축 늘어져 있
었다. 어떤 복잡한 문양이 그려져 있는 것 같았는데, 침침
한 눈으로는 도저히 확인할 수가 없었다. 섬세하게 공을
들여 디자인한 것 같다는 애매한 감상만 가능할 정도로
사방이 어둑했다.

  신도들은 외부인들이 앉아 있는 첫 번째 줄과 무대 사
이를 부지런히 오가며 예배를 준비했다. 성별도 나이도
외양도 가지각색이었다. 어떤 여자는 꽤 젊었는데 옷차
림이나 분위기가 꼭 학교 선생님 같았고, 또 어떤 여자는
나이가 아주 많았으며 신비로운 품위를 지니고 있었다.
유행하는 티셔츠를 걸친 젊은 남자가 다가와 외부인들에
게 염주처럼 생긴 팔찌를 하나씩 나눠 주었다. 그 뒤를 따
르던 늙은 남자가 무악의 바닷물로 만든 소금 결정 팔찌
라고 설명했다. 그는 주름이 가득한 얼굴로 손교의 신도
들은 팔찌를 하나씩 몸에 지니고 다닌다고 덧붙였다. 외
부인들에게는 기념품으로 주는 것이니, 부담 없이 받아
달라는 것이다. 희령은 팔찌를 들여다보았다. 빽빽하게
자리 잡은 소금 결정들은 울퉁불퉁한 구(球) 모양이었다.
반투명한 백색의 소금 결정들을 멍하니 노려보고 있으니
사방이 한층 더 고요해졌다. 주위를 둘러보자 신도들은
어느새 외부인들의 뒤쪽에 자리 잡은 상태였다. 그들은
손목에 찬 팔찌를 어루만지며 눈을 감고 들리지 않는 것

들을 중얼거렸다. 불교 신자가 염주를 만지작거리는 것과 비슷했다. 희령은 분위기에 떠밀려 왼쪽 손목에 팔찌를 찼다.

한 남자가 무대로 나와 단상에 설치된 마이크를 확인했다. 수염과 검게 탄 얼굴. 희령은 그를 한 번에 알아보았다. 유람선을 운전한, 다미와 밀담을 나누던 선장이었다. 그도 손교의 신도인 걸까? 무대 위까지 올라가는 모습을 보아하니 어쩌면 중책을 맡고 있는지도 몰랐다. 희령은 다미를 흘긋거렸지만 다미는 신도들을 관찰하느라 여념이 없었다. 오른쪽의 석후가 살며시 희령의 손을 잡았다 놓았다. 그의 팔목에도 소금 결정 팔찌가 둘려 있었다. 그리고 무대 위에 교주가 등장했다.

교주는 나이가 지긋한 중년 여성이었다. 젤을 발라 넘긴 짧은 머리에 섞인 백발. 그는 값이 상당히 나가 보이는 검은 양복 안에 푸른색 와이셔츠를 갖춰 입었고, 양팔에는 휘장과 똑같은 무늬가 새겨진 완장을 찼으며, 보기 좋게 각진 얼굴에 새하얗게 분칠을 하고, 그 위에 다시 두꺼운 화장을 했다. 어둠 속에 둥둥 떠 있는 하얀 얼굴은 일견 공포스럽기까지 할 정도였다.

선장은 무대 한구석에 의자를 두고 곧은 자세로 앉아 교주가 바라보는 곳을 함께 바라보는 중이었다. 교주가 마이크를 툭툭 치며 테스트했다. 아, 아. 짧은 음성이 예배당을 채우는 순간 희령은 그가 왜 교주라고 불리는지 알 수 있었다. 교주의 목소리에 담긴 어떤 울림. 그것은 필시 선택받은 자만이, 사람을 설득하고 선동할 자격을 부여받은 자만이 가질 수 있는 것이었으므로.

낮고 온화한 음성에서 뿜어져 나오는 기개 그리고 권위. 희령은 입을 벌린 채로 그를 올려다보았고 곧 설교가 시작되었다.

"내가 이것을 너희에게 내리는 것은 너희로 하여금 내 안에서 평화를 누리게 하기 위함이라. 환란 속 고통받는 자들아, 들으라. 내가 너희의 부모이고 집이니 나를 믿는 자는 영원히 살 것이요, 잃은 자들을 다시 만나게 될 것이니라."

'될 것이니라!' 여기서 등 뒤의 신도들이 큰 소리로 교주의 말을 따라 했다. 깜짝 놀란 외부인 몇몇이 본능적으로 뒤를 돌아보았으나 아무도 지적하지 않았다. 교주는 잠시 입을 다물고 침묵을 느낀 뒤 천천히 인사를 건넸다.

"9월 1주 차 평일 예배 체험에 참석하신 여러분을 모두 환영합니다. 어서 오세요, 먼 길 오느라 고생 많았습니다. 밖이 참 밝은데 이렇게 어두침침하게 하고 있으니, 웬 사이비 종교 같고 그렇지요?"

여기서 신도들이 와하하하고 웃었다. 아마 교주가 자주 하는 농담인 모양이었다. 문득 어디선가 교주의 음성을 들어 본 적이 있는 것 같아 희령은 고개를 갸웃거렸다.

"저 밝고 흥겨운 밖을 두고 굳이 여기까지 오셨다 함은, 필히 여러분께서 손교에 대해, 나와 우리에 대해 어떤 흥미를 느끼셨기 때문이라고 생각합니다. 그러니 궁금한 것을 마음껏 해소하고 갈 수 있도록, 내가 최선을 다해 이야기해야겠지요. 오백 번, 아니 천 번도 더 한 이야기지만 나는 언제까지고 이 이야기를 할 준비가 되어 있습니다. 내 이야기를 듣고 '손님'을 믿는, 손님의 축복을 받는 분이 한 분이라도 더 생긴다면 더할 나위가 없겠습니다.

자, 그러면 지긋지긋한 해일부터 시작해 봅시다. 해일 말입니다. 20년 전의 그 해일이요. 여러분도 나도 그 해일이 참 지겹고 밉지요. 그런데도 우린 해일에 관해 이야기해야 합니다. 해일에서 모든 게 시작되었고, 모든 게 이루어졌으니까요. 지금도 그리고 앞으로도 우리는 20년 전의 해일을 똑바로 마주하는 법을 배워야 할 것입니다.

해일이 찾아왔을 때 나는 해변을 걷고 있었습니다. 저기 바로 코앞에, 엎어지면 코 닿을 거린데 지금이랑 그때랑은 상상도 못 할 정도로 풍경이 달랐습니다. 해일이 찾아왔을 때 나는 하필 해변 한가운데에 있어서, 피할 수도 도망갈 수도 없었어요. 저기서는 물이 막 쏟아지지, 또 저기서는 비명이 들리지. 아비규환이었습니다, 아비규환."

아이고! 누가 비통한 비명을 질렀다.

"……이제 꼼짝없이 죽는구나, 고생만 하고 좋은 일이

라고는 없었던 내 37년이 이렇게 끝나는구나, 그렇게 생각했습니다, 억울했어요. 물은 차갑고 눈코입으로 물이 막 들어오고……. 해변에 나 말고 우리 가족들도 다 있었는데, 그 순간은 걱정도 안 되더라니까. 죽기 전에 주마등처럼 인생이 스쳐 지나간다고 하지요? 다 거짓말이야, 그거. 고통스럽고 고통스러웠어. 그분을 만나기 전의 일반적인 죽음이란 게 아마 다 그렇지 않을까 싶습니다.

그때 딱! 죽기 직전의 나를 누가 붙잡았어요. 축축한 손이었는데, 나를 붙잡고 놔 주질 않아. 그리고 귀에 속삭입니다. 사랑하는 나의 딸아. 이건 너희에게 내가 내리는 시련 중 하나일 뿐이다. 시련을 극복하고 버텨 낸 나의 자식들에게 나는 영원한 삶을 약속한다. 거기까지 듣고 기절했는데, 눈을 떠 보니 어둡고 딱딱한 동굴이었습니다. 유람선 타고 나가야 볼 수 있는 거기. 바위산 아래에 해안 동굴이요. 내가 거기 있었고 밖에서는 파도가 막 출렁였어요. 나는 입구 쪽으로 나갔고 그때…… 그 장면을 보았습니다!"

교주는 이 대목에서 어떤 효과를 노렸던 듯, 시간을 오래 끌었다. 그가 마지막 문장을 뱉자마자 신도들이 숨을 크게 들이켜는 소리가 사방에서 났다.

"……예, 맞아요. 나는 손님이 수면 아래에서 솟아오르는 그 모습을 실시간으로, 이 두 눈으로 똑똑히 봤습니다. 그건 실로 경이로운 광경이었고…… 내 마음속에 어떤 깨달음을 주었습니다. 곧 그분의 속삭임이 다시 들렸습니다. 그분이 말했습니다. 나는 해변에 있었던 사람 중 유일하게 해일에서 살아남은, 선택받은 자라고요. 내가 손님과 인간들을 이어 주는 다리가 될 예정이라고 했습니다. 선택받은 대리인으로서 꿈을 통해 그분과 끊임없이 소통하며, 언젠가 찾아올 그날을 대비해야 한다고 했습니다. 동시에 무지한 일반인들과 간악한 이단의 무리가 그분께 접근하지 못하도록 지켜야 했습니다. 나는 그렇게 그분의 믿음을 전파할 사람으로 선택받았기에 유일하게 살아남은 것이었지요.

손님께서 마지막으로 속삭이길, '나의 분노가 무악의 바다만큼 넓고 또 깊어질 경우, 나는 이곳을 빠져나와 육지를 걸어 다니며 벌을 내릴 것이니, 또 다른 시험이 찾아갈 것이니라.' 나는 그분의 음성에 고개를 숙이고 맹세했어요. 그분이 내린 막중한 임무를 성실히 수행하겠다고요. 그러자 그분은 매우 기뻐하시며, 나에게 선택받은 대리인만이 가질 수 있는 표식을 남기겠다고 했습니다. 나의 왼손에는, 그렇게 이 푸른 반점이 영원히 새겨지게 되었지요."

교주는 모두에게 왼손등을 보여 주었다. 그의 왼손등 위, 괴상한 모양의 푸른 반점이 모습을 드러냈다.

"지난 20년간 나는 하나뿐인 생존자 그리고 대리인이라는 책임감을 가지고 그분과 소통했고, 그분의 음성을 듣고 기록했으며, 그 말씀을 여러분과 나누었지요. 여러분, 나의 친구들이여. 가슴이 끊어질 듯 아픈가요? 잠들었다가도 숨이 막혀 벌떡 일어나고, 기쁜 와중에도 혼란하고, 즐겁다가도 죄책감에 모든 걸 멈추게 되나요? 해일로 잃은 사람들을 생각하면, 그 사랑스러운 얼굴들이 자라고 늙고 약해지는 과정을 볼 수 없다고 생각하면 눈물이 홍수처럼 납니다. 나도 그렇습니다. 나도 20년 전의 해일로 가족을 모두 잃었습니다. 압니다, 잘 알아요. 나도 여러분처럼 아프고 고통스러웠습니다.

심지어 그렇게 사랑하는 사람을 잃어버린 우리를, 세상은 어떻게 취급했나요. 우리의 상처를 위로하고 아픔에 공감하는 듯했지만 그건 다 위선이고 기만이었습니다. 그들은 우리가 상처를 극복하길, 예전처럼 웃고 떠들며 일상으로 돌아가기를 바라지 않습니다. 세상은 우리가 아물지 못한 상태로 남아 있기를 바랍니다. 상처투성이로 남아 있기를 원합니다. 그래야 본인들의 알량한 자비를 베풀 기회가 생기니까요. 충만한 하루를 보내고 잠자리에 들기 전, 그때 그 인간들은 어떻게 지내나, 하고 검색이나 해 볼 마음이 생기니까요! 그들은 몇십 초간 우리를 연민하고, 내일에 대한 기대로 충만한 채 잠이 듭니다. 그들의 자비가 쓰일 곳이 필요하므로, 우리는 언제까지나 상처를 극복하지 못한, 불쌍한 유족들로 남아 있어야 합니다. 많은 분이 공감하시겠지요."

사방에서 흐느끼는 소리가 났다. 희령의 뒤에 앉아 있던 중년 남성이 손수건에 코를 풀었다.

　"……하지만 여러분. 우리는 그들의 뜻대로 상처투성이로 남아 있지 않습니다. 아픔을 극복하지 못한 채 낙담하지 않아요. 여러분은 이제 알지요. 우리는 그들을 헛되게 잃은 게 아닙니다. 그들은 결코 헛되게 떠난 게 아닙니다! 그들은 우리보다 먼저 손님의 세계로 떠나, 그곳에서 영원을 누리고 있습니다. 그들의 죽음은 손님께서 우리에게 내린 시련이자 시험입니다. 그분께서는 우리가 고통 속에서 괴로워하길 바라셨고, 끝내 고통을 견디고 그분을 믿는 자를 구원하고자 하십니다. 진실로 믿고 바라고 구하면, 언젠가 손님께서 우리를 그곳으로 데려가 주심을 나는 믿습니다. 이 땅에 손님으로 오신 그분께서 언젠가 우리를 그분의 손님으로 맞이해 주심을 믿습니다. 그곳에서 20년 전, 우리가 잃은 사람들을 다시 만나게 됨을 믿습니다. 그날까지 우리는 믿고 기다려야 합니다. 우리를 위해 기꺼이 이곳에 강림한 손님을 유일신으로 모시며 사악한 이단의 꾐에 현혹되지 않도록, 보이는 것만을 믿지 않도록 애써야 할 것입니다.

　여러분, 다 함께 기도합시다! 기도하고 또 기도하며 기다립시다! 그분이 믿음으로 보답한 우리에게 그에 걸맞은 보상을 주시고 이단의 무리에게 벌을 내리시는 그날까지. 우리의 친구와 배우자와 가족들을 다시 만나는 그

날까지, 기도하며 극복합시다! 그분이 당신의 깊은 뜻을
우리로 말미암아 이루어 주실 것을 믿읍시다!"

깊게 생각할 것도 없이 개소리였다. 박수 치고 울부짖
고 찬양하는 신도들을 등지고, 희령은 무대 위의 교주를
올려다보았다.

그는 자신의 설교에 깊게 감동한 듯, 촉촉하게 젖은 눈
으로 신도들을 인자하게 훑어보았다. 시선이 마주치자
그의 얼굴이 미묘하게 일그러졌다. 마치 희령의 존재가
이 예배당에서 어떤 의미를 갖는지 알아채기라도 한 것
처럼.

해변에서 유일하게 살아남은 생존자는 교주뿐만이 아
니었다. 희령은 거대한 장벽 같은 해일이 다가오던 순간,
발밑에서 모래사장이 부서지던 감촉을 여전히 기억했다.
희령은 희수와 함께 해변에 있었고 살아남았다. 교주는
유일한 생존자 따위가 아니었으며, 푸른 표식은 희령의
손등에도 새겨져 있었다. 희령의 얼굴이 하얗게 질리는
동안, 구석에 처박혀 있던 선장이 걸어와 커다란 대야를
무대 정중앙에 놓았다. 안에는 무악의 바닷물이 담겨 있
다고 했다. 예배에 참석한 외지인들을 위한 세례 체험이
시작되었다.

외지인들은 모두 무대로 나가 대야 앞에 줄을 섰다. 바

닷물로 손을 적신 교주가 그들의 손을 한 명씩 붙잡고 짧은 기도를 중얼대는 것이 세례 의식이었다. 흥분한 다미가 사람들을 밀치고 달려가 맨 앞자리를 차지했다. 석후가 희령의 등을 떠밀어, 희령은 얼떨결에 세례를 체험하는 무리에 합류하게 되었다. 뒤로 돌아 그를 잠시 노려보았지만 석후의 얼굴은 평온했다. 쏘아붙이면 석후는 이렇게 변명할 것이다. '그냥 체험이잖아, 체험.' 그리고 덧붙이겠지. '너무 싫으면 말해.' 그러나 희령은 말하지 못할 것이다. 희령은 싫은 것을 싫다고 말하는 재능을 20년 전에 잃어버렸으므로.

싫어도 싫다고 말하지 못한 죄로, 세례 체험은 시작되었고 희령의 차례가 다가왔다. 교주는 새하얀 얼굴 위의 짙은 입술을 움직여 희령을 향해 희미하게 웃었다. 희령은 교주에게 양손이 붙들린 채로 눈을 감았다. 축축한 손은 희수의 손을 떠올리게 했다. 아니, 아니다. 희수의 손이 아니었다. 축축하고 커다란 손. 반점을 뒤덮는 부드러운 감촉. 희수의 손이 아니면, 그럼 누구의 손이지? 귓가에서 교주가 낮게 기도하는 소리가 웅얼거렸다. 그럼 누구의 손이지? 희령은 자신에게 다시 한번 물었고, 끝내 한계에 몰려 바닷물이 담긴 대야에 얼굴을 박은 채로 기절했다.

얼굴과 머리가 짠물에 흠뻑 젖었고 숨이 쉬어지지 않아 괴로웠다. 산소를 찾아 헐떡이며 희령은 꿈, 아니 환상, 혹은 미래를 보았다.

하늘을 향해 손을 뻗은 채로 바닷물 속에 박혀 있는 손님. 그의 거대한 손등에 상처처럼 거대한 틈이 벌어져 있고, 틈 사이로 작고 가느다랗지만 커다란 손을 가진 팔목 하나가 삐져나왔다. 희령은 한눈에 알아볼 수 있었다. 그건 희수의 손이었다.

희수가 희령을 향해 손을 흔들었다. 손을 휘저으며 희령의 이름을 불렀다.

—언니, 나 여기에 있어.

희수가 그렇게 말했다. 꿈도 환상도 아니었으며 명백한 미래였다. 20년 만에, 마침내 희령은 희수가 어디에 있는지 찾아낸 것이다.

"세례 체험 중에 종종 이런 일이 발생하기도 합니다. 영적인 기운이 강한 분들에게 특히 많이 벌어지지요. 너무 걱정하지 않아도 됩니다. 희령 님이라고 했죠?"

희령의 기절로 인해 손교 예배 체험은 급하게 끝났다. 기절한 희령은 긴 의자 위에서 눈을 떴고, 구급차를 부르겠다는 석후의 제안을 거절했다. 다미의 얼굴은 퍼붓지 못한 질문으로 팽팽하게 차서 금방이라도 터질 것 같았다. 석후의 손수건으로 젖은 머리카락을 닦고 있자 선장이 세 사람에게 다가왔고, 교주의 호출을 전했다. 그들은 예배당 깊숙한 곳으로 이어진 어느 방으로 안내되었다.

교주의 방은 소박하게 꾸려져 있어 예상외로 편안한 분위기를 풍겼다. 새하얗고 친절한 얼굴로 그들을 맞이한 교주는 담담하게 희령을 위로했다. 영적인 기운이 강한 사람에게 가끔 이런 일이 벌어진다고 했으나, 희령에게는 이상하게도 그가 자신을 나약한 사람이라고 질책하는 것처럼 느껴졌다.

"이런 게…… 이런 게 자주 일어난다고요? 세례 중에 기절하고 꿈을 꾸는 일이?"

희령이 조심스레 묻자 교주가 눈을 치켜떴다. 짙은 눈썹 아래, 툭 불거진 눈알이 금방이라도 튀어나올 것 같았다.

"꿈? 꿈이라고 했나요?"

"꿈이라기보다는…… 환상 같기도 하고."

"환상? 무엇을 보았습니까?"

"아니…… 아니요. 사실 잘 모르겠어요."

교주는 기다리지 않고 재차 물었다.

"어떤 내용이었죠?"

"네?"

"어떤 내용이었어요? 부끄러워할 필요 없습니다. 솔직히 털어놓아도 됩니다, 여기서는. 희령 님이 세례 중에 무엇을 보았든, 제가 도와드릴 수 있어요. 설명해 드렸다시피, 이렇게 아주 가끔, 손님의 어떤…… 계시를 보는 분들이 계시고 저는 그 의미를 해석해 낼 수 있거든요. 저는 평생 그런 일을 해 온, 그분의 대리인이니까요."

교주가 온화한 미소를 지으며 제안했으나 그건 명령처럼 들렸고, 희령은 솔직히 털어놓는 일에 재능이 없는 여자였다.

희령의 보호자라는 이유로 함께 초대받은 다미는 호기심 어린 눈으로 교주의 방을 살피는 중이었다. 희령과 눈이 마주치자 다미는 이야기해 보라는 듯 눈을 찡긋거렸다. 희령이 주저하자 그는 입 모양으로 소리 내지 않고 물었다. 왜? 뭘 망설이는데?

"그쪽이 먼저 솔직히 털어놓아야 우리도 털어놓을 마음이 생기지 않을까요?"

희령이 여전히 갈피를 잡지 못하고 머뭇거리던 순간, 갑자기 석후가 나섰다. 평소의 석후라고는 믿을 수 없을 만큼 삐딱한 태도였다. 난데없다고 느껴질 정도로 강하게 비꼬는 목소리에, 희령은 석후를 돌아보았다. 석후는 여전히 교주에게 시선을 고정한 채로 추궁했다.

"그 설교라는 거, 아주 엉망진창이던데요. 해변에 있었던 사람들 중, 해일에서 살아남은 게 그쪽뿐이라고 누가 그랬습니까? 여기 명백히 또 다른 생존자가 있는데 말이죠. 어떻게 그렇게 뻔뻔하게 20년 동안 사람들을 속여 온 겁니까?"

또 다른 생존자, 석후가 말하는 사람은 분명 희령이었다.

희령은 설명이 필요했다. 석후의 설명을 듣지 않으면

다음으로 넘어갈 수 없었다. 희령의 시선을 차마 무시할 수 없었던지, 석후는 잠시 희령을 바라보았다가 눈을 내리깔았다. 그는 조금 전과는 다르게 기어들어 가는 목소리로 고백했다.

"……알고 있었어, 미안."

알고 있었다고? 대체 언제부터? 분명 소리 내어 물으려 했는데도 불구하고 아무 소리도 나오지 않았다. 목소리를 잃어버린 인어처럼 희령이 벙긋거리자 다미가 슬쩍 끼어들었다.

"어머, 알고 있었어요? 희령이가 말하지 말라면서 그렇게 걱정했는데, 언제부터 알고 있었던 거예요? 좀 소름 끼친다."

얄밉게 벙긋거리던 다미가 덧붙였다. 원래 그런 사람인 건 알고 있었지만. 그러더니 새하얀 얼굴이 더 새하얗게 질린 채 굳어 있는 교주를 향해 발랄하게 말을 걸었다.

"저 사람 빼고 셋이서만 이야기하면 안 될까요? 우리끼리 솔직하게? 그지, 희령아?"

"무슨 이런 사기꾼이랑! 당신이 불쌍한 유족들을 상대로 얼마를 해 먹었는지, 내가 다 밝힐 겁니다. 예? 세상에 이야기할 거라고요. 당신의 그 괴상한 설교대로라면, 손님과 소통할 수 있는 대리인이 여기 한 명 더 있는 거잖아? 심지어 이거, 이 반점은 또 어떻게 설명할 겁니까? 대리인만이 가질 수 있는 표식이라면서요. 여기에도 있는

데요? 그런데 제가 알기론, 이건 사고로 생긴 반점일 뿐입니다만."

흥분한 석후가 희령의 손목을 쥐고 교주 앞에 들이밀며 소리쳤다. 희령은 황급히 그의 손을 뿌리치고 언성이 더 높아지지 않도록 막았다. 찰나의 침묵이 네 사람 위로 내려앉았다. 희령은 펄떡이는 심장을 겨우 가라앉히며, 교주를 향해 몸을 돌렸다. 교주는 빳빳하게 굳어 버린 채 이전에는 찾아볼 수 없었던 불안을 드러내고 있었다.

"방금 저 남자가 한 말은 신경 쓰지 마세요. 분란을 일으킬 생각은 전혀 없어요."

희령의 말을 들은 교주가 입술을 씰룩였다. 안도한 기색이 역력했다. 희령의 뒤에서 석후가 어이없다는 듯 헛웃음 소리를 냈다.

"저는 그냥…… 그냥, 그 손을…… 가까이서 보고 싶어요. 교주님께서 도와주실 수 있나요?"

"어째서 손님을 가까이서 보아야 하지요?"

"제 동생이 그 안에 있는 것 같아요."

"동생?"

"20년 전에 해일 때문에 죽었어요. 우리 둘 다 해변에 있었고, 저는 살았고, 그 아이는 죽었고……. 시체는 20년 동안 발견되지 않았습니다."

교주는 헛기침을 했다. 목을 가다듬은 그는 이전처럼 우아하게 물었다.

"꿈 혹은 환상. 그 안에서 동생을 보았어요?"

"손등에…… 내부에, 갈라진 틈에 희수가 있었어요. 저는 분명히…… 봤어요."

"……."

"정말 희수의 시체가 거기에 있는 건지, 아니, 갈라진 틈이 존재하긴 하는 건지 확인이라도 하고 싶어요. 그렇게 해 주시면 소란 피우지 않고 돌아가겠습니다. 누구에게 어떤 말도 하지 않을 거예요. 제가 해일에서 살아남았다는 사실도 잊어 버리겠습니다."

희령은 솔직하게 털어놓는 일에 재능이 없는 여자였으나, 희수의 시체를 찾을 수 있을지도 모르는 상황에서는 아무런 문제가 되지 않았다.

굳은 얼굴로 생각에 잠겨 있던 교주의 얼굴에 서서히 자비로운 미소가 번졌다. 땀으로 인해 새하얀 분장이 서서히 지워지고 있었으나 짙은 눈썹과 입술은 여전했다. 그가 20년 동안 사람들을 속인 사기꾼이라는 건 희령에게 중요한 일이 아니었다. 교주가 손에게 희령을 데려다줄 수 있다면, 그걸로 되었다. 손을 관람할 수 있는 유일한 관광 상품인 유람선은 손과의 안전거리를 철저히 유지했으므로, 손을 가까이서 볼 방법은 현재 이것뿐이었다.

"나는 무악에서 아주 큰 영향력을 가지고 있답니다. 여러분이 예상하는 것보다 더 말이지요."

교주는 낮고 깊은 목소리로 대답했다. 듣는 것만으로

그를 철석같이 믿고 싶어지게 만드는 음성이었다.

"분란을 일으키지 않고 돌아가겠다고 약속하면, 방법을 찾아보겠습니다."

"약속할게요."

교주는 무악의 바다처럼 넓은 미소를 머금고 고개를 끄덕였다.

내일까지 연락해 주겠다는 약속을 뒤로하고, 세 사람은 교주의 방을 빠져나왔다. 긴 복도를 지나 예배당으로 돌아오자 다미는 급히 자리를 비웠다. 희령과 석후 사이에 흐르는 싸늘한 기운으로부터 도망치고 싶었던 것인지, 그새 예배당을 몰래 취재할 생각인 건지 알 수 없었다. 희령은 예배당 밖으로 나와 인적이 드문 뒤뜰로 향했다. 석후가 그 뒤를 따라왔다. 두 사람은 잡초가 수북하게 자란 지점에서 걸음을 멈추었다.

"언제부터 알고 있었던 거야?"

"……얼마 안 됐어."

"어떻게 안 건데?"

사나운 바람이 불어 희령의 머리카락을 흩트려 놓았다. 석후는 억울하다는 듯 언성을 높였다.

"자기 부모님한테 들었어. 화내지 마. 내가 이야기해 달라고 부탁드린 거니까. 근데 지금 그게 중요한 게 아니잖아. 저 사람 사기꾼이야, 희령아. 사기꾼이라고. 20년 동안 순진한 마을 사람들을 속이고 돈을 뜯어낸 인간이라

니까? 내가 조사했었는데, 저 사람 헌금이랍시고 받아 낸
돈이 어마어마⋯⋯."

"일부러 고른 거구나."

"뭐?"

"일부러 무악으로 오자고 한 거구나. 그렇지? 다 알면
서 무악으로 오자고 한 거지?"

희령은 오늘 새벽, 잠이 든 석후의 스마트폰에서 흘러
나오던 음성을 그제야 기억해 냈다. 확신에 차 설교하는
목소리는 분명, 조금 전 두 사람과 이야기를 나누던 교주
의 음성이었다.

석후는 대답하지 않았다. 그는 신발 앞코로 애꿎은 바
닥을 여러 차례 내려찍더니 되물었다.

"그래. 일부러 골랐어, 그게 왜? 하도 답답하게 굴어서,
여기라도 오면 이야기해 줄까 싶었어. 그런데 자기는 그
럴 생각이 없어 보이더라. 언제 말할 생각이었어? 평생
말하지 않을 생각이었어? 언제까지 숨기려 했는데?"

"숨겼다고?"

"희령아."

석후가 한숨을 크게 쉬었다. 발밑을 노려보던 그는 겨
우 생각을 정리한 듯, 환하게 웃으며 다가와 희령의 양손
을 붙잡았다. 희령은 뒷걸음질 쳤지만, 그의 손아귀에서
벗어날 수 없었다.

"난 네가 어떤 약점을 가지고 있어도 상관없었어. 다 이

해할 수 있었다고. 우린 평생을 함께할 사이잖아. 난 그냥…… 여기에 오면 네가 더 편한 마음으로 고백해 주지 않을까, 그렇게 생각했던 거야. 널 배려하고 싶어서 그랬어."

부드러운 목소리가 천천히, 희령의 귓가를 파고들며 희령을 토닥였다. 희령은 자신이 들은 말을 완전히 이해하지 못해, 정확히는 이해했으면서도 받아들이지 못해 바들거렸다. 꼿꼿하게 서 있으려면 온몸의 힘과 강한 정신력이 필요했고, 석후의 손을 뿌리치는 데는 그보다 배의 힘이 요구되었다.

뿌리친 석후의 손이 허공에서 힘없이 나풀거렸다. 희령은 문득 그의 양손을 잘라 버리고 싶은 충동을 느꼈다. 더 이상 희령의 푸른 반점을 덮을 수 없도록.

"그건 내 약점이 아니야."

희령은 침착하게 말을 골랐다.

"희수는 내 약점이 아니야."

마침내 그렇게 선언하자, 석후가 입술 끝을 비틀어 올렸다.

"정신 나간 사람처럼 희수야, 희수야 하면서 돌아다니는 꼴을, 약점이 아니면 뭐라 부르게? 나는 이해해, 희령아. 이해한다고. 내가 찾아봤는데, 큰 결함이 있는 쪽이 이유 없이 결혼을 미루거나 프러포즈를 거절하는 경우가 많대. 자기도 그래서……."

"왜 자꾸 희수에 대해 그런 식으로 이야기하는 거야?"

"아, 좀! 말꼬리 잡지 말고!"

석후가 버럭 소리를 질렀다. 희령은 산소가 부족한 생선이 되어 뻐끔거리기 시작했다. 뻐끔, 뻐끔, 뻐끔. 흥분한 석후가 길길이 날뛰었다.

"동생 이야기만 나오면 미친 사람처럼 돌아다니는데, 그게 결함이 아니면 대체 뭔데! 뭐? 시체가 손등에 박혀 있다고? 그게 말이 돼? 웬 사기꾼이 하는 소리에 정신이 팔려서……. 자기 동생은 20년 전에 죽었잖아. 이미 물에 녹아서 사라졌을 거라고! 제발 정신 차려!"

희령이 뒤늦게 호흡을 골랐을 때는 이미 석후의 뺨을 후려쳐 버린 뒤였다. 상처받은 비련의 주인공처럼 구는 짓 따위, 죽어도 하고 싶지 않았으나 평생을 희수로 살아온 희령이 할 수 있는 거라곤 그뿐이었다. 희령은 어떻게 해야 상대를 효율적으로 공격하고 괴롭힐 수 있는지를 전혀 기억하지 못했다.

희령은 황급히 푸른 반점이 새겨진 왼손으로 석후의 뺨을 후려친 오른손을 감싸 쥐었다. 그렇게 하면 방금 자신이 저지른 짓이 사라지기라도 하는 것처럼 다급했다.

석후는 뺨을 매만지지도 않고 그저 웃었다. 희령이 저지른 짓은 푸른 반점으로 숨길 수 있는 것이 아니었다. 희령은 사과하려 했다. 분노로 온몸이, 손가락 끝까지 사시나무처럼 떨리는 중이었지만 석후에게 상처를 입혔으니 사과해야 했다. 평소의 희령이라면 기꺼이 그랬을 것이다.

무악의 공기 탓이었을까. 화려하고 혼란한 공기 속에 담긴 수많은 죽음이 희령의 입을 틀어막은 탓이었을까. 희령은 사과하지 않았다.

멀리서 다미가 희령을 찾는 목소리가 들려, 희령은 석후를 내버려둔 채로 황급히 그 자리를 떠났다.

예약한 숙소는 깨끗한 비즈니스호텔이었다. 희령은 석후와 같은 방을 쓸 생각이 없었지만 그건 석후 역시 마찬가지인 모양이었다. 그는 체크인을 하자마자 숙소를 벗어나 돌아오지 않았고, 희령은 다미와 함께 숙소 근처에서 늦은 저녁을 해결했다. 나쁘지 않은 해물탕을 앞에 두고도 다미는 이상하게 식사에 집중하지 못했다. 자꾸만 스마트폰을 확인하고 어딘가 허둥거리는 꼴이 수상했다. 희령은 다미를 잘 알았다. 다미가 저런 모습을 보일 때면, 틀림없이 어떤 일이 벌어졌다. 상상조차 할 수 없는 황당무계한 사건들이.

희령은 자정이 넘도록 방으로 올라가지 못하고 호텔 로비에 앉아 홀로 커피를 마시며 시간을 보냈다. 석후가 돌아오길 기다리는 건지, 방에 틀어박힌 다미가 마침내 내려오길 기다리는 건지 스스로도 갈피를 잡을 수가 없었다. 그리고 오랜 기다림 끝에 먼저 모습을 드러낸 것은 다미였다.

얇은 재킷을 차려입은 다미는 카메라까지 챙긴 중무장 상태였다. 그는 로비에 내려오자마자 서둘러 전화를 걸었고, 호텔 뒷문을 통해 밖으로 나갔다. 희령은 홀린 듯이 다미의 뒤를 쫓았다. 다미는 호텔 거리를 벗어나 관광 단지로 들어서더니 선착장이 있는 방향을 향해 거침없이 나아갔다. 걸음이 너무 빨라 희령은 숨이 차도록 움직여야 했다.

선착장에는 웬 남자가 다미를 기다리는 중이었다. 희령은 그를 한눈에 알아보았다. 유람선을 운전했던, 예배 내내 마른 나무처럼 앉아 있었던 선장이었다. 그의 곁에는 작은 통통배 한 척이 둥둥 떠 있었다. 희령은 다미가 무엇을 하려는지 눈치챘다. 어둠이 짙게 내려앉은 밤, 다미는 손을 취재하러 갈 생각이었다. 막아야 할까? 그런 생각이 먼저 들었지만 희령에게 다미를 막을 권리는 없었다. 주저하던 희령이 다미를 불렀다. 담벼락 뒤에 숨어 있던 희령과 눈이 마주치자, 다미가 꽥 소리를 질렀다.

"깜짝이야, 너 왜 거기에 숨어 있어?"

예상과 다르게 다미는 화를 내지도, 희령을 추궁하지도 않았다. 머쓱하게 다가간 희령은 침착하게 SD 카드를 확인하고 있는 다미에게 우물거렸다.

"어디 가?"

"어디 가긴. 손님 보러 간다."

"……이렇게까지 해야 해?"

"그게 무슨 이상한 질문이야? 당연히 이렇게까지 해야지."

"교주가 가까이서 보게 해 주겠다고 약속했잖아."

"너 그 여자가 하는 말을 진짜 믿었어?"

다미가 신나게 깔깔거리더니, 선장이 건네준 구명조끼를 착용했다.

"네 남자친구는 맘에 안 들지만, 그 인간 말이 어느 정도 맞긴 해. 교주란 여자, 사기꾼 같은 구석이 있어. 나도 좀 찾아봤는데…… 신도들을 상대로 꾸준히 헌금을 받아온 것도 사실이더라. 예배당 리모델링이니 뭐니, 이것저것 핑계 대면서 후원금도 여러 번 모았고. 내일 되면 갑자기 입 싹 닫고 모르는 체할 수도 있는 거잖아? 그럼 나한테는 오늘 밤밖에 없거든."

다미는 기대에 찬 얼굴로 손바닥을 마주 비볐다.

"근데 또 생각해 보면, 사기꾼이라 오히려 잘 된 걸지도 몰라. 기사 마지막에 임팩트가 부족할 것 같아서 걱정이었거든. 마무리 방향을 좀 바꿔 볼 생각이야. 교주의 이중성에 대해 은근히 폭로하면서 끝내려고. 완전히 폭로하는 것도 아니고, 그렇다고 폭로를 안 하는 것도 아니고, 비난할 수 없을 정도로 애매하게. 어때?"

딱히 희령의 답을 기다린 건 아니었는지, 다미는 신이 난 걸음으로 선장의 배를 향해 뛰었다. 희령은 서둘러 다미를 따랐다. 선장은 희령의 등장에도 별다른 반응을 보이지 않고, 묵묵하게 시동을 걸었다. 바닥에 널브러진 또다른 구명조끼를 응시하던 다미가 불쑥 물었다.

"같이 갈래?"

"나도?"

"확인해야 할 거 아냐. 네 동생이 진짜 거기에 있는지 아닌지."

태연하게 구명조끼를 내미는 다미의 얼굴은 천연덕스러웠다. 진심일지, 혹은 자신이 필요한 다른 이유가 있는 건지 판단하느라 희령은 머리가 터질 지경이었다. 어쩌면 다미는 희령이 자신을 발견하고 미행하도록 일부러 존재감을 잔뜩 뽐내며 여기까지 온 걸지도 몰랐다. 바꾼 방향대로 교주의 이중성을 폭로하려면 기사에는 희령이란 존재가 무조건 필요하다. 희령의 이야기는 'A 모 씨(33세)'라는 사람의 이야기로 멀리멀리 퍼져 나가게 될 것이다. 있잖아. 희령이 어색하게 말을 건넸다.

"……진짜로 희수가 거기에 있으면 어떡하지?"

"그건 그때 가서 생각해야지. 같이 있으면 뭐라도 할 수 있을 거야."

희령은 그때까지도 우두커니 서 있다가 홀린 듯이 내뱉었다.

"너도 희수가 내 약점이라 생각해?"

다미는 질문을 듣자마자 얼굴을 일그러뜨렸다.

"그게 무슨 소리야? 희수는 그냥 희수지."

마지막 그 한마디에 희령은 다미가 건넨 구명조끼를 붙잡고 말았다. 그것마저도 다미가 계획한 대사의 일부가 아닐까, 의심을 멈추지 못하면서도 그랬다.

가까이서 마주한 손님은 생각보다 더 거대했다. 경이로운 기이함 앞에서 희령은 멍청하게 입을 벌렸다.

손님의 모습은 평범한 인간의 손과 조금도 다르지 않았다. 혈색이 좋은 살결 위로 주름과 지문이 섬세하게 새겨져 있었고, 피부 아래로 푸른 핏줄이 희미하게 드러나는 부분도 존재했다. 잔뜩 흥분해 카메라를 들이대던 다미가 선장에게 조금 더 가까이 다가가 달라고 요구했다. 위험할 텐데. 선장이 만류했지만 다미는 막무가내였다. 받은 돈값을 하셔야죠. 사례금을 두둑이 받은 탓인지, 선장은 더 이상 토를 달지 않고 배를 움직였다. 손을 뻗어 손님을 만질 수 있을 정도로 아주 가까이.

"장갑을 끼는 게 좋을 텐데."

선장이 주머니에서 목장갑을 꺼내 들었지만 다미는 콧방귀를 뀌며 그 옆을 스쳐 지나갔다. 선장은 어깨를 으쓱이며 목장갑을 구석에 던졌다. 그는 다 되면 깨우라며 퉁명스레 중얼거리고는 목장갑 옆에 벌렁 드러누웠다.

카메라를 내려놓은 다미가 손님 위에 자신의 손바닥을 슬며시 올렸다. 우와. 다미가 탄성을 질렀다. 겁에 질린 희령이 위험하다고 말렸지만 듣질 않았다. 다미는 손님을 조심스레 어루만지며 틈틈이 스마트폰에 대고 무언가를 속삭였다. 따뜻해. 다미가 희령을 향해 그렇게 말하며 웃었다. 그 순간, 손님이 몸을 떨었다. 하늘을 향해 손바닥을 치켜든 손님의 검지가 파르르 흔들리는 것을 희령은 분명히 목격했다.

"……봤어?"

중얼대는 다미의 얼굴이 흥분으로 벌겋게 달아올랐다.

손님은 아주 우아하고 기품 있게 움직였다. 하늘을 향해 곧추세워져 있던 손목이 느릿하게 꺾이자, 손바닥이 서서히 뒤집혔다. 갈퀴처럼 벌어진 손가락은 금방이라도 배를 덮칠 것처럼 위협적이었다. 기겁한 희령은 뒤로 물러나다 말고 발을 헛디뎌 넘어지고 말았다. 바닥을 더듬거리며 뒤로 물러나는 희령의 곁에, 마찬가지로 잔뜩 겁에 질린 선장이 다가왔다. 말도 안 돼. 그는 멍하니 손님을 올려다보며 탄식했다. 말도 안 돼. 희령도 그를 따라 탄식하고 싶었다.

다미는 손님의 기이한 몸짓에 온 정신을 빼앗긴 채 우두커니 서 있었다. 손목이 완전히 꺾인 손님의 손등에 붉은 금이 나타났다. 날카로운 무언가로 망설임 없이 죽 그어 버린 것처럼 긴 상처였다. 희령이 환상 속에서 보았던 그 장면처럼 상처 주변이 피로 물들더니, 틈이 벌어지며 붉은 속살이 드러났다. 그 안에서 성인 남성의 것과 유사한 크기의 작은 팔이 불쑥 삐져나와, 꿀렁대며 길게 늘어났다.

실로 괴상한 광경이었다. 거대한 손에서 피어난 작은 팔은 바위에 기생하는 곰치 같았다. 여전히 주저앉아 있던 희령은 쉼 없이 꾸물거리는 팔이 자신을 향해 다가온다는 걸 뒤늦게 깨달았다. 놀랍도록 새하얀 팔에 순간 구역질이 올라와 입을 틀어막았다.

급하게 달려온 다미가 희령과 작은 팔 사이에 끼어들었다.

"이건 내 거야."

나만 쓸 수 있는, 내가 발견한 이야기야. 다미는 확신에 찬 어조로 소곤거렸다. 작은 팔이 악수를 시도하듯 몸을 뒤틀었다. 희령은 다미가 자신을 대신해 작은 팔과 악수를 하도록 내버려두었다.

다미의 손가락과 작은 팔의 손가락이 맞닿는 순간, 새하얀 손가락들이 갑자기 달려들어 다미의 목을 움켜쥐었다. 믿을 수 없을 정도로 빨랐다. 다미도 희령도 작은 팔의 움직임을 막을 수 없었다.

무언가 잘못되었다는 걸 눈치챈 다미가 희령을 향해 눈알을 굴렸다. 커다란 두 눈이 서서히 붉게 물들었다. 희려, 희려아. 작은 손의 어마어마한 악력에 숨구멍이 틀어막힌 다미가 더듬거렸다. 희령은 다미가 그렇게 비참한 목소리를 내는 것을 평생 한 번도 들어 본 적이 없었다.

바닥에 널브러진 희령의 눈앞에서, 다미의 얼굴이 폭발하듯 터졌다. 펑.

희령과 선장의 얼굴 위로 붉은 피가 쏟아졌다. 희령은 비명조차 지르지 못했다.

혼비백산한 선장이 두 눈을 문지르며 더듬더듬 바닥을 기어갔다. 간신히 조종실로 돌아간 그가 배를 움직이자, 바닥을 짚은 손바닥으로 진동이 느껴졌다. 20년 전, 해변을 뒤흔들고 해일을 일으켰던 그 진동처럼.

작은 팔의 손가락에 쥐어진 다미의 몸이 아래로 축 늘어져 껍데기만 남은 인형처럼 가볍게 흔들렸다. 희령은 더 이상 참지 못하고 저녁으로 먹은 것들을 게워 냈다. 선장이 급하게 배를 몰았다. 다미의 시체가 순식간에 멀어졌다. 희령은 자리에서 일어나려 했지만, 피와 토사물 위에서 자꾸만 허우적거리게 되었다.

등 뒤에서 무언가 끊어지는 것처럼 우드득, 굉음이 났다. 희령은 돌아보지 않았다. 손목이 끊어진 손님이 인어처럼 바다를 헤엄쳐 육지에 다다를 확률이 얼마나 될까? 부디 그 확률이 크지 않기를 간절히 빌었다.

3

  겨우 육지에 다다르자마자 희령과 선장은 배에서 튀어
나갔다. 우당탕 소리를 내며 선착장에 쓰러진 선장은 간
신히 몸을 일으키고 어디론가 달려갔다. 희령이 그를 뒤
쫓을 틈조차 내주지 않았다. 희령은 선착장에 주저앉아
피로 범벅이 된 몸을 바닥에 비볐다.

  다미가 죽었다. 희령의 눈앞에서 다미의 머리가 터졌
다. 조금 전의 그 끔찍한 광경이 정말 현실이었나? 희령
은 헉헉대며 진짜 현실로 돌아가려고 애썼다. 혀를 깨물
고 팔을 꼬집고 우둘투둘한 바닥에 몸을 계속 비볐지만
현실은 찾아오지 않았다. 희령의 얼굴을 뒤덮은 건 붉은
페인트 따위가 아니라, 진짜 피였다. 폭발한 다미의 머리
에서 뿜어져 나온 피.

한참 동안 피를 닦아 내던 희령이 번쩍 고개를 치켜들었다. 시간이 얼마나 흐른 걸까? 30분? 어쩌면 1시간? 바보처럼 울기만 하면서 시간을 낭비했다는 생각이 문득 들었다. 선장이 사라져 버린 어두컴컴한 선착장에는 희령 혼자뿐이었다. 희령은 스마트폰을 꺼내 석후에게 전화를 걸었다. 화면을 두드리는 손가락이 덜덜 떨렸다.

석후는 전화를 받지 않았다. 제발, 제발. 애원하며 몇 번이고 반복해도 마찬가지였다. 희령은 비틀대며 자리에서 일어났다. 복부를 꽉 조이고 있던 구명조끼를 벗어 던지고, 산책로를 따라 걸으며 사람을 찾았다. 아무도 없어요? 전화를 받지 않는 석후를 향해, 이름 모를 누군가를 향해 울부짖었다. 싸늘한 늦여름 밤의 공기 때문인지, 조금 전의 사고 때문인지 이가 딱딱 부딪힐 정도로 몸이 떨렸다.

"거기 누구 있어요?"

친근한 목소리가 들리자 저절로 울음이 터졌다. 희령은 엉엉 울며 목소리를 향해 달렸다. 스마트폰 플래시를 켜고 불안한 얼굴로 서성거리던 중년 여자가 약한 비명을 질렀다. 그는 잠옷 위에 잠바를 급하게 걸친 우스운 복장이었다. 희령이 울부짖는 소리를 듣고 집에서 나온 듯했다. 어머, 아가씨. 괜찮아요? 희령에게 다가오던 여자가 다시 한번 소스라치게 놀랐다. 희령의 얼굴과 몸을 붉게 물들인 피 때문이었다.

"아가씨, 괜찮아요? 정신 차려 봐요, 응? 이게 대체 무슨 일이야."

"사람이 죽었어요. 제 친구가, 손이⋯⋯."

"손? 무슨 손?"

희령은 대답 대신 다시 한번 허리를 숙이고 토했다. 여자가 아이고, 소리를 내며 희령의 등을 두드려 주었다. 위액까지 뱉어낸 희령이 간신히 부탁했다.

"경찰, 경찰 좀⋯⋯ 불러 주세요."

"경찰? 알겠어. 바로 부를 테니 너무 걱정하지 말아요."

여자는 희령의 등에 자신의 잠바를 걸쳐 준 뒤 서둘러 전화를 걸었다. 경찰이 아니라 구급대원을 불러야 했나? 희령은 자신의 멍청함을 원망했다. 바다에서 올라온 거대한 손이 인간의 머리를 터뜨려 죽였을 때 누구에게 도움을 요청해야 하는지, 희령은 한 번도 배운 적이 없었다.

"금방 온다고 하네. 내가 잘 이야기했어요. 일단 계속 밖에 서 있는 건 좀 그러니까, 일로 따라와요. 응?"

여자가 희령의 팔을 잡아끌었다. 희령은 잠자코 여자가 이끄는 대로 따라가며 울었다. 눈물이 끊이지 않고 흘러 입술을 적셨지만, 느껴지는 건 다미가 남긴 비린 맛뿐이었다. 여자는 망설임 없이 앞장섰고 희령은 익숙한 길로 접어들었다. 잘 닦인 벽돌길 끝에는 예배당이 있었다. 경찰이 예배당으로 온다고 한 걸까? 희령이 의아해하는 동안 여자는 조금도 주저하지 않고 예배당 문을 리드미컬하게 두드렸다. 쾅, 쾅. 안쪽에서 문이 벌컥 열렸다.

예배당 내부는 낮보다 더 어두컴컴했다. 여자가 희령의 등을 냅다 떠밀었고 희령의 등 뒤에서 문이 거세게 닫혔다. 한 치 앞도 보이지 않는 어둠 속에서, 희령은 또다시 혼자가 되었다.

상황을 파악하지 못한 희령은 어둠 속에서 몸을 잘게 떨었다. 곧 멀지 않은 곳, 무대 근처에서 푸른 조명 하나가 켜지며 희령의 시선을 잡아끌었다. 조명 주변으로 수많은 신도가 모여 있었다. 신도 무리의 뒤, 허공에서 새하얀 얼굴이 나타났다. 유령처럼 새하얗게 질린 고집스러운 얼굴.

"데려오세요."

교주가 우아하게 명령하자 어둠 속에서 등장한 남자들이 양쪽에서 희령의 팔을 붙들었다. 예상 못 한 접촉에 희령이 비명을 질렀으나, 커다란 남자들 사이에 끼어 버린 상황에서 저항은 무의미했다. 희령은 그물에 걸린 생선처럼 몸부림쳤다. 교주와 신도들이 가까워질수록 숨쉬기가 힘들어졌다. 남자들은 미동도 없이 희령을 무대 근처로 질질 끌고 갔다.

마침내 조명 근처에 도착한 순간, 희령은 그토록 찾던 얼굴을 발견했다. 석후와 선장이 교주 앞에 무릎을 꿇고 있었다. 그들의 곁에 덩치가 좋은 남자 신도들이 바싹 붙은 채 침묵을 유지하는 중이었다. 신도들의 목적은 누가 보아도 감시가 확실했다.

양옆의 남자들은 교주에게 고개를 숙이더니, 희령 역시 무릎을 꿇게 했다. 곁눈질로 살핀 석후의 얼굴에는 못 보던 상처가 가득했다. 어떻게 된 일인지 묻고 싶었지만, 무거운 분위기에서 쉬이 입이 떨어지지 않았다. 교주가 천천히 두 팔을 벌렸다.

"형제자매들이여."

축축하고 매끄러운 그의 음성은 어둠 속에서 빛을 발했다. 한층 더 깊어진 권위가 고요한 예배당을 쩌렁쩌렁하게 채웠다.

"여기 우리를 위협하는 외지인들이 있습니다."

교주는 희령과 석후를 날카롭게 노려보았다.

"조금 전, 아주 끔찍한 일이 벌어졌습니다. 20년간 꼼짝도 하지 않으셨던 손님께서 움직인 것입니다. 그분이 어디 계신지 현재 누구도 알 수가 없습니다. 완전히 자취를 감추고 사라지셨어요. 그분의 말씀대로, 그분의 분노가 무악의 바다만큼 넓고 깊어진 탓일까요? 또 다른 시험이 시작된 걸까요? 대체 어째서? 친절한 배신자의 고백으로 인해, 나는 그분을 분노케 한 사탄이 누구인지 알게 되었습니다. 무악을 헤집어 놓고 예배를 망친 외지인들입니다."

따가운 시선이 희령과 석후를 향해 쏟아졌다. 희령은 간신히 고개를 치켜들었으나, 그게 신도들을 더 화나게 하는 모양이었다.

"우리의 형제라고 생각했던 최 선장의 고백에 따르면, 그는 돈의 유혹에 빠져 외지인들을 손님께 데려갔습니다. 외지인들은 그분께 제멋대로 다가가 그분을 구경거리 취급했습니다. 심지어 그분을 어루만지며 강제로 접촉까지 시도했다고 하더군요! 아아, 그분께서는 분노 끝에 자신을 희롱하던 외지인에게 죽음이라는 벌을 내리셨어요. 그분이 곧장 바다를 떠나신 것도 무리는 아닙니다. 형제자매들이여. 모두 내 잘못입니다. 내가 막았어야 했어요. 이 간악한 이단의 무리가 그분께 함부로 접근하지 못하도록, 내가 그분을 지켜야 했습니다. 죄송합니다."

교주님 잘못이 아닙니다! '이단'들이 도망가지 못하도록 자리를 지키던 남자가 씩씩대며 외쳤다. 맞아요! 맞습니다! 사람들이 맞장구를 쳤다.

"저놈들을 벌하면 손님께서 노여움을 푸실까요?"

무리 속에서 누군가 교주를 향해 애타게 물었다. 슬픈 눈으로 침묵하던 교주가 그에 반응하듯 고개를 반듯하게 세웠다. 마치 그 질문이 나오기만을 기다리기라도 한 것처럼.

"⋯⋯내키지는 않지만, 잘못을 저지른 이단들에게는 그에 합당한 벌을 내려야겠지요. 그러나 벌의 내용을 결정하는 것은 내가 아니라 손님이 되실 겁니다. 죄인들을 손님께 인도하는 것만이 내 몫입니다. 나의 형제자매들이

여, 나를 믿고 따라와 주겠어요? 사악한 이단들을 그분의 앞에 바치도록 도와주겠습니까?"

신도 무리로부터 뜨거운 함성이 솟았다. 함성에 맞추어 점점 더 짙어지는 푸른 조명이 그들의 얼굴을 푸르게, 사악하게 물들였다. 어떤 변명을 하기도 전에 남자들이 희령과 석후를 일으켜 세웠다. 그들은 희령과 석후를 어디론가 끌고 가기 시작했다. 선장 역시 맥없이 끌려가기는 마찬가지였다.

"미친 새끼들아, 놔! 놓으라고! 저거 사기꾼이야! 이 여자도 생존자라니까? 당신들 싹 다 속고 있는 거라고! 20년 동안 저 사기꾼한테 돈을 갖다 바친 거야!"

강제로 끌려가는 내내 석후는 신도들을 향해 소리쳤으나, 그들은 묵묵부답이었다. 희령은 더 이상 발버둥 칠 힘도 남아 있지 않았다. 세 사람은 긴 복도를 지나 낯선 문 앞에 섰다. 문 너머에서 싸늘한 냉기가 흘러나왔다.

문 너머는 지하였다. 신도들은 발광하는 석후를 제일 먼저 끌고 아래로 내려가더니, 지하실 구석에 석후를 내던졌다. 얌전히 침묵하는 선장이 그 뒤를 따랐고, 발이 질질 끌린 채로 도착한 희령이 바닥에 쓰러졌다. 지하실 문이 닫히고 잠금장치를 돌리는 소리가 났다. 곰팡내가 그득한 지하실에 세 사람이 가쁜 숨을 내쉬는 소리만 들렸다.

달칵, 벽을 더듬던 선장이 조명 스위치를 눌렀다. 천장에 달린 전구에 불이 들어왔다. 볼품없는 빛이었으나 세

명의 얼굴을 밝히기엔 충분했다. 식은땀으로 젖은 얼굴들이 유령처럼 지하실을 떠돌며 서로를 가만히 노려보았다.

구는 자신의 방에 있었다.

작지만 소박하게 꾸려진 공간에서, 그는 거울을 들여다보며 얼굴이 새하얗게 되도록 화장을 덧바르는 중이었다. 책상에 놓인 스마트폰 화면이 깜빡거리며 시선을 끌었다. 무악 파출소에서 도착한 메시지였다. 마을 사람들에게 들키지 않도록 조용히 순찰을 돌았으나 손님은 어디에서도 찾을 수 없다고 했다. 손님이 솟아올랐던 자리에는 보기 흉하게 뜯겨 나간 손목만이 남아, 차마 눈 뜨고볼 수 없을 지경이었다. 구는 침착하게 눈썹을 그렸다. 이단의 무리를 지하실에 처넣어 버린 후, 신도 중 한 명이주저하던 끝에 뱉어낸 말이 자꾸만 귓가를 맴돌았다.

'그 여자 손등에 정말로 표식이 있었습니다. 교주님 것과 똑같은 표식이요.'

이런 일이 생길까 봐 일부러 조명을 푸른색으로 준비했건만, 역시 모두의 눈을 가리는 건 쉽지 않은 일이었다. 의문을 제기한 신도를 중심으로 자신 역시 희령의 표식을 보았다고 주장하는 사람들이 늘어났다.

'남자가 말한 것처럼, 그 여자도 정말 생존자인 걸까요? 그 사람에게도 어떤 역할이 있다면 어떡하죠?'

어떡하긴 뭘 어떡해, 죽여야지. 죽여서 치워 버려야지. 다시는 무악에 발도 들이밀지 못하도록. 구는 그렇게 생각했으나 입 밖으로 내뱉지는 않았다. 하나같이 나약하고 멍청한 신도들 사이로, 의심과 불신은 파도처럼 퍼져 나갔다. 그건 구가 막을 수 있는 것이 아니었다. 의심을 막을 수 없다면, 구가 선택해야 하는 길은 하나뿐이었다. 의심을 겉으로 드러내지 못하도록 꼼짝도 못하게 만드는 것.

'허락도 없이 손님께 다가가 그분을 분노하게 만든 여자입니다. 이단이 분명하지요. 어쩌면 그자의 손등에 새겨진 표식은, 우리를 혼란케 하려는 이단의 음모일지도 모릅니다. 여러분도 알잖아요. 내가 인터넷에서 꽤 인기를 끌고 있지요? 설교 영상을 보고 반점을 따라 만드는 건 어려운 일이 아닙니다.'

구의 목소리는 친절했으나 경고를 품고 있었다. 신도들은 그의 기세에 눌려 우물거리다 결국 입을 다물었다. 때가 되면 손님께서 다시 모습을 드러내실 테니 그때까지 이단 무리를 철저히 감시하라는 명령을 마지막으로 구는 자신의 방에 틀어박혔다. 자신의 설명이 얼마나 설득력이 있었는지는 확신할 수 없었으나, 반점을 만드는 건 정말로 어려운 일이 아니긴 했다. 구 역시 문신으로 반점을 새기지 않았던가. 푸른 반점이 수놓인 자신의 왼손이 그 사실을 증명하는 셈이었다. 정신없이 화장을 덧바르던 그는 무심코 손에 쥔 거울을 놓쳤다. 바닥에 떨어진 거울이 산산조각 났다. 구는 짐승처럼 으르렁대며 분노로 발을 굴렀다.

설교가 끝나고 맨 앞줄에 앉아 있던 희령과 눈이 마주쳤을 때, 그의 손에 새겨진 푸른 반점을 보았을 때 구는 단번에 알아차렸다. 저 여자가 바로 손님의 선택을 받은 대리인이라고. 그러자 지난 20년간 손님에게 묻고 싶었던 질문이 목구멍까지 차올랐다. 왜 나를 선택하지 않았습니까? 나는 왜 선택받은 자가 되고자 노력해야 했습니까?

이건 아무리 생각해도 불공평했다. 실제로 구는 해변에 있었고, 해일에서도 살아남았다. 심지어 손님의 부르심을 듣기까지 했다! 그런데 왜 내가 아니라 그 여자여야 했나? 구는 비통했다. 누군가에게 털어놓을 수 없는 비통함이라 더 억울하고 분했다.

지구에 강림하신 그분은 구에게 자신의 복음을 설파했고, 언젠가 자신과 인간들을 연결하는 대리인 역할을 할 '선택받은 자'가 나타날 거라 속삭였다. 선택받은 대리인은 꿈을 통해 손님과 소통할 것이며, 구가 그를 알아볼 수 있도록 그자의 왼쪽 손등에 푸른 반점을 표식으로 남겨둘 것이라고 했다. 무악에 머무르며 그를 기다리고, 그가 나타나면 그를 보좌하고 돕는 것이 평생 구가 해야 할 일이었다. 그가 손님의 대리인으로 자신의 역할을 훌륭히 수행하는 광경을 뒤에서 묵묵히 바라보는 것이 구에게

주어진 운명이었다. 손님의 교리는 짧은 순간 구의 머리와 마음속에 세세하게 새겨졌으나, 구는 손님의 말을 완전히 받아들이지 못했다.

정말로 선택받은 대리인이 있다면, 왜 나는 그가 될 수 없단 말인가? 구는 손님의 경이로운 강림을 목격했다. 손님의 교리를 온몸으로 느꼈고 해일에서 살아남았다. 자신은 선택받은 대리인이 될 자격이 충분했다. 구는 초조하게 기다렸지만 푸른 반점을 가진 생존자 따위는 나타나지 않았다. 구는 자신의 왼쪽 손등에 푸른 반점을 문신으로 새겼다. 구는 직접 선택받은 자가 되는 쪽을 선택했다.

지난 20년간, 선택받은 자로 사람들을 이끄는 내내 손님은 구에게 벌을 내리지 않았다. 넘볼 수 없는 자리를 꿰찼다고 분노하는 일도 없었다. 구는 서서히, 그러나 분명히 확신했다. 그 누구보다 자신이 선택받은 대리인에 안성맞춤인 사람이라고. 손님이 선택한 인간은 다른 누구도 아닌 나라고. 그렇게 믿기 시작하자, 손님은 구의 믿음에 대한 보상처럼 꿈에 나타나 그와 소통하기 시작했다. 구는 꿈을 통해 손님과 이야기를 나누었고, 손님의 말씀을 기록해 신도들에게 퍼뜨렸다. 20년 동안 하루도 허투루 보낸 적이 없었다. 구는 언제나 최선을 다했다. 그는 자신이 선택한 길을 따라 선택받은 대리인의 삶을 살았다.

그러니 갑작스레 나타난 또 다른 생존자는, 분명 손님께서 자신에게 내리는 시련이리라. 그는 손님에 대한 자신의 믿음을 시험하기 위해 등장한 이단이리라. 손교를 위협하는 이단의 존재를 어떻게 지혜롭게 처리하는지, 그분께서는 필히 자신의 능력을 시험하고 싶은 것이리라.

그 여자가 정말로 선택받은 대리인이라고 해도, 해일에서 살아남은 또 다른 생존자라고 해도, 꿈을 통해 무언가를 보았다고 해도 그는 더 이상 선택받은 대리인으로 기능할 수 없다. 그 자리에는 이미 구가 있었으니까. 선택받기 위해 끊임없이 노력하고 애쓴 끝에 그 자리를 먼저 차지한 자신이 있었으니까.

동요하는 신도들을 부드럽게 이끌고, 이단 무리를 손님께 바치기 위해 지하실에 가둔 것이 올바른 선택이었을까? 손님께서는 이 정도로 만족하실까? 왜 하필 그자가 꿈을 통해 무언가를 보도록 하셨을까? 그자가 20년이 지난 지금 무악에 나타난 것에 어떤 의미가 있으면 어떡하지? 지난 20년간의 노력이 모두 물거품이 된다면.

아니, 아니다. 구는 마음을 다잡았다. 그가 할 수 있는 건 기다림뿐이었다.

자신이 맞았다면, 손님께서는 분명 다시 나타날 것이다. 그동안 잘해 왔다고, 구는 당신과 인간들 사이를 이어 줄 대리인이 맞다고 위로해 주실 것이다.

지난 20년은 이렇게 그분의 인정을 받기 위해 견뎌 온 시간이 아니었던가. 흔들려선 안 되었다. 스스로가 확신을 갖지 못한다면 누가 자신을 믿어 주겠는가? 누가 뭐라

해도 구는 선택받은 대리인이었다. 그는 자신이 쟁취해
낸 자리를 웬 이방인 따위에게 넘겨줄 생각이 없었다.

　"다미 씨, 정말로 죽었어?"

　느닷없는 석후의 질문에 희령은 희미한 불빛 아래에서
고개를 들었다. 문을 부술 도구를 찾겠답시고 온 지하실
을 뒤지던 그는 통조림이 든 식료품 박스 몇 개가 전부라
는 것을 깨닫고 이미 한바탕 성질을 부린 뒤 주저앉은 상
태였다. 스마트폰까지 빼앗긴 상황에서 이곳을 빠져나갈
방법이 없다는 걸 이제야 겨우 받아들인 모양인지, 그는
뒤늦게 다미의 생사를 챙겼으나 그건 싸늘하게 얼어붙은
공기를 녹이는 데 조금도 도움이 되지 못했다.

　"진짜로 죽었냐고."

　"……."

　"손인지 뭔지, 괴물이 그 여자를 죽였냐고 묻잖아."

　"……죽였어."

　희령의 대답에 석후가 신랄하게 웃으며 손바닥을 쳤
다.

　"그거 하나는 마음에 드네. 언젠가 그렇게 될 줄 알았
어. 그 미친년 때문에 지금 이게 무슨……. 근데 자기는 왜
따라간 거야? 설마…… 아니지?"

　"……."

"제발, 희령아. 아니라고 해 주라."

희령은 여전히 다미의 피로 붉게 물든 손바닥을 내려다보며 대답을 거부했다. 흥분한 석후가 벌떡 일어나며 박스를 걷어찼다.

"그래서 찾았어? 거기 있었어? 그게 거기 있었냐고."

"그게 아니라 내 동생이야. 희수라고."

"작작 해, 좀! 그래서 지금 어떻게 됐는데? 웬 괴물이 사람을 죽였다는데 미친놈들은 신고할 생각도 없고 우릴 바친답시고 여기에 가뒀어. 무악을 빠져나가야 하는데 방법이 없다고. 경찰도 한통속이야. 술 마시고 있는데 난데없이 경찰이 찾아와서 예배당으로 끌고 가지, 그 여자는 머리가 터져 죽었다고 지랄들이지, 다들 교준지 뭔지 사기꾼한테 홀딱 빠져서 내 말을 들을 생각도 없고…….방법이 없어, 방법이…… 아니, 그런 괴물이 진짜로 있긴 한 거야? 미친놈들이 마음대로 지껄이는 소리 아니냐고……."

석후는 초조하게 중얼대며 좁은 지하실 안을 빙빙 돌았다. 잠깐의 침묵이 도움이 됐는지 가까스로 흥분을 가라앉힌 그가 허리를 굽히고 희령을 들여다보았다. 석후의 두 손이 희령의 어깨를 묵직하게 짓눌렀다.

"자기야, 다 괜찮을 거야. 우린 나갈 수 있어. 자기만 정신 차리면 돼. 자기 동생 일도 중요하지만, 이 미친 사이비 집단에서 탈출하는 게 먼저잖아. 이해하지? 도와줄 거지?"

탈출한다면 그다음에는 무엇이 기다리고 있을까?

희령은 무기력하게 고개를 흔들었다. 지금의 희령은 아무것도 하지 못했다. 눈앞에서 오랜 친구의 머리가 터지는 광경을 본 사람이라면 누구나 이런 꼴이 될 거라고 생각했다. 그 와중에 손님의 손등에서 피어난 작은 팔이 희수의 것은 아니었는지 기억을 더듬는 자신이 역겨웠다. 천만다행으로, 다미를 터뜨려 죽인 팔과 손은 누가 보아도 성인 남성의 것이었다.

석후는 희령을 설득하려는 듯, 몸을 앞으로 숙였다. 그의 벌어진 입술 사이에서 술 냄새가 났다.

"동생이 죽은 거, 정말 가슴 아픈 일이야. 너무 안타까워. 그렇지만 이젠 놓아줘야 해."

"……."

"그거 자기 잘못 아니었어. 물론 죄책감에서 벗어나는 게 쉽지 않다는 것도 알아. 알지만…… 20년 전의 일이잖아. 이젠 헛된 일에 그만 집착하고 극복할 때도 된 거야, 희령아."

놓아주는 방법을 알았다면, 희령은 진작에 희수를 놓아줬을 것이다. 집착하지 않는 방법을 알았다면, 극복하는 방법을 알았다면. 슬픔을 모르는 방법을 알았다면.

"넌 이해 못 해."

남에게 슬픔을 떠넘기며 살아온 석후가 희령을 이해할 수 있을 리 없었다.

"넌 죽어도 못 할 거야."

바다처럼 넓고 깊은 슬픔을, 기꺼이 그 파도에 몸을 맡기게 되는 심정을 석후는 영원히 이해하지 못할 것이다.

석후가 얼굴을 구겼다. 희령의 어깨를 짓누르던 손으로, 그는 주먹을 세게 쥐었다. 아주 대단한 피해자 납셨네. 빈정대던 그는 희령의 근처에 놓여 있던 박스를 또다시 발로 차며 말을 이었다.

"네가 나한테 이야기하려고 시도하긴 했어? 내가 이해할 기회를 주긴 했어? 야, 네가 무슨 세상에서 제일 불쌍한 사람처럼 구는데, 같잖은 거 알지? 너보다 힘든 사람 많아. 너보다 훨씬 아프게 사는 사람들 널리고 널렸다고. 저 아저씨만 해도 봐. 해일 때문에 가족이 싹 다 죽었다는데. 넌 고작 동생 한 명이잖아. 내가 저 아저씨는 어떻게 이해해 보겠거든? 교주한테 들었는데, 저 아저씨는 해일로 아내랑 자식들을 한 번에 잃었다더라. 그 정도라면 나 같아도 혹해서 사이비에 미쳐 버릴 거야. 교주가 사기꾼이긴 해도 말은 번지르르하게 잘하니까. 근데 너는 도무지……."

희령은 자리에서 벌떡 일어났다. 석후에게 기회를 주지 않았다는 죄책감은 희령의 마음 한편에 여전히 희미하게 남아 있었다. 아픈 곳을 정곡으로 찔렸지만 애써 모른 척, 조잘대는 뺨에 주먹이라도 날려 볼 심산이었으나 희령보다 선장이 더 빨랐다.

선장은 석후보다 키가 크고 덩치도 좋았다. 술에 취한 석후는 선장의 상대가 되지 못하고 맥없이 고꾸라졌다. 묵묵하게 석후를 내려치는 선장의 등 뒤에서, 유일하게 지하실을 비춰 주는 전구가 불안하게 깜빡거리길 반복했다. 희령은 선장을 말리지 않고 다시 지하실 구석으로 기어들어 갔다. 손바닥에 얼굴을 묻자 피비린내 대신 곰팡내가 훅 끼쳐 와, 안심하고 악취에 몸을 맡겼다.

91

쿵, 쿵, 쿵. 누군가 예배당의 문을 두드렸다. 이제 막 동이 튼 이른 아침의 햇살 속, 묵직하고 일정하게 예배당의 문을 두드리는 소리는 어딘가 신성하게 느껴지는 구석이 있었다.

무리 지어 밤을 새운 신도들 사이로 웅성거림이 퍼져 나갔다. 쿵, 쿵, 쿵. 사람이 두드리는 소리는 아니었다. 어떤 사람도 저렇게 문을 두드릴 수는 없었다.

손님이실까? 누군가가 속삭이자 곳곳에서 탄식이 터졌다. 누군가는 드디어 손님을 마주하게 되었다며 기쁨의 눈물을 글썽거렸으나, 누군가는 우리에게 벌을 내리러 행차하신 게 분명하다며 몸을 떨었다. 그 여자의 손등, 파리한 껍데기 위의 얼룩이 진짜라면 어떡하지? 그 여자를 가두어선 안 되는 거였다면? 발광하던 이단의 말처럼 그 여자도 생존자라면? 혹시 모를 일이지만, 입 밖으로 내뱉기에도 불경스러운 말이지만, 만약 교주님이 실수한 거라면?

타락한 자들이 사방에서 수군거리자 나약한 신도들은 금세 흔들리기 시작했다. 쾅, 쾅, 쾅. 조금 전보다 더 거세어진 울림에 그들은 쉽사리 앞으로 나아가지 못하고 똘똘 뭉쳐 몸을 떨기만 했다. 무대에서 모든 걸 지켜보고 있던 구는 지금이야말로 자신이 등장해야 할 순간이라는 걸 깨달았다.

"형제자매들이여. 나의 유일무이함을, 우리의 믿음을 증명할 때가 왔습니다."

구는 당차게 예배당을 가로질렀으나 문밖의 손님이 어떤 모습일지는 그 역시 예상할 수 없었기에 두려웠다. 경이롭고 장엄한, 인간의 상식을 벗어나는 어떠한 존재를 마주하기 직전에 당연하게 찾아오는 수순이었다. 똑바로 걸으려는데도 자꾸만 스텝이 꼬였다. 가느다란 발목이 무너져 삐끗대기를 반복했다. 구는 나약한 인간처럼 두려워졌다. 손님이 자신에게도 분노했다면, 스스로 대리인이 되기를 선택한 자신을 인정하지 않는다면, 지난 20년의 세월을 도통 신뢰라고는 가지 않는 그 이방인 여자에게 넘겨주어야 한다면, 나는 어떻게 되는 것이지?

휘청대면서도 구는 출입문 앞에 멈춰 섰다. 자고로 좋은 지도자는 자신의 근심과 불안을 겉으로 절대 드러내지 않는 법이었다. 그는 문을 열었다.

거대한 손이 다섯 손가락으로 땅을 짚고 서 있는 광경은 순간 현실이라는 생각이 들지 않을 정도로 신성했고 한편으로는 우스웠다. 아, 구는 탄성을 터뜨렸다.

손님의 몸에는 수많은 붉은 틈이 벌어져 있었다. 길고 깊은 틈, 짧고 얕은 틈, 길고 얕고 짧고 깊은 틈 사이로 작은 팔들이 뻗어 나와 꿀렁이며 길게 늘어졌다. 작은 팔들은 인간의 것과 크기가 비슷했다. 성인부터 아이까지 제각기 다양한 크기의 작은 팔들은 손님의 몸을 둘러싼 가시로, 누구도 쉽게 그분에게 접근할 수 없도록 보호하는 역할을 하는 듯했다.

마침내 손님을 마주한 순간 구는 지난 20년의 세월 동안 응축된 어떤 감정이, 정의할 수 없는 무언가가 심장으로부터 뿜어져 나오는 것을 느꼈다.

이 땅에 기꺼이 강림한 그분은 인간이 이해할 수 있는 상식의 범주를 벗어난 것이었다. 감히 어떤 인간도 손님을 판단하고 재단할 수 없었다. 손님 앞에서 구는 아무것도 아니었다. 아무리 중요하고 소중한 것이라도 손님 앞에서는 의미를 가지지 못할 것이었다. 구는 탄복하고, 숭배하고, 복종하고, 슬퍼하고, 후회했다. 자신에게 손님의 경이로움을 글로 표현할 수 있는 능력이 있었다면! 밤새도록 손님을 찬송할 수 있는 아름다운 목소리가 있었다면! 서러움에 눈물이 줄줄 흘렀는데, 그건 구의 뒤에서 무릎을 꿇은 신도들도 마찬가지였다. 다 큰 성인들이 엉

엉 소리 내어 다 같이 오열하는 장면에는 얼핏 기괴한 구석이 있었으나 구 역시 볼을 타고 흐르는 눈물을 닦느라 여념이 없었다.

"마침내 위대하신 당신을 뵙습니다."

구는 울고 또 울었다. 새로운 20년을 맞이하기 전, 무악 토박이로 보낸 37년의 세월은 그에게 온통 고통뿐이었다. 이제 그의 인생은 또다시 새로운 국면을 맞게 될 예정이었다.

구는 평생 혼자가 될 불운을 지닌 몸으로 태어났다. 가족과도 친구와도 가까워지지 못한 채 불행하고 외로운 유년 시절을 보냈다. 성인이 된 후에도 자리를 잡지 못하고 이리저리 방황하는 그는 가족들의 수치였으며 어디 내놓기에도 부끄러운 자식이었다. 해일이 찾아왔던 8월의 여름날에도 마찬가지였다. 모두가 그를 포기할 생각이었다. 그를 버릴 생각이었다. 구는 가족들로부터 멀리 떨어져 홀로 해변을 걸어야 했다. 해일이 다가오는 순간에도 가족들에게 그는 없었다. 가족들은 구를 신경도 쓰지 않고 육지로 내달렸다. 뒤처진 구는 꼼짝없이 해일에 휩쓸렸으나 결국 살아남아 손님의 강림을 목격했다. 가족들은 모두 죽어 버렸다. 거기서부터 손님의 뜻이 시작되었다고 구는 믿었다. 그를 압박하고 미워하던 가족들로부터의 영원한 해방. 손님은 그에게 새로운 인생을 선물했고, 구는 20년의 세월 동안 진정한 손님의 대리인으로 거듭났다. 아아, 이것이야말로 훗날 경전의 첫 페이지를 장식하기에 더없이 훌륭한 이야기가 아닌가!

눈물을 후두득 떨구는 구의 얼굴을 향해, 손님이 차분하게 검지를 내밀었다. 그와 소통을 하려는 듯 산뜻하고 가벼운 움직임이었다. 모두가 숨을 멈추었다. 구는 자신이 무엇을 해야 할지 알 것 같았다. 그는 신자들을 향해 돌아섰다. 보이지요? 입을 길게 찢어 미소 짓는 얼굴 위로 눈물이 줄줄 흘렀다.

"나의 형제자매들이여, 보이십니까. 이제 아시겠습니까? 지난 20년간 저는 한 치의 거짓이 없었습니다. 이단의 등장에 흔들린 나약한 자들이여, 반성하고 참회하십시오! 선택받은 자는, 손님의 말씀을 전할 수 있는 자는 오직 나, 나뿐입니다……"

믿습니다! 신도 중 누군가가 울부짖었다. 믿습니다! 믿습니다! 메아리와 함께 그들은 하나둘 바닥에 엎드리기 시작했다. 아름다웠다. 구는 지금 이 순간을 영원히 머릿속에 기록해 두고 싶었다. 인사하듯 천천히 고개를 숙이자, 손님은 허공에 떠 있던 검지를 구의 머리 위에 살며시 올리더니 그를 쓰다듬었다. 조금의 무게도 실리지 않아 고통스럽지 않았다. 손님은 구를 위로하고 있었다. 20년간 잘해왔다고, 내가 선택한 대리인은 네가 맞다고, 그러니 마음껏 기쁨을 누려도 된다고. 위엄 있는 목소리가 구의 머릿속으로 흘러 들어왔다. 꿈속에서 수백 번도 더 들어 온 그분의 음성이었다. 탄복하라, 숭배하라, 복종하라, 슬퍼하고, 후회하며…… 죽음으로 사죄하라.

예? 의문을 표기하기도 전에, 손님의 검지가 구의 머리를 짓눌렀다. 너무도 가벼운 움직임 아래에서 그의 머리는 사과처럼 여러 조각으로 쪼개졌다.

뭉개진 살점과 핏덩이가 바닥에 진득하게 달라붙자 신도들이 비명을 질렀다. 아비규환의 비명이 신호탄이라도 되는 것처럼, 손님의 학살이 시작되었다.

손님의 틈으로부터 빠져나온 팔들은 재빠르게 늘어나 신도들의 목을 낚아챘다. 공중에 들어 올려진 신도들은 발버둥을 치다 축 늘어졌다. 목에서 떨어져 나간 머리가 바닥을 굴러다녔다. 매끈한 바닥 위로 피가 자꾸만 쏟아져, 끝내 원래의 색을 알아볼 수 없게 되었다. 지옥도를 마주한 신도들은 도망치거나, 제자리에서 벌벌 떨거나, 엎드려 손님에게 잘못을 비는 길을 택했다. 그중에 정답은 없었던 모양인지, 손님은 자비를 베풀지 않았다.

비명과 울음이 끊임없이 반복되었다. 모두가 죽는 데는 생각보다 오랜 시간이 걸리지 않았다.

"……방금 무슨 소리 들리지 않았나?"

널브러져 있던 선장이 침묵을 깼다. 석후는 찢어진 입술을 감싸며 엉거주춤 몸을 일으켜 세웠다. 어디선가 희미한 비명이 들려왔다. 희령은 급하게 숨을 몰아쉬었다. 좁은 지하실 내부에 산소가 부족해지고 있다는 착각이 온몸을 지배해, 공황 상태에 빠지기 일보 직전이었다.

점점 더 선명해지는 비명. 비명의 주체는 한 명이 아니었다. 각기 다른 비명이 떼로 쏟아지는 건 절로 속이 울렁거릴 정도로 끔찍했다. 불협화음처럼 파고드는 비명의 합창에 희령이 귀를 틀어막은 채로 따라 비명을 질렀다.

"입 다물어!"

윽박지른 석후가 문밖을 향해 귀를 기울였다. 긴 복도를 다급하게 달려오는 발소리가 이어지더니 누군가 문손잡이를 돌렸다. 잠금장치를 확인할 정신도 없는지, 그는 문을 두드리며 당장 열라고 소리를 질러댔다.

선장이 계단을 뛰어올라 문이 열리지 않도록 막으려 했다. 예배당에서 이어지는 비명이 결코 좋은 신호가 아니라는 것을 느끼고 반사적으로 움직이는 듯했다. 짐승처럼 본능을 따르는 그의 두 눈이 흉흉하게 빛났으나, 문밖의 상대가 잠금장치를 푸는 속도가 더 빨랐다. 문이 벌컥 열리고 침입자가 급하게 몸을 들이밀어 침입자와 선장은 한데 뒤엉킨 채로 계단을 굴러 바닥으로 떨어졌다.

열린 문 너머로 비명이 더더욱 짙어졌다. 석후가 급하게 계단을 올라 문을 닫고 그 자리를 사수했다. 굴러떨어진 침입자는 정신을 차리자 다짜고짜 선장의 멱살을 쥐었다. 찢어진 이마에서 피가 흘러 선장의 얼굴 위로 떨어졌다.

"너 이 새끼, 배신자, 이단 새끼……! 너 때문에, 네놈들 때문에!"

발광하던 침입자가 갑자기 선장의 목을 졸랐다. 선장이 도움을 구하듯 손을 뻗었다. 희령은 모자란 숨을 급하게 들이켰다. 자신이 헐떡이는 소리와 선장이 헐떡이는 소리가 처음부터 하나였던 것처럼 자연스럽게 섞여 들었다. 선장의 얼굴이 보라색으로 물드는 와중에도, 석후는 계단 위에서 꿈쩍도 하지 않았다. 선장이 죽든 말든 상관없다는 태도였다. 연신 바닥을 더듬거리던 선장이 입을 벌렸다. 꽉 막힌 목구멍에서 흘러나오는 숨소리, 벙긋거리는 입. 뻐끔, 뻐끔, 뻐끔…….

홀린 듯 지켜보고 있던 희령이 자리에서 일어났다. 비틀대며 열린 박스 안을 뒤졌다. 제일 크고 무거운 통조림 캔을 집어 들었다. 두 손으로 캔을 받치고 다가가, 선장의 목을 조르느라 여념이 없는 침입자의 뒤통수를 내리쳤다. 그렇게 큰 충격은 아니었지만 다행히 침입자는 손을 놓고 고꾸라졌다. 마침내 해방된 선장이 목을 움켜쥐고 캑캑거렸다. 희령은 통조림 캔을 바닥에 떨어뜨린 채 몸을 떨었다. 선장은 침입자를 발로 내려찍었다. 한 번, 두 번……. 지하실 문 너머에서 들리던 비명들이 서서히 잦아들었다.

지옥 같은 시간이 흐르고 마침내 평화가 찾아왔다. 침입자는 선장의 발길질 몇 번에 축 늘어졌다. 얼굴에 떨어진 피를 닦던 선장이 주저앉은 희령을 일으켜 세웠다. 희령은 선장을 따라 계단을 올랐다. 문을 막아선 석후를 향해 선장이 중얼거렸다. 비켜. 석후는 반항 한번 하지 못하고 옆으로 비켜섰다.

피와 시체로 범벅이 된 예배당이 그들을 맞이했다. 커튼을 치지 않은 창문 너머로 이른 아침의 햇살이 쏟아져 예배당을 환하게 비추었다. 피와 뼈와 살점으로 어지러운 예배당을 비추는 한 줄기 햇살에, 희령은 이상하게 눈물이 날 것 같았다. 간신히 걸음을 내딛는데 발밑에 무언가가 채였다. 뜯겨 나간 여자의 머리였다. 공포로 물든 눈과 벌어진 입이 죽음이 찾아온 순간을 생생하게 묘사해주었다. 그 옆으로 산산조각 난 머리가 눈에 띄었다. 머리의 주인은 특이한 완장을 찬 검은 양복을 입고 있었다. 희령은 검은 양복과 푸른 와이셔츠를 한눈에 알아보았다.

등 뒤에서 석후가 구역질을 했다. 선장은 아무렇지 않은 얼굴로 시체 더미 속에서 스마트폰을 하나 줍더니, 어디론가 전화를 걸며 예배당의 출입문을 당겼다. 반쯤 고장 난 문이 날카로운 소리를 내며 열렸다.

눈앞에 펼쳐진 무악은 얼핏 평화로워 보였으나, 희령은 곧 자신의 판단이 틀렸음을 알아차렸다. 저 멀리 관광 단지 쪽에서 연기가 피어오르고 있었다. 그리고 또다시 비명. 선장이 관광 단지 쪽을 가만히 응시했다. 그의 눈에서 분노인지 두려움인지 모를 것이 활활 타올랐다. 선장이 희령을 향해 돌아섰다.

"경찰이 전화를 받지 않아."

"……."

"집에 가 봐야겠어."

희령은 가만히 고개만 끄덕였다. 희령에게 눈인사를 건넨 선장은 관광 단지로 향하는 길을 빠르게 내달려 사라졌다. 구역질 끝에 겨우 예배당을 빠져나온 석후가 욕을 지껄였다. 희령이 선장이 사라진 길을 따라 걷기 시작하자, 석후가 다급하게 희령을 따라왔다.

"미쳤어? 어디 가려고? 야!"

희령은 목적지가 없었기에 대답할 수 없었다. 살고 싶은지 죽고 싶은지조차 판단하지 못하는 상태였다. 죽음이 코앞까지 다가온 상황에서, 희령은 그냥 희수가 보고 싶었다. 고통 속에서 자신처럼 일그러지던 조막만 한 얼굴이 그리웠다. 믿으면 희수를 만날 수 있을까? 손님이 정말로 자신을 희수에게 데려다줄까? 말이 안 된다는 걸 알면서도 갑자기 손교의 교리에 매달리고 싶어졌다.

4

　분노한 신의 강림 앞에서 무악의 사람들은 그저 속수
무책이었다.

　학살, 혹은 두 번째 재난이라는 단어로 지금을 설명할
수 있을 것이다. 키링을 하나라도 더 팔고 커피를 한 잔이
라도 더 만드는 게 하루의 전부였던 사람들은 손님에 맞
서 싸우지 못했다. 손님은 거리를 바쁘게 돌아다니며 세
워진 천막과 가판대를 부수었고, 손가락을 가볍게 놀려
사람들의 머리를 짓눌렀다. 가시처럼 솟아오른 작은 팔
들은 잘 훈련된 군대처럼 사람들의 목을 빠르게 터뜨려
나갔다. 끊이지 않고 이어지는 폭발음은 꼭 게임 속 발랄
한 효과음 같았다. 펑펑펑. 커다란 관광 단지는 곧 피와
시체가 널려 눈을 뜨고 볼 수 없는 지경이 되어 갔다. 간

신히 살아남아 몸을 숨긴 사람들은 손님의 학살을 영상으로 촬영해 인터넷에 업로드하며 도움을 청했다. 영상의 조회 수는 순식간에 수만을 돌파했고, 인공 지능이 만든 영상인지 아닌지 의견을 주고받는 댓글들이 주르륵 달렸다. 저기 해일 때문에 사람이 얼마나 죽었냐? 그건 싹 다 잊고 돈 버는 데 미쳐 있는 거 꼴 보기 싫었는데 잘 됐다. 다들 벌 받았네, 죽어도 싸다. 누군가 그렇게 댓글을 남겼고 얼마 지나지 않아 영상은 규제가 걸려 강제로 삭제되었으며, 인터넷이 끊겨 무악의 생존자들은 더 이상 스마트폰을 사용할 수 없었다.

희령과 석후는 관광 단지에 들어섰다. 손님이 한바탕 휩쓸고 지나간 자리에는 시체들이 산처럼 쌓여 있었다. 살아 있는 건 보이지 않았다. 피 웅덩이 위에 갈기갈기 찢긴 살점과 살점 위에 달라붙은 파리 떼만이 그들을 맞이할 뿐이었다. 죽음으로 가득한 길거리 한가운데에서 희령은 이상하게도 기묘한 해방감을 맛보았다. 해방, 이보다 지금을 적절하게 설명할 수 있는 단어는 없었다. 유령 같은 죽음이 부유하던 공간에 다시 죽음이 그득해지고 피와 비명이 사방을 메우자, 비로소 모든 게 제자리를 찾아가는 것 같았다.

한 걸음 한 걸음 나아갈 때마다 발밑에 찐득하고 미끈

거리는 것들이 달라붙었다. 터진 머리 근처에는 미처 부서지지 못한 눈알들이 굴러다녔다. 부서진 자재들이 길 한복판을 막아 도저히 나아갈 수 없는 지점에 이르자, 희령은 몸을 굽히고 핏물에 손을 적셔 가며 길을 만들었다. 간신히 한 사람이 지나갈 정도의 틈이 생기자 석후가 잽싸게 앞장섰다. 그는 어딘가에서 주워 온 스마트폰을 연신 두드리며 신경질을 냈다. 그의 손 역시 희령과 마찬가지로 피범벅이었다.

"인터넷이 안 돼."

"……."

"뭔가 이상해. 일단 빨리 마을 입구로 가자. 차를 찾으면 어디라도 갈 수 있겠지."

중얼대던 그는 희령이 아무런 반응도 하지 않자, 머뭇거리다 손을 내밀었다. 희령은 붉게 물든 그의 손바닥을 가만히 내려다보았다.

"화해하자. 나가서 다시 이야기해."

희령은 침묵했다. 그러다 가까운 곳에서 짐승이 낑낑대는 소리 같은 게 들려와 고개를 돌렸다.

"희령아."

"잠깐만."

석후는 희령이 자신을 제지하는 게 꽤 자존심이 상하는 모양이었다.

"좀 조용히 해 봐."

이어지는 말을 믿을 수 없다는 듯, 석후가 눈을 크게 떴다. 생사가 위태로운 상황에서 짜증을 부렸다고 저런 얼굴이 된다니. 희령은 왠지 석후를 한껏 비웃고 싶어졌다.

희령은 말을 붙이는 석후를 무시한 채 소리가 들리는 곳을 향해 걸어가며 부서진 잔해들을 뒤적거렸다. 오래 지나지 않아, 그는 거대한 간판 아래에 짓눌린 남자를 발견했다. 1.5층 높이에 설치되어 있던 간판이 땅으로 떨어지며 남자의 오른쪽 다리를 짓이겨 놓은 듯했다. 남자는 숨이 꺽꺽 넘어가는 소리를 내면서도 희령을 향해 손을 내밀었다. 살려 주세요, 제발 저도 데려가 주세요. 간판 아래에서 벗어나기 위해 죽을힘을 다해 애를 썼던 걸까, 남자의 손은 손톱이 듬성듬성 빠져 있었다.

희령은 저도 모르게 간판을 들어 올리려고 시도했다. 간판은 너무 무거워 꼼짝도 하지 않았다. 석후를 돌아보자 그가 어깨를 으쓱였다.

"뭐 어쩌라고?"

"도와줘."

"미쳤어? 진심으로 하는 소리야?"

희령은 간판을 붙들고 안간힘을 썼지만 소용이 없었다. 남자가 신음을 삼키며 희령에게 속삭였다. 버리지 마세요, 제발요. 희령은 남자의 손등을 토닥이며 그를 안심시켰다. 성인군자 납셨네. 석후가 비아냥거리는 순간, 육중한 무언가가 쏟아지는 소리가 들렸다. 잔해 속에서 세 사람은 동시에 입을 꾹 다물었다. 유리가 깨지고 나무 합판이 부서지는 소리가 이어졌다. 무언가 거리에 나타났다. 굳이 말을 하지 않아도 모두가 알 수 있었다.

소리의 주인공은 점점 더 가까워졌다. 희령은 고개를 뻗어 길거리를 살폈다. 손님이 잔해를 헤치며 그들을 향해 다가오는 중이었다. 작은 팔들은 살아 있는 것을 용납하지 않겠다는 듯, 사납게 손가락을 펼친 채로 허공에서 꿀렁거렸다.

희령은 다급하게 간판을 들었다. 다리에 충격이 전해졌는지 남자가 고통스러운 신음을 뱉었다. 도와줘, 빨리! 희령이 애원했지만 석후는 묵묵부답이었다. 피 웅덩이를 짓밟으며 다가오는 손님과 희령을 번갈아 바라보던 석후는 눈을 질끈 감았다 뜨더니, 부서진 가게들 사이로 난 골목길을 따라 달리기 시작했다.

멍하니 석후의 뒷모습을 응시하던 희령은 남자가 울부짖는 소리에 정신을 차렸다. 손님은 울음소리가 어디서 들려오는 건지 정확히 파악해 낸 모양이었다. 잔해를 밀어내며 다가오는 손님의 몸짓은 이전보다 더 거침이 없었다. 희령은 온몸의 무게를 실어 어깨로 간판을 밀다가, 피 웅덩이 속에서 미끄러지고 말았다. 절망에 빠진 남자가 끅끅거리면서도 희령을 향해 거듭 속삭였다. 그냥 가세요. 빨리 도망가라고요. 희령은 간판에 등을 붙이고 주저앉아 손님을 돌아보았다. 그는 남자를 두고 도망칠 수 없었다. 감히 가엾은 것을 버리고 갈 용기가 나지 않았다.

희령과 남자는 숨소리조차 뱉지 못하고 입을 다물었다. 거침없이 다가오던 손님이 두 사람 앞에 멈춰 섰다. 거대한 몸에서 해초처럼 피어오른 팔들이 꾸물대며 두 사람을 탐색하는 것 같았다. 잠시간 아무런 일도 일어나지 않았고, 희령은 이렇게 아무런 일도 일어나지 않는 상황이 계속될 수도 있겠다는 미약한 희망을 품었다.

제자리에서 부드럽게 흔들거리는 작은 팔들을 초조하게 훑어보았으나 너무 많은 팔이 빽빽하게 자리 잡은 탓인지 희수의 팔은 보이지 않았다. 팔목이 가느다랗고 야위었지만 손만은 이상할 정도로 컸던 희수. 희령은 손님의 손등에 올라타 모든 팔을 헤집어 보고 싶은 충동을 느꼈다.

침묵하는 희령의 앞으로 작은 팔 하나가 천천히 다가왔다. 꾸물대는 그것은 희령의 목을 쥘 것처럼 손을 갈퀴 모양으로 웅크렸다. 다미의 목을 쥐었던 손, 손이 가볍게 힘을 주는 순간 속수무책으로 터지던 다미의 얼굴. 희령은 자신의 얼굴 역시 그렇게 터지는 장면을 상상하며 가만히 기다렸다. 흰자위의 실핏줄이 터지고 양 볼이 붉게 달아오르다가 끝내 숨구멍이 틀어막혀, 그렇게 산산조각이 날 것이다.

처참한 거리에는 한동안 매미 소리만 사납게 들렸다. 손님은 희령의 예상을 벗어나, 처량하게 내민 작은 팔을 가만히 흔들 뿐이었다.

희령은 손님의 의도를 해석해 보려고 애썼다. 무언가를 움켜쥐기 직전의 형태로 굳어 버린 작은 손은 희령에게 무언가를 원하는 것 같았다. 일반적으로 사람이 팔을 내밀고 손으로 저런 자세를 취했을 때, 자신이 무엇을 해야 하는지 희령은 잘 알고 있었지만 차마 행동으로 옮길 수는 없었다. 희령은 최대한 소리를 내지 않으려고 애쓰며 쓰레기로 가득한 바닥을 더듬거렸다. 손가락 끝에 날카로운 무언가가 잡혔다. 본능적으로 손잡이를 움켜쥐었다. 현존하는 어떤 도구로도 손님에게 상처를 입힐 수 없다고 했지만 시도조차 하지 않고 물러서기는 싫었다. 희령의 손안에서 어떤 결심이 이루어지고 있는지 모른 채, 함께 침묵을 지키던 남자가 조용히 속삭였다.

"……악수하려는 거 같지 않아요?"

고요 속에서 남자의 속삭임이 유독 크게 들렸다. 희령 앞에서 꾸물대던 작은 손이 재빠르게 남자의 목을 쥐더니, 너무도 가벼운 손놀림으로 남자를 잔해 속에서 꺼냈다. 너덜너덜해진 남자의 한쪽 다리가 드러났다. 아, 희령은 멍청하게 신음했다. 희령은 똑같은 장면이 반복되리라는 걸 알았다.

남자의 흰자위에서 실핏줄이 터지고, 자잘한 상처로 뒤덮인 양 볼이 서서히 붉어졌다. 안 된다고 중얼거리기도 전에 따끈한 핏덩이가 얼굴 위로 쏟아졌다. 희령은 소리를 내지르며 쥐고 있던 칼로 남자의 목을 거머쥔 작은 팔을 내리찍었다. 작은 팔의 살갗을 가르고 타격을 입히는 데 성공했으나, 칼의 크기가 크지 않아 치명적인 상처를 내는 건 애초에 불가능했다.

칼에 찍힌 작은 팔은 고통스러운 듯 몸부림치다가 남자의 시체를 떨어뜨렸다. 머리가 사라진 채 힘없이 흐늘거리던 남자의 몸이 잔해 사이로 내려앉았다. 희령은 작은 팔이 날뛰는 사이 휘청대며 자리에서 일어났다. 볼품없이 비틀거리는 동안 손님이 다른 멀쩡한 팔로 자신의 목을 틀어쥘 거라 생각했지만, 손님은 이상하게도 별다른 조치를 취하지 않았다. 머리가 터지고도 남을 시간 동안 희령은 겨우 몸을 일으켰다. 상식적으로 이해가 되지 않는 어떤 가능성이 머릿속을 어지럽혔다.

잔해를 아무렇게나 짚다가 못에 손바닥이 찔렸다. 한쪽 신발이 벗겨져 절뚝이는 꼴이 되었지만 희령은 뒤돌아보지 않았고, 골목길을 내달리며 잠깐이나마 자신의 곁에 머물렀던 남자의 명복을 빌었다.

이건 뭔가 잘못되어도 단단히 잘못됐다. 석후는 오른다리를 질질 끌며 마을 입구로부터 멀어지려고 애썼다. 정확히는 마을 입구에 바리케이드를 쌓고 총구를 들이밀던 군인들로부터.

굳건한 바리케이드 뒤에 몸을 숨긴 그들은 석후가 모습을 드러내자마자 총을 겨누며 위협했다. 가까이 오면 발포하겠다는 선언에 충격받은 석후는 양팔을 들고 자신이 선량한 피해자임을 거듭 강조했으나 군인들은 묵묵부답이었다. 내보내 줘! 내보내 달라고, 개새끼들아! 바리케이드에 몸을 들이박으며 애원하자, 허둥거리던 군인 중 하나가 엉겁결에 총을 쏘았다. 총알은 석후의 오른 다리를 스치고 지나갔다. 그들은 큰 소리가 나는 것을 두려워하는 듯 어쩔 줄을 몰랐고, 다시 한번 총구를 겨누며 다음에는 머리통을 날려 버릴 거라고 몇 번이고 소리쳤다. 군인들의 눈은 두려움에 흔들리고 있었다. 겁에 질린 인간은 언제든 예상 못 할 짓을 저지를 수 있었기에, 석후는 피가 흐르는 다리를 질질 끌고 마을 입구를 벗어났다. 엎어지면 코 닿을 거리에 자신의 승용차를 내버려둔 채로.

폐허가 된 관광 단지로 돌아간 석후는 무너지지 않은 가게 안으로 몸을 숨겼다. 오른 다리의 통증이 스멀스멀 온몸으로 번져 나가기 시작해 꼼짝도 할 수 없었다. 바닥에 떨어진 현수막을 찢어 상처 부위를 감쌌다. 살아 있는 것이라곤 코빼기도 보이지 않는 거리에, 창백하게 질린 얼굴을 한 희령이 모습을 드러냈다. 석후는 소리를 죽이고 희령을 향해 미친 듯이 팔을 흔들었다.

석후의 손짓을 따라 가게 안으로 들어온 희령은 어딘가 얼이 빠져 있었다. 마을 입구로 가면 안 된다고, 군인들이 미쳐 날뛰는 중이라는 설명에도 별다른 반응을 보이지 않았다. 마을을 빠져나갈 방법이 없어. 다리에 현수막을 꽉 동여매다 말고 석후가 우울하게 중얼거렸다. 총 맞아 뒤지거나 머리가 터져서 뒤지거나 둘 중 하나야. 멍한 얼굴로 상처를 감싸는 것을 돕던 희령이 불쑥 그랬다.

"……날 죽이지 않았어."

"뭐?"

"같이 있었고, 같이 소리를 냈는데…… 나는 건드리지 않았어."

두서없이 뱉은 말을 해석하던 석후의 얼굴이 삽시간에 밝아졌다. 그는 희령의 양손을 간절하게 붙들었다. 그럴 줄 알았어! 희령은 이해하지 못해 물었다. 뭐라고?

"그, 그럴 줄 알았다고. 그 사기꾼이 했던 말이 진짜였던 거야!"

석후의 얼굴이 갑작스러운 환희로 빛났다.

"네가 선택받은 거야. 모르겠어? 교주가 지껄였던 이야기가 다 사실이라고. 손님인지 뭔지가 선택한 사람이 넌 거야. 그래서 널 죽이지 않는 거라고!"

"그게 무슨 말도 안 되는 소리야?"

"희령아, 잘 이야기해 보자. 응? 꿈이라도 꾸든가, 뭐라도 해서 저 미친 괴물이랑 이야기 좀 해 보자고. 살려 달라고 비는 거야. 여기서 나가게 해 달라고 하자. 너랑 나랑 같이."

"……"

"아깐 미안했어. 네가 하도 답답하게 구니까 나도 모르게…… 나도 모르게 그랬어. 내가 잘못했어. 내가 죽일 놈이야. 희령아, 같이 나가자, 제발."

석후가 손바닥을 내밀었다. 희령은 석후가 자신에게 손을 내미는 것이 어쩌면 이번이 마지막일지도 모르겠다는 예감을 했다.

쿵, 쿵. 익숙한 소음이 들리더니 숨어 있던 누군가의 머리가 터졌다. 희령은 겁에 질려 일그러지는 석후의 얼굴을 찬찬히 눈에 담았다. 2년이란 시간이 머릿속을 빠르게 스쳐 지나갔다. 그는 한없이 다정하고 친절한 연인이었다. 비겁한 의도로 자신을 무악에 데려왔다 한들 그가 2년간 자신을 기다린 것도, 자신의 침묵을 견딘 것도 사실이었다. 석후의 제안을 받아들여야 할 이유는 명백했다. 동시에 석후의 손을 잡지 말아야 할 이유도 명백했다. 석후의 손은 기묘하게 작아서 손을 꽉 채우는 안정감을 주지 못했고, 그러면서도 손아귀 힘이 너무 강해 불편했다. 손가락 사이사이를 부드럽게 감싸는 커다란 손. 희령이 원한 건 그런 것이었고 석후는 희령이 원하는 것을 줄 수 없었다. 영원히.

끄으으으억. 거리 한가운데에서 손님이 끔찍한 소리를 냈다. 입처럼 보이는 기관이 없는데도 어떻게 소리를 뱉는지 모를 일이었다. 기괴한 울음은 너무 길었고 또 위협적이었다. 식은땀을 삘삘 흘리는 석후를 향해 희령은 마지막 인사를 했다.

"미안해."

희령이 뒤로 물러났다. 가만히 희령을 노려보던 석후가 가게 밖으로 뛰어나갔다. 손님의 울음이 계속되는 틈을 타 재빨리 다른 곳으로 몸을 숨기려는 것 같았다. 희령은 가게 출입구 근처에 몸을 웅크리고 앉아, 거리를 내달리던 석후가 무언가에 발이 걸려 넘어지는 것을 지켜보았다. 동시에 손님의 울음이 뚝 끊겼다. 의도한 것처럼 기가 막힌 타이밍이었다. 쓰러진 석후와 희령의 눈이 마주쳤다. 희령은 입을 크게 벌리고 뻐끔거렸다. 소리 내지마. 헤어진 연인에게 희령이 그나마 남은 애정을 담아 건넬 수 있는 충고였다.

석후는 희령의 충고를 알아들은 듯, 시체처럼 딱딱하게 굳은 채 초조하게 눈을 굴렸다. 울음으로 경고를 마친 손님은 살아남은 자를 찾아내기 위해 거리를 탐색했다. 쓰레기 더미를 뒤지고 작은 소리에도 예민하게 반응하며 한동안 시간을 보냈다. 희령은 입을 틀어막아 숨소리도 새어 나가지 않도록 주의했다. 마침내 탐색이 끝난 손님이 거리를 떠나려는 듯 돌아서자, 석후의 얼굴에 안도의 빛이 떠올랐다. 그리고 난데없이 노래가 시작되었다.

석후의 가슴팍에 달라붙어 큰 소리로 노래하는 방해꾼은 매미였다. 무악에 펼쳐진 참혹한 재난을 모르는지, 매미는 천연덕스럽게 석후의 옷깃을 붙들고 힘찬 소리로 울었다. 석후의 얼굴이 새하얗게 질렸다. 그는 재빠르게 옷을 털어 매미를 떨쳐 냈으나, 매미는 멀리 달아나지 않고 석후의 곁에 머무르며 노래를 이어 갔다. 손님의 심기를 거스르기에 충분한 소음이었다.

석후가 매미를 터뜨려 죽이려고 애쓰는 사이, 손님은 석후의 근처까지 다가왔다. 작은 팔들이 길게 늘어나며 부지런히 잔해 더미를 치웠다. 쓰러진 전봇대를 걷어 내자 석후는 꼼짝없이 손님의 앞에 모습을 드러내게 되었다. 공포에 질린 그는 입을 꾹 다문 채로 희령을 돌아보았다. 매미가 달라붙었던 가슴팍이 거칠게 오르내렸다. 도와줘. 희령은 고개를 저었다. 그는 이제 싫은 걸 싫다고 말할 수 있었다. 희수의 죽음으로 잃어버린 것들이 하나둘, 느리지만 분명하게 희령을 다시 찾아왔으므로.

손님은 작은 팔들이 움직이도록 명령하지 않고 직접 움직였다. 거대한 검지가 석후의 허리를 지그시 눌렀다. 고통스러운 비명이 들끓었다. 석후의 신음에 놀란 매미는 재빠르게 자리를 피해 사라졌다. 얄미운 매미를 노려볼 틈도 없이 석후의 허리가 으스러지며, 그의 몸이 두 동강 났다. 그리고 희령은 손님의 손등에서 희수를 발견했다.

지금까지 왜 발견하지 못했는지 의아할 정도로, 희수의 팔은 수많은 팔 사이에서 단연코 돋보였다. 현저하게 짧고 작은 팔. 그러면서도 어색하게 큰 손. 희령의 손을

적당한 힘으로 덮었던, 희령의 손바닥 밑에서 꼬물거렸
던 그 아이의 손.

　—언니.

　"응."

　희령은 홀린 듯이 대답했다. 희수의 목소리는 왼쪽 귀
부근을 빙빙 돌았다가, 오른쪽 귓가에 대놓고 속삭였다
가, 언제 그랬냐는 듯 뒤통수를 스치고 지나갔다.

　—나 여기 있어.

　"응."

　—나는 여기 있으니까, 언니가 나를 찾아야 해.

　"응, 그럴게."

　희령은 대답하며 일어섰다. 쏟아진 잡동사니를 뒤져
몸을 지킬 만한 것을 찾았다. 유사시에 사용하는 비상용
도끼 하나를 발견해 오른손에 쥐었다. 반으로 찢어진 석
후를 향해 다가갔지만 손님은 어느새 자취를 감춘 뒤였
다. 희령은 부릅뜬 석후의 두 눈을 감겨 준 뒤 손님이 서
있던 자리를 살폈다. 축축한 물 자국이 남아 있었다. 희령
은 빵 부스러기를 쫓는 남매처럼, 용케도 끊이지 않고 이
어지는 물 자국을 따라 걷기 시작했다.

　선착장에 도착한 희령은 잠시 바닷바람을 느끼며 휴
식을 취했다. 물 자국은 선착장의 나무 덱까지 이어지다

가 바닷속으로 사라졌다. 바다로 나아갈 방법은 없었으나 멍청하게 앉아 있을 수만은 없었다. 희령은 선착장에 세워진 작은 통통배 위에 제멋대로 올라탔다. 고작 반나절 전에 희령은 다미와 함께 여기에 있었다. 널브러진 구명조끼를 착용하며 다미의 반짝거리던 두 눈을 떠올렸다. 다시는 만날 수 없는 얼굴이 지독할 정도로 집요하게 희령을 따라다녔다. 잔상처럼 눈꺼풀에 달라붙은 얼굴을 떨쳐 내려 고개를 저었다. 선장이 능숙하게 시동을 걸던 모습을 떠올리며, 비슷하게라도 움직여 보려 애쓰던 순간이었다.

"어디로 가려고?"

중후한 목소리가 불쑥 말을 걸었다. 반소매 셔츠와 조끼가 붉게 물들어 있는 선장은 다행히도 크게 다친 곳은 없어 보였다. 희령은 그가 살아 있다는 사실에 안도했다.

"살아 있으셨네요."

"예배당에 숨어 있었거든."

"예배당이요?"

"제일 안전하잖아. 관광 단지에서 멀리 떨어져 있고, 다 죽어 버려서 누가 소리를 낼 일도 없고."

"혼자 계셨어요?"

"어머니랑."

선장의 어머니는 천만다행으로 거동이 불편한 노인이었다. 바깥에서 비명이 쏟아지는 와중에도 노인은 조금도 움직일 수가 없어, 그저 아들이 오기만을 기다렸다. 집에 도착한 선장은 노모를 안고 죽을힘을 다해 달린 끝에 무사히 예배당에 도착했다. 시체만 가득한 예배당은 소란스럽지 않고 조용해, 손님으로부터 몸을 피하기에 딱이었다.

"혹시…… 데려다주실래요?"

"어디로?"

"바다요."

선장은 바다를 향해 고개를 돌렸다. 한낮의 햇살이 무섭게 쏟아져 실눈을 떠야 했다. 파도가 잔잔해 배를 끌고 나가기에 문제는 없어 보였다.

희령을 따라 배에 올라탄 선장이 조종실에 들어갔다. 감사합니다. 희령이 인사하자 선장은 어깨만 으쓱였다. 빚진 목숨값을 갚는 것뿐이야. 힘차게 시동이 걸렸고, 배는 무난하게 바다를 향해 나아가기 시작했다. 희령은 배의 끄트머리에 서서 수평선을 노려보았다. 한동안 선장과 함께 무악의 앞바다를 살폈으나 손님은 보이지 않았다. 수면 위를 인어처럼 헤엄치고 있는 게 아니라면, 그는 어디에 있는 걸까? 다시 바닷속으로 가라앉았을까?

"손을 찾는 거지?"

선장은 그것을 손님이 아니라 손이라고 불렀다.

"사라져 버린 것 같은데, 여기서 인제 그만두는 게 어때."

"동생을 찾아야 해요."

"동생은 죽었다고 하지 않았나?"

희령은 선장의 물음을 무시한 채 막무가내로 말을 꺼냈다.

"아직 안 본 곳이 하나 있어요."

"어디?"

"동굴이요."

손님이 솟아오른 지점 근처에 위치한 해안가 동굴. 교주가 되기 전의 구가 손님의 강림을 목격했던 곳. 단호한 희령의 목소리에 선장은 또 한 번 어깨만 으쓱였다.

선장은 군말하지 않고 동굴을 향해 배를 몰았다. 유람선이 멈췄던 지점을 지나, 끊어진 손목만 홀로 남아 있는 곳을 지나, 절벽 아래의 동굴이 점점 가까워졌다. 희령은 선장에게 당부했다. 기다리지 말고 돌아가세요. 고민하던 선장은 결국 고개를 끄덕였다.

선장은 동굴 입구에서 배를 멈추었다. 희령은 배에서 내려 우둘투둘한 바위 위로 올라섰다. 바닷물이 신발을 축축하게 적셨지만 동굴 안으로 들어가는 데는 무리가 없을 것 같았다. 구명조끼를 벗어 배 안으로 던졌다. 담담하게 자신을 배웅하는 선장의 얼굴을 보니, 문득 묻고 싶은 것이 있었다.

"교주를 왜 배신한 거예요?"

예배 중 무대 한쪽을 차지할 정도로 가까운 사이였으면서, 대체 왜? 돈의 유혹에 넘어가 버린 걸까? 고작 몇십만 원에 무너질 믿음이었다면, 애초에 왜 시작했던 걸까?
대답하기 어려운 질문은 아니었는지 선장은 무심한 얼굴
로 대답했다.

"나는 한 번도 교주를 믿은 적이 없어."

그러더니 재빠르게 덧붙였다.

"손을 믿은 적도 없어."

희령의 표정을 보고 선장은 입가에 희미한 미소를 머
금었다.

"나를 버티게 한 건 믿음 따위가 아니었거든."

그는 더 이상 대화를 이어 가지 않고 뒤돌아 조종실로
몸을 숨겼다. 희령은 그렇다면 그를 버티게 한 것이 무엇
이었는지 끝내 묻지 못한 채 선장의 배가 해변으로 돌아
가는 것을 지켜보았다.

한낮의 햇살이 한층 더 강하게 머리 위로 쏟아졌다. 그
게 어떤 계시라도 되는 듯, 희령은 동굴 안으로 힘차게 걸
음을 옮겼다.

동굴 깊은 곳, 손님은 몸을 웅크린 채 휴식을 취하고 있
었다.

쌕쌕거리는 숨소리와 일정하게 오르내리는 손등을 통
해 그의 상태를 짐작할 수 있었다. 위대한 신도 잠이 필요
하다니. 희령은 남모르게 속으로 그를 비웃었다.

소리를 죽이고 조용히 움직였다. 종종 날카로운 바위 틈에 부딪혀 소리를 냈음에도 손님은 꼼짝도 하지 않았다. 잠든 손님의 손등에 피었던 작은 팔들은 손님처럼 잠이 들기라도 한 건지, 붉은 틈 안으로 몸을 숨겨 손가락 정도만 간신히 보이는 상태였다.

그럼에도 희령은 한눈에 희수의 손을 알아보았다. 이 정도도 알아보지 못하면 희령은 희수의 언니라 불릴 자격이 없을 것이다.

희수의 손은 좁은 틈 안으로 거의 모습을 감추어, 손가락과 손바닥의 윗부분 정도만 드러나 있었다. 희령은 도끼를 겨드랑이에 낀 채 손님의 앞에 섰다. 두 손으로 희수의 팔이 튀어나온 붉은 틈 안을 파고들었다. 미끈한 살덩이 사이에 단단히 박혀 있는 손목을 붙잡고 잡아당겼다. 손님이 몸을 꿈틀거렸다. 그가 잠에서 깨기 전에 희수를 손 안에서 빼내야 했다. 손 안에, 틈 깊숙한 곳에 무엇이 있는지 확인해야 했다.

틈 밖으로 삐죽 튀어나온 희수의 손을 잡아 보았다. 20년 전에 성장을 멈추어 버린 희수의 손은 성인이 된 희령의 손에 비하면 턱없이 작았으나, 손바닥을 충만하게 채우는 감각만은 여전했다. 작은 손가락 구석구석에 새겨진, 가엾은 것들을 사랑하는 마음. 희수의 손을 잡는 순간 희령은 서럽게 통곡했다. 예고도 없이 갑자기 터진 울음에 스스로도 당황스러웠지만 울음을 멈추지는 못했다.

20년 만의 진짜 울음이었다.

잠에서 깬 손님이 그르렁거리는 소리를 내며 몸을 떨어, 그의 손등 위로 기어오르던 희령은 바닥으로 나가떨어졌다. 단단한 바위 위로 쓰러지자 이를 악물어야 할 정도로 강한 통증이 밀려왔으나 여기서 멈출 수는 없었다. 희령은 도끼를 들어 손님의 손등을 내려찍었다. 도끼는 손등을 파고들지 못하고 튕겨 나갔다. 희령은 굴하지 않았다. 이번에는 손등 위에 피어오른 작은 팔 중 하나를 노렸다. 희령의 도끼질은 정확히 먹혀들어 갔지만, 힘이 부족해 팔을 완전히 찢어 버리지는 못했다.

상처 입은 팔에서 피가 쏟아졌으나 손님은 별다른 타격을 받지 않은 것 같았다. 그는 다섯 손가락으로 꼿꼿하게 몸을 지탱해 일어났고, 손가락을 튕기듯 움직여 희령을 밀었다. 동굴 벽에 밀쳐진 희령은 바닥으로 주르륵 미끄러졌다. 몸 어딘가의 한구석이 부서진 게 분명했다. 희령은 악바리처럼 소리를 지르며 다시 달려들었다. 손님의 손등에 뛰어오른 다음, 흐물거리는 작은 팔들을 지지대 삼아 붙잡으며 위로 기어갔다. 간신히 손등 위에서 중심을 잡는 데 성공한 희령은 사방에서 자신의 손목을 붙드는 작은 팔들을 향해 도끼질을 멈추지 않았다.

희령은 건장한 성인 남성의 것으로 보이는 팔과 사투를 벌이던 중 도끼를 놓쳤다. 도끼가 바닥으로 미끄러지자, 희령은 희수가 박혀 있는 틈으로 도끼 대신 두 팔을 밀어 넣었다. 물컹한 덩어리들을 헤치며 깊게 안으로, 안으로 파고들었다. 희수의 손목을 지나고 팔을 거쳐 그 끝에 마침내 닿았다. 팔은 어깨로 이어졌고, 몸으로 이어졌으며, 손가락 끝에 목과 머리가 있었다. 희령은 미친 사람처럼 붉은 속살을 파헤쳤고, 울었다. 서럽게 우느라 시야가 자꾸만 부옇게 흐려졌다. 마지막 힘을 끌어모아 희수의 머리를 꺼내려던 순간, 희령은 갑자기 제자리에 굳어버렸다. 어떤 무시무시한 의문이 벼락처럼 희령에게 내리꽂힌 탓이었다. 이 안에 정말로 희수가 있다면, 희수의 얼굴이 있다면, 희수의 시체가 있다면, 그다음은?

손님은 희령을 해치지 않았다. 희령이 손등 위에서 어떤 짓을 해도 잠잠했다. 희령은 희수의 팔이 박힌 틈 안에서 서서히 빠져나와 그대로 바닥으로 미끄러졌다. 손님은 대체 왜 희령을 해치지 않는 것일까? 틈 안에, 물컹거리고 미끈한 붉은 살덩이 안에 지난 20년의 간절함이 담겨 있었으나. 희령은 지금까지 대체 무엇을 위해 간절했던 것인가?

문득 희령은 불길한 바람이 불어오는 것을 느꼈다. 동굴 입구를 향해 고개를 돌렸다. 20년 전과 같은 거대한 장벽이 가까워지고 있었다. 무엇을 해야 할지 판단하기도 전에 파도가 희령과 손님을 덮쳤다.

희령은 거센 물살 속에서 정신없이 흔들렸다. 코와 입으로 물이 밀려 들어와 숨을 쉬기가 어려웠다. 바위에 부딪히고 깨져 온몸은 만신창이가 되었다. 여전히 왼쪽 손목에 차고 있었던 소금 팔찌가 끊어져 결정들이 이리저리 흩어졌다. 한계라고 느낀 순간, 기적처럼 수면 위로 얼굴이 솟아올랐다.

급하게 모자란 숨을 들이켜던 희령은 몸을 일으키려 했으나, 왼팔을 움직일 수 없어 제자리에 주저앉았다. 얼굴을 뒤덮은 물기를 닦아 내자 바위틈에 끼어 버린 왼팔이 눈에 들어왔다. 어깨 부근에서 단단하게 끼어 버린 왼팔은 아무리 애를 써도 빠지지 않았다. 희령이 팔을 빼내려고 낑낑거리는 동안 파도가 쉴 새 없이 몰아쳤다. 파도에 밀려 이리 쓰러지고 저리 쓰러지는데, 바위틈에 낀 왼손에 정체불명의 무게가 느껴졌다. 또다시 파도가 희령을 덮쳤다. 희령은 바닥에 주저앉아 허우적거리다가 틈 너머의 거대한 손님을 발견했다.

손님은 희령과 마찬가지로 파도에 휩쓸려 이리저리 팔딱거리는 중이었다. 바위틈에 낀 희령의 왼팔에, 희수의 손이 매달렸다. 희수의 손이 희령의 푸른 반점을 손바닥으로 뒤덮고 부드럽게 매만졌다. 20년 전의 그날처럼 간절히 붙들었다. 희령의 도끼질에 잘려 나가지 않은 다른 팔들이 하나, 둘 희수를 따라 희령의 팔에 매달리기 시작했다. 왼쪽 어깨에서 묵직한 통증이 느껴지고 파도가 얼굴에 부딪히며 정신이 점점 흐릿해졌다. 그렇게 희령은 목소리를 들었다.

사랑하는 나의 딸아.

목소리는 희령을 그렇게 불렀다.

사랑하는 나의 딸아, 네 손에 새겨진 푸른 표식이 너를 나에게로 이끌었노라.

너야말로 진정으로 선택받은 자이며, 나와 인간들 사이를 이어 줄 대리인이니라.

20년간 나는 네가 나의 곁으로 돌아오기를 기다렸다.

너는 나와 함께해야 한다.

거짓으로 무장한 이단의 무리를 벌하고 나를 믿고 기다린다면, 끝내 내가 너를 그곳으로 인도하리라.

그곳에서 너는 네가 잃은 자와 재회하게 될 것이니라.

그렇게 너와 그는 영생을 누릴 것이다.

나는 죽음도 막을 수 없는 영원한 삶을, 너와 그에게 선물할 것이다.

사랑하는 나의 자녀야, 너의 운명을 거부하지 말거라.

희령은 파도 속에서 가만히 그분의 음성을 들었다. 낮고, 온화하며, 자비로운 그 음성을. 듣는 것만으로 안식을 주는, 희령이 지난 20년간 기다려왔던 목소리를. 희령은 울고 또 울었으나 물속에서 희령의 눈물은 어떤 흔적도 남기지 못하고 사라졌다. 이대로 영원히 물결에 몸을 맡

기고 싶었다. 그분의 음성을 통해 위로받고 싶었다. 그동
안 너무 고통스러웠으니 이만 벗어나고 싶었다. 이만 편
해지고 싶었다.

　—언니!

　고통스럽게 일그러진 얼굴이 희령을 불러, 희령은 다
시 한번 수면 위로 튀어 올랐다.

　거센 파도는 여전했다. 하도 부딪힌 탓에 팔다리가 온
통 멍투성이였다. 희수의 팔은, 아니 손님의 팔들은 여전
히 희령의 왼팔에 매달려 있었다. 작은 팔들이 빨판처럼
지독하게 달라붙은 왼팔에서는 이제 통증조차 느껴지지
않았다.

　—언니, 정신 차려.

　희수가 천둥처럼 외쳤다. 희령은 이제야 이해했다. 무
악에 도착한 후로 끊임없이 자신을 불렀던 건 희수가 아
니었다. 희수는 자신을 애타게 부르지도, 자신을 찾아 달
라 애원하지도 않는다. 희수는 불현듯 나타나 희령을 질
책하고 사라진다. 그게 희수였다. 희수는 시한폭탄 같은
희령을 유일하게 잠재울 수 있는 사람이었기에.

　파도에 밀려온 도끼의 손잡이가 오른손에 걸렸다. 희
령은 자신에게 내려진 운명을 기꺼이 거스르고자 했다.
필요하다면 무언가를 직접 잘라 내서라도.

　오른손으로 도끼를 들어, 바위틈에 끼어 버린 왼쪽 어
깨를 내려찍었다. 멈춰서는 안 됐다. 뇌가 통증을 정확하

게 인식하기 전에 모든 게 끝날 수 있도록 반복했다.

마침내 너덜너덜해진 왼팔이 어깨에서 떨어져 나갔다. 왼팔을 붙들고 있던 손님 역시 마찬가지였다. 희령은 바위에 몸을 기대고 버텼다. 잘린 왼팔과 손님이 저만치 멀어져 갔다.

파도에 휩쓸려 모든 게 사라진다. 침몰한다. 희령은 도끼를 내려놓고 정신을 잃었다.

꿈, 아니 환상, 혹은 미래. 희령은 이름 모를 바다의 해변에서 눈을 떴다. 무악의 해변이라기엔 어딘가 어색한, 현실 감각이 느껴지지 않는 곳이었다.

희수는 잘 깎인 나무 인형처럼 꼿꼿하게 서서 바다에 시선을 고정하고 있었다. 긴 갈색 머리를 한 갈래로 얌전하게 묶고, 청치마를 예쁘게 차려입은 뒷모습은 눈물이 나게 예뻤다. 희령은 희수의 시선을 따라 수평선 너머에 잠시 시선을 두었다. 지난 세월, 희령은 이곳에 도착하지 못해 방황했고 괴로워했다. 끝내 어떤 말을 하지 못한 죄로 20년간 고통 속을 떠도는 형벌을 받았다. 희령은 희수의 어깨 위로 손을 올리지 못하고 머뭇거리다가, 먼저 이름을 불렀다.

"희수야."

너덜너덜해진 희령의 왼쪽 팔에서 피가 뚝뚝, 모래사

장 위로 떨어졌다.

무슨 말을 해야 할까, 무슨 말을 해야 희수가 뒤돌아 자신을 바라봐 줄까. 희령은 신중하게 고르고 또 골랐다. 네 손을 놓쳐 버려서 미안하다고 해야 할까? 멍청하게 네 손을 놓아 버린 나를 평생, 죽어서라도 원망하라고 간곡히 빌어 볼까? 자신을 가엾게 여긴 희수가 기꺼이 자비를 베풀도록 불쌍하게 매달리면 어떨까.

희령은 입을 벌렸다. 입술 사이로 튀어나온 문장은 조금 전의 고민에서 완전히 벗어나는 말이었다.

"희수야."

"……."

"희수야, 넌 그곳 같은 데 있는 게 아니야."

대답이 돌아오지는 않았다. 희수는 잠자코 희령의 말을 듣고 있었다.

"넌 영원한 삶을 살지 않아. 넌 죽었고 돌아올 수 없어. 죽음 뒤에는 아무것도 없어."

희령은 울음을 터뜨렸다. 희령이 어깨를 들썩이며 서럽게 우는데도 희수는 아무런 반응이 없었다.

"넌 그냥 바다 어딘가에 가라앉아 있어. 죽음은 그저 죽음일 뿐이니까."

오랫동안 희령의 몸 곳곳에 흩어져 있던 것들이 마침내 하나가 되어, 완성된 문장으로 내뱉어졌다. 사납게 가시 돋친 문장이 희령의 목구멍을 갈기갈기 할퀴고 찢어

놓았다.

"널 놓아주지 못해서 미안해."

그제야 희수가 희령을 뒤돌아봤다.

천성이 부드럽고 모질지 못해 여덟 살 주제에 남을 배려할 줄 알았던, 소심하고 우유부단했지만 누군가에게 상처를 입히는 위인은 절대로 되지 못했던, 못나고 심술 궂은 것들을 유독 사랑했던 희수. 사랑받지 못하는 것들을 가엾게 여겼던 동생.

마침내 얼굴을 보인 희수가 희령을 향해 빙그레 웃었다.

희령은 남은 한쪽 팔로 희수를 껴안았다. 작지만 큰 손이 희령의 등을 토닥여 주었다. 지긋지긋한 20년을 버티고 견딘 끝에 희령은 마침내 희수를 마주했다. 희수의 죽음과 함께 잃어버린 자신을 되찾아, 희령은 다시 희령이 되었다.

눈을 뜬 희령은 어느새 무악의 앞바다에 있었다.

희령은 남은 한쪽 팔로 간신히 바닥을 짚고 몸을 일으켰다. 햇살이 눈부시게 부서지고 있는 바다는 잠잠했다. 희령의 머리 위에서 갈매기들이 평화롭게 끼룩거렸다. 믿기지 않을 정도로 아름다운 풍경이었다. 희령은 고개를 돌려 육지를 확인했다. 해일로 인해 무악의 모든 것이 사라져 있었다. 20년 전의 그 여름날처럼.

그리고 희수가 잘려 나간 자리는 신기하게도 더 이상
아프지 않았다.

0

정확히 어디인지 파악할 수 없는 어느 해변. 거친 파도가 잦아들며 모래사장 위에 손님이 나타났다. 파도에 휩쓸려 이곳에 도착한 그의 수많은 팔은 거센 도끼질에 맞서느라 엉망진창이었다.

죽은 고래처럼 널브러진 그를 발견한 사람들이 무리지어 웅성거렸다. 누구는 끔찍한 괴생명체를 보고는 비명을 질렀고, 누구는 카메라에 손님의 모습을 열심히 담았다. 손님에게 가까이 다가가려던 어린아이가 부모에게 붙잡혀 울음을 터뜨렸다. 원하는 것을 이루지 못한 서러운 울음소리가 해변을 가득 메웠다.

그 소리에 반응하듯, 손님이 몸을 꿈틀거렸다.

이야기

남긴 사람

월이

05 당신의 첫인상, 혹

MARIANO MIRROR

읽으면서 느꼈던 감정들

○ 기쁜	○ 수줍은	○ 쓸쓸한	○ 놀라운
○ 그리운	○ 흥분되는	○ 피가 끓는	○ 억울한
○ 벅찬	○ 황홀한	○ 괘씸한	○ 난처한
○ 후련한	○ 뭉클한	○ 미칠 것 같은	○ 골 때리는
○ 끝내주는	○ 참담한	○ 끔찍한	
○ 전율을 느끼는	○ 애처로운	○ 진땀 나는	
○ 따사로운	○ 공허한	○ 숨가쁜	
○ 감미로운	○ 외로운	○ 막막한	
○ 짜릿한	○ 애틋한	○ 소름 끼치는	
○ 생생한	○ 안타까운	○ 충격적인	

가장 와닿았던 문장은?	
가장 인상적인 캐릭터는?	
한마디로 이 책을 표현한다면?	

바다 위를 떠다니는 손

클레이븐

누그러든 햇살을 등지고서 헬리콥터는 섬마을 절벽 위를 날아올랐다. 깎아져 내려가는 절벽을 지나자 비스듬하게 항구를 향해 뻗어 내려가는 완만한 능선이 보였다. 능선을 따라 혈관처럼 뻗은 도로 끝에는 항구가 펼쳐져 있었다. 항구를 기준으로 서쪽에 다 쓰러져 가는 예스러운 마을의 모습이 보였다. 딱 80년대 시골 마을 분위기가 나는 주택 10여 채가 늘어서 있었다. 헬리콥터는 소음을 내면서 유유히 착륙장 쪽으로 향했다.

"착륙 1분 전!"

조종사가 말했다. 조사 팀장인 에바는 알겠노라고 말했다. 그녀는 눈두덩을 비볐다. 멀미와 자극적인 햇살 그리고 바다 냄새가 스멀스멀 올라오는 것이 영 속이 좋지 않았다. 벌써 그녀는 랩실과 강의실이 그리웠다. 호기심이 아니었다면 그녀는 랩실에서 커피나 마시고 있었으리라. 하지만 어쩔 수 없었다. 무시하기에 바다에서 떠내려온 그것은 너무나 흥미로웠다. 때문에 그녀는 여러 곳에 전화를 돌려 조사대에 자원했다.

헬기가 착륙장 위로 선회하는 동안 에바는 항만 쪽을 바라보았다. 대학원생들도 항만 입구에 쓰러진 거대한 물체를 노려보았다. 그러나 금세 등대에 가려져서 잘 보이지는 않았다. 대학원생, 칩스가 물었다.

"저게 대체 뭘까요? 죽은 고래겠죠?"

에바는 글쎄라고 중얼거렸다. 외견상으로 저것이 섬마을 사람들의 보고와 크게 다르지 않음을 부정할 수 없었다. 하지만 헬리콥터에 앉아 추측해 봐야 소용없었다. 과학자는 언제나 수치로 말해야 했다.

헬리콥터가 천천히 아래로 내려가자, 아찔한 중력이 달려들었다. 흔들거리는 기체의 진동이 더 강렬하게 느껴졌다. 로터 소리가 더 시끄럽게 울렸다. 곧이어 헬리콥터가 부드럽게 착지했다. 조사대는 하나둘 헤드셋을 벗었다.

그들은 헬리콥터 문을 열고 착륙장으로 나갔다. 대학원생들이 짐을 챙겼고, 에바도 양팔에 짐을 가득 들고 섬에 내렸다. 그러자 착륙장 아래서 경찰차 앞에 서 있는 뚱뚱한 남자 하나가 보였다. 챙 있는 모자에 누런 보안관 복을 걸치고 있었다. 그는 손을 흔들었다. 연구원들은 그를 향해 달음박질을 쳤다.

"거, 안녕하쇼?"

경찰이 묻자, 에바는 그에게 다가가 말했다.

"안녕하십니까, 전 에바 영입니다. 해양생물학과 교수죠."

"샘 휘트니, 이 마을 보안관이오."

두 사람은 악수했다. 나이에 비해 단단한 손이 손바닥을 옭아맸다. 보안관이 말했다.

"듣자 하니 마을을 봉쇄한다고 하던데."

"만에 하나라도 대비를 해야죠. 주민들도 알고 있으신가요?"

"일단, 아직은 마을 사람들에게 알리지 않았습니다. 그런 걸 알려줬다가는 다들 성질부터 부릴 겁니다. 어디부터 가실 건가요?"

"현장부터 보고 싶군요. 아, 혹시 현장 근처에 실험실로 쓸 만한 곳이 있을까요?"

"어차피 빈 창고가 많습니다. 거길 쓰시죠. 다들 타세요. 일단 가서 이야기합시다."

샘은 손뼉을 치면서 말했다. 그는 차 트렁크를 열었다. 그러자 연구원들은 트렁크에 짐을 실었다. 하지만 짐이 생각보다 많아 트렁크를 닫지도 못할 정도였다. 특히 아이스박스가 컸다. 에바와 대학원생 네 명은 짐을 가슴에 안고 경찰차에 올랐다. 비좁은 차 내부에서 사람들은 몸을 움츠렸다. 곧이어 경찰차는 출발했다. 차량 조수석에 탄 에바는 샘에게 물었다.

"혹시 최초 발견자가 누구인지 아시나요?"

"음, 등대지기가 새벽에 발견하고 신고했어요. 제가 출동해서 현장을 통제했죠."

"혹시 사체에 접촉하신 건……."

"내가 알기로는 아무도 접촉하지 않았어요. 알다시피 마을 사람들은 죄다 나이 든 사람들뿐이고, 저도 그런 것 위에 올라타기에는 너무 늙었죠. 헬기에서 봤을 때 뭐 같아요?"

샘의 질문을 들은 에바는 불어 터진 고래의 사체일 가능성이 있다고 둘러댔다.

샘은 그럴 줄 알았다며 너스레를 떨었다. 별로 영양가 없는 대화가 오갔다. 에바는 이런 대화가 딱 질색이었다. 그녀는 딴생각하면서 샘의 말을 대충 넘겼다.

착륙장에서 10여 분 거리에 있는 항구는 상당히 노후화되어 있었다. 바닥 곳곳에는 갈매기 똥들이 허연 페인트처럼 곳곳에 흩뿌려져 있었다. 곳곳에 쌓아 놓은 테트라포트 위로 파도가 내리쳤다. 콘크리트는 갈라져서 풀이 자란 곳도 보였다.

낡은 항구에 도착한 경찰차가 멈추자, 사람들은 하나둘 차에서 내렸다. 늦은 점심 무렵이었지만 많은 사람이 부둣가에 모여 있었다. 그들 모두가 넋을 잃은 사람처럼 항만 입구에 떠내려온 그것을 바라보았다. 에바와 대학원생들도 마을 사람들처럼 그것을 멍하니 바라보았다.

그러자 마을마다 한 명쯤 있는 이름 모를 주정뱅이가

말했다.

"내가 어제 술을 너무 먹은 건가?"

아무도 대답하지 않자, 그는 터벅터벅 걸음을 옮겼다. 그러나 에바는 주정뱅이의 말을 부정하지 못했다. 그녀가 보기에도 이건 전날 술을 너무 많이 마신 사람이 보는 환각 같았다. 이게 환각이 아니라면, 대체 어디에서 저렇게 거대한 손이 떠내려왔단 말인가?

에바는 항만 입구에 걸린 것을 빤히 노려보았다. 새끼 손가락이 거의 작은 어선만 했다. 허옇게 불어 터진 손등은 예인선만큼이나 거대했다. 까마귀와 갈매기는 섬처럼 떠 있는 불어 터진 손등을 부리로 쪼기 바빴다. 괴이쩍은 광경이 아닐 수 없었다.

그녀가 손을 살펴보는 사이, 샘은 휘파람을 불었다. 그러고는 부둣가 끝에 있는 낡은 창고를 손으로 가리켰다. 곳곳에 빨간 페인트가 벗겨진 콘크리트 구조물이었다. 지붕에는 낡은 슬레이트가 얹어져 있었다.

에바는 대학원생들을 이끌고 보안관이 가리킨 창고로 향했다.

녹슨 창고 문을 옆으로 밀자, 잡동사니들이 그들을 맞이했다. 곳곳에는 먼지와 거미줄이 가득했고, 구석진 곳에는 작은 보트와 안 쓰는 어구들이 널브러져 있었다. 보트는 아직 쓸 만해 보였다. 하지만 노를 저어야 했기에 저걸 탈 바에야 지역 주민들 보트를 얻어 타는 편이 나아 보였다. 열악하기 짝이 없군. 에바는 한숨을 쉬었다. 하지만 어쩔 수 없었다. 호텔 수준의 대우를 바라고 이곳에 온 것은 아니었으니까. 그리고 어쩌면 이 또한 주의 뜻이리라.

에바는 손뼉을 쳤다.

"자, 다들 여기서 일단 캠프를 차린다. 칩스, 데미안. 날 따라와. 우린 표본부터 채취하지. 그리고 두 사람은 여기서 세팅을 해 줘."

"네. 교수님."

대학원생들이 말했다. 그들이 창고에 짐을 풀기 시작하자, 에바는 보안관 샘에게 말했다.

"보안관님. 혹시 작은 보트 같은 것 없을까요?"

"보트라면 널리고 널렸죠. 잠깐만 기다리세요. 한번 수소문해 보죠."

샘은 느긋하게 부두를 가로질렀다. 그가 사라지자, 에바는 가방 중 하나를 열어 차곡차곡 쑤셔 넣었던 옷가지와 장화를 꺼냈다. 이제는 표본을 챙겨야 할 때였다.

◇◇◇◇◇

칩스는 대학원생이 된 것을 후회하고 있었다.

당최, 퍼질러 누워 있어야 할 주말에 이 무슨 고생이란 말인가? 그는 보트 난간을 잡고서 중심을 잡으려 애를 썼다. 그러자 파도를 탄 보트가 찰박찰박 물살을 때렸다. 배 한가운데 실린 가방 두 개와 아이스박스가 덜그럭거리는 소리를 냈다. 칩스는 노란 고무 방호복을 입은 에바와 데미안을 바라보았다. 두 사람은 벌써 열띤 토론 중이었다. 목적지 가까이에 도착하자, 보트를 몰던 노인은 휘파람을 불며 말했다.

"앞에 있는 젊은이. 닻줄을 잘 좀 걸어 주쇼. 안 그러면 보트가 떠내려갈지도 모르니."

칩스는 알겠노라고 자리에서 일어났다. 항만 입구에 축 늘어진 거대한 살점을 보던 칩스는 머리를 긁적였다. 파르르 떨리는 손을 타고 무언가 괴이쩍은 느낌이 올라왔다. 단 한 번도 느껴본 적 없는 형언 못 할 괴이함이었다. 칩스는 숨을 고르고서 바닥에 널브러진 줄을 집어 들었다.

엔진이 꺼진 보트가 관성에 몸을 맡긴 채 앞으로 나아갔다. 보트의 뱃머리가 돌과 거대한 손가락에 닿기 무섭게 칩스는 밧줄을 던졌다. 그는 뭉뚝하게 솟은 바윗돌에 뛰어올라 밧줄을 바위에 둘러맸다. 머리에 쓰고 있던 밀짚모자를 벗은 노인은 팔자 좋게 보트 엔진 앞에 누웠다.

"다 되면 깨우쇼."

노인은 까칠하게 말했다. 그가 그러든 말든 에바는 보트 한가운데 실린 가방을 집어 칩스에게 건넸다. 칩스는 그것을 어깨에 멘 뒤, 에바에게 손을 내밀었다.

에바는 오른손으로 그의 손을 잡고 엉거주춤한 자세로 나머지 한 손으로 거대한 손가락을 짚었다.

"와."

그녀는 놀란 듯이 손가락을 손바닥으로 더듬었다. 뒤에서 있던 데미안이 말했다.

"왜 그러세요, 교수님?"

"지금 장갑을 끼고 있는데도 따뜻해."

"햇빛 때문일까요? 아니면 썩어서 가스가 찼나요?"

"아니, 그런 것 같지는 않아."

에바는 중얼거리면서 천천히 손가락 위로 기어올랐다. 그녀의 모습은 거의 나무에 매달린 늙은 원숭이 같았다. 그래서인지 몰라도 칩스는 에바가 바다에 빠지는 불상사를 머릿속에 그려 보았다. 하지만 그녀는 생각보다 운동신경이 좋았다. 뒤이어 손가락을 기어오른 사람은 데미안이었다. 그는 비대한 근육 덕분에 무리 없이 손가락 위로 기어올랐다. 오히려 칩스는 손가락을 기어오르지 못했다. 가방을 멘 상태로 오르기에는 손가락의 경사가 너무 가팔랐다. 결국, 데미안의 도움으로 칩스는 간신히 기어오를 수 있었다.

완만한 세 번째 마디 위에 우뚝 올라서자, 널따란 허연 평원이 칩스의 눈에 들어왔다. 눈을 껌뻑거린 칩스는 몸을 일으키면서 말했다.

"교수님, 혹시 전에도 이런 걸 보신 적 있으세요?"

"아니, 전혀. 지금 부패한 흔적이 보이나?"

"음, 아뇨. 외관상으로는 전혀 보이지 않는 것 같은데요."

에바의 얼굴을 볼 수는 없었지만, 칩스는 그녀에게서 묘한 긴장감을 느낄 수 있었다. 에바는 목소리를 가다듬고서 말했다.

"좋아. 다들 장비부터 꺼내지. 일단 표본을 모아야 해. 우선, 연조직부터 혈액 그리고 섬모를 챙기게. 그리고 할 수 있다면, 뼈까지 뚫어 보지."

에바의 지시가 떨어지자, 데미안과 칩스는 가방을 살점 위에 내려놓았다. 그러고는 표본을 채취할 도구들을 꺼냈다. 칩스는 메스와 비닐을 꺼냈다. 비닐 속에는 미리 소독해 둔 페트리 접시가 들어 있었다.

칩스는 방호복 배 한가운데 달린 커다란 주머니 속에 페트리 접시가 든 비닐을 몇 개 욱여넣었다. 그는 메스와 검은 펜 그리고 몇 개의 주사기도 함께 챙겼다. 에바는 가방 속에서 큼지막한 카메라를 꺼냈다. 그녀가 셔터를 누르기 시작하자, 줄 톱을 집은 데미안이 말했다.

"난 이곳을 맡을게. 칩스, 넌 연한 부분을 맡아."

"네. 그럼, 저는 저 끝부분을 맡을게요."

칩스는 커다란 손등 너머에 있는 손목을 향해 걸음을 옮겼다. 그러자 데미안은 손등 위에 무릎을 꿇고서 톱질을 시작했다.

손목은 갓 태어난 작은 산봉우리처럼 불룩 튀어 올라와 있었다. 그는 봉우리 위에 서서 주위를 둘러보았다. 먼 바다는 여전히 고요했다. 거대한 팔뚝 아래에는 상어들이 물 밖으로 튀어나와 살점을 탐했다. 놈들에게 경외감이나 호기심 따위는 찾아볼 수 없었다. 그저 놈들은 배를 채우기 위해 살을 한입 가득 물고서 흔들어 댔다. 핏물과 근육 조각들이 사방에 흩어졌다. 하지만 기분 탓일까? 놈들의 게걸스러운 입질에도 살점은 그리 많이 줄어든 것 같지는 않았다. 뼈가 드러날 법도 한데 여전히 지저분하게 잘린 살점만 너덜거렸다.

칩스는 조심스럽게 표본을 채취했다. 우선, 그는 표피 조각을 트레이에 담았다. 손목과 팔뚝에서도 혈액을 뽑았다. 뼛속의 골수라도 챙길까 싶었지만, 주사기가 들어가지 않았다. 대신, 손등에 난 일종의 감각모 끝부분을 손에 들고 있던 칼로 잘랐다. 섬모 표본을 비닐 속에 집어넣은 칩스는 비닐 백 위에 붙여 놓은 라벨에다 글귀를 적었다. 표본 채취 위치와 종류를 기록해 라벨링을 마친 그는 손가락 쪽으로 걸어갔다. 일단, 아이스박스에다 채취한 표본을 넣을 생각이었다. 칩스가 손가락 쪽으로 걸어가는데, 데미안이 그를 불러 세웠다.

칩스는 데미안을 바라보았다. 그는 거대한 손이 내뿜는 피 웅덩이 속에 앉아 있었다. 그는 웅덩이 속에서 계속 톱질했다. 스윽스윽. 그가 힘을 줄 때마다 둔탁하지만 조금씩 갈리는 소리가 났다. 하지만 몇 번 왕복 운동을 한 끝에 데미안은 숨을 헐떡이면서 손짓했다.

"잠깐만. 칩스. 나 좀 도와줘. 세상에, 꿈쩍도 안 해."

세상 살다 별일도 있군. 운동광인 데미안이 힘쓰는 데 도움을 요청하다니. 칩스는 혀를 끌끌 차면서 줄 톱의 손잡이를 잡으려 했다. 하지만 데미안은 손을 내저었다. 그는 피 웅덩이 위에 뒹굴고 있던 비닐 백 하나를 집어서 건넸다. 겉면과 안쪽 면 모두 피 칠갑이 된 표본이었다. 상당히 묵직한 것이 아무래도 살점 단면을 통째로 잘라서 넣은 것 같았다. 데미안은 숨을 몰아쉬면서 말했다.

"이거, 비닐 하나 덧씌워서 아이스박스에 넣어 줘."

"잠깐만! 다들 발밑을 봐."

에바의 말에 데미안과 칩스는 방금 전에 피부 단층을 잘라낸 흔적을 바라보았다. 거의 자두만 한 상흔이었다. 그러나 손등의 거대한 크기에 비하면 거의 바늘에 찔린 수준이었다. 하지만 곧 세 사람은 입을 쩍 벌리고 경악을 금치 못했다. 상처 위로 천천히 근육 조직이 들어차는 모습이 보였다. 곧이어 하얀 지방층이 올라와 붉은 핏물을 집어삼켰다. 칩스가 안경을 올려 쓸 무렵에는 옅은 붉은 기 도는 피부가 지방층을 덮고 있었다. 퐁 하는 소리와 함께 뼛속에 박혀 있던 톱이 하늘로 솟구쳤다.

"이게 뭐죠? 지금, 이게 살아 있다는 건가요?"

칩스가 말하기 무섭게 가벼이 허공을 빙그르르 돌던 줄 톱이 피 웅덩이에 처박혔다. 비현실적인 광경에 세 사람은 입을 열지 못했다. 에바는 침착하게 말했다.

"일단, 여기서 내려가지."

그녀는 목소리가 떨리는 것을 감출 수 없었다. 칩스는 눈알을 굴렸다. 예감이 좋지 않았다. 정말로 좋지 않았다.

◇◇◇◇◇

"이봐요. 연구 때문에 어쩔 수 없습니다. 좀 더 자세히 분석해야 합니다. 당장이요."

에바 영은 차근차근 말했다. 하지만 돌아오는 대답은 한결같았다.

"안 됩니다. 절차에 따라야 해요. 검역하지 않은 표본을 밖으로 이송할 수는 없습니다. 상부에서 내려온 지시 사항입니다."

"이건 세기의 발견이 될 수도 있어요."

데미안이 거들었지만, 조종사는 여전히 귓등으로도 듣지 않았다.

"뭔지는 몰라도 싣지 않을 겁니다. 내일모레 살균기가 들어온다니까 그때까지 기다리세요."

내일모레라. 기다릴 수는 있었다. 거대한 팔의 불가사의한 재생 능력을 생각한다면 상어나 해양 생물의 공격도 버티리라. 충분히 가능한 일이었다. 하지만 바로 그 괴이쩍은 재생 능력이 문제였다. 그것은 생화학적인 것은 고사하고 물리적인 특성으로도 설명할 길이 없는 현상이었다. 잠재적인 위험을 파악하기 위해서라도 표본을 철저히 분석할 필요가 있었다.

에바는 계속해서 조종사에게 부탁했다. 표본을 한시라도 빨리 분석해야 한다고 설득했지만, 헬기 조종사는 딱 잘라 거절했다.

데미안은 답답한 듯 한숨을 쉬었다. 하지만 더 답답한 건 저 조종사의 말에 수긍이 간다는 점이었다. 생화학적 표본을 옮기는 것 자체가 위험 부담이 있었다. 요즘에는 특히 더 기준이 강화되었다.

에바 영은 답답한 듯 이마를 훔치다가 조종사에게 말했다.

"좋아요. 그러면 이건 어때요? 제가 직접 내륙까지 나가서 그쪽 상관을 설득해 볼게요. 그건 됩니까?"

"뭐, 표본을 옮기지 말라고 했지, 사람 이야기는 없었죠."

조종사가 말하자, 에바는 헬리콥터 문을 열었다. 문이 동체에서 튀어나와 레일을 따라 옆으로 밀려났다. 그녀는 손잡이를 잡고 헬기에 올라탔다. 그녀는 헤드셋을 쓰고서 데미안에게 말했다.

145

"데미안. 영동이나 간단한 시료 분석을 해 두게. 원심분리 결과는 언제 나오나?"

"음, 저녁 먹기 전에 돌렸으니까 1시간 더 있어야 해요. 결과 나오면 연락드릴게요."

에바는 엄지를 추켜올렸다. 그녀는 몸을 안으로 밀어 넣고서 헬기 문을 닫았다. 데미안은 바닥에 내려놓은 아이스박스를 품에 안아 들고 착륙장에서 내려왔다. 곧 거센 바람이 휘몰아치면서 헬기가 날아올라 유유히 어둠 속으로 녹아들었다. 착륙장 계단을 따라 내려가자, 아래에서 샘이 담배를 피우며 대기하고 있었다.

샘은 그에게 담배를 건넸다. 하지만 그는 정중하게 거절했다. 그는 경찰차 뒷좌석에 올랐다. 아이스박스를 옆에 밀어 넣고서 몸을 싣자, 차량이 기우뚱거렸다. 보안관은 철망이 쳐진 뒷좌석을 슬쩍 바라보다 운전석에 올랐다.

"오늘 되는 일이 없는 것 같구먼."

"그렇네요."

"아직, 저게 뭔지는 모르는 거고?"

확실히 고래는 아니란 말이 떠올랐다. 하지만 에바가 사전에 일러준 말들이 떠올랐다. 확정되기 전까지 발언을 조심하란 이야기였다. 맞는 말이었다. 대학원생 주제에 아는 척해 봐야 좋을 게 없었다. 데미안은 모른다고 답했다.

샘은 더 이상 데미안에게 말을 걸지는 않았다. 그는 알 수 없는 웃음을 흘렸다. 그는 어두운 비포장도로를 가로질러 마을로 들어섰다. 마을 초입에 늘어선 불 꺼진 집들이 어둠 속으로 사라지고 한참 뒤에야 겨우 불빛이 보였다. 불이 켜진 이층집 하나를 지나자, 드문드문 불이 꺼진 집들이 다시 눈에 들어왔다. 데미안이 말했다.

"마을 분들이 많지 않네요."

"뭐, 다른 촌 동네랑 비슷한 사정이지. 젊은 애들은 내륙으로 가고. 남은 건 노인네들뿐이야. 지긋지긋한 벌레랑."

데미안 역시 동의했다. 그는 창밖에 들리는 매미 울음 소리에 귀를 기울였다. 매미 소리는 다채로웠다. 찢어지 게 우는 매미가 조용해지면 다음에는 지르르 진동하듯 매미들이 울었다. 울음소리에 귀가 지칠 즈음, 전봇대 불 빛 주변에 모인 까만 벌레 떼가 보였다. 놈들은 무리 비행 하듯 현란하게 날개를 퍼덕거렸다. 그러다 몇 마리가 경 찰차 유리창 위로 날아와 앉았다. 매미였다. 놈들은 여섯 개의 다리를 까딱거리면서 유리창을 기어올랐다. 잠시 배마디를 움찔거리다 오줌을 싸는 놈도 있었다. 그러나 놈들은 죄다 바람에 쓸려 사라졌다. 보안관은 한숨을 쉬 며 말했다.

"이번에 거의 75년 만에 찾아오는 주기라더군. 두 종류 의 매미들이 동시에 나와서 성체가 됐다나 봐."

"들었어요. 저희 대학 쪽에는 매미가 별로 없어요."

"축복받았구려. 우린 올해 들어 매미들이 밤마다 울어."

"이상하네요. 보통 밤에는 매미가 안 울잖아요."

"내 말이. 세상이 미쳐 돌아가는 거 같아. 정부에다 방 역 비용 달라고 애걸복걸해도 돈 한 푼 안 주더군. 그러다 가 새로 예산이 내려왔는데……."

갑자기 솟아오른 굉음이 보안관의 말을 잘랐다. 차가 들썩거릴 만큼 거대한 굉음이었다. 보안관은 브레이크를 밟고서 경찰차를 세웠다. 그러자 또다시 차가 들썩거렸다. 표본이 든 아이스박스가 바닥에 처박혔다. 운전석 옆에 놓여 있던 샷건이 위협적으로 몸을 움찔거렸다. 데미안은 조심스럽게 머리를 쳐들었다. 그러자 어디선가 총소리가 났다. 연달아 나는 기총 소사 소리에 그는 다시 머리를 움켜쥐었다.

샘은 무전기를 손으로 누르고서 말했다.

"제미슨. 제미슨. 거기 있나? 부관!"

돌아오는 대답은 없었다. 두 사람이 차 안에서 대답을 기다릴 동안, 몇 없는 가로등의 불빛이 꺼졌다. 길 양쪽에 늘어선 집의 불빛도 빛을 잃었다. 데미안은 철망 뒤에서 불안한 눈알을 천천히 번뜩거렸다. 무슨 일이지? 뭐가 일어나고 있는 거지? 그는 조용히 어둠을 응시했다. 샘이 중얼거렸다.

"이런, 세상에."

그는 가쁜 숨을 쉬면서 두 손으로 머리를 감쌌다. 그는 차 문을 열고 차 밖으로 나갔다. 데미안은 그를 말리려 했다. 뭐가 되었든 지금 차 밖으로 나가는 건 멍청한 짓 같았다. 데미안은 차창을 열려고 했다. 하지만 창문은 열리지 않았다. 차 문 역시 마찬가지였다. 데미안이 철조망을 손으로 두드리는 순간.

저 멀리서 그것이 나타났다.

차 밖에 있는 샘을 비롯해, 시야가 제한적인 데미안조차 그것을 볼 수 있었다. 그것은 도로를 짓뭉개 버리고 헤

드라이트 앞에 잠시 모습을 드러냈다. 그것은 지렁이처럼 꿈틀거리면서 앞으로 나아갔다. 그 뒤를 수많은 굵직한 나무토막 같은 것들이 쫓았다. 두 사람은 입을 벌리고 그 광경을 보았다.

제일 먼저 상황을 이해한 것은 데미안이었다. 그는 비명을 지르면서 광적으로 차 문을 손으로 두드렸다. 하지만 얼마 지나지 않아 데미안은 더 이상 차 문을 두드리지 못했다. 뒤이어 손전등을 켠 샘 역시 상황을 이해하고 말았다. 그 순간, 재앙이 샘을 바라보았다. 샘은 떨어지는 손전등을 붙잡을 수 없었다.

샘은 더 이상 아무것도 할 수 없었다.

◇◇◇◇◇

시호크 헬기 한 대가 유유히 바다를 가로질렀다.

곧이어 헬기는 폐허로 변한 섬마을 주위를 맴돌았다. 집은 대부분 부서져 있었고, 항만에 있어야 할 배들은 파괴되거나 떠내려가고 있었다. 초계 헬기는 마을 곳곳에 흩어진 핏자국을 카메라에 담았다. 그나마 멀쩡한 곳은 등대뿐이었다. 하지만 등대의 불빛이 아직 꺼지지 않은 걸로 볼 때 그 안에 있던 등대지기가 무사한 것 같지는 않았다.

헬기가 사라지고 15분이 지난 뒤, 군인들이 섬에 상륙했다. 제트팩을 매고서 상륙함을 이륙한 병사들은 대열을 갖추어 항만까지 날아갔다. 발이 땅에 닿자, 그들은 손에 달린 조종기로 제트팩을 끄고 기관총을 들어 올렸다. 분대장은 상륙을 알리는 무전을 날리면서 주먹을 쳐들었다.

군인들은 발을 맞춰 바쁘게 걸음을 옮겼다. 잔해 더미를 밟고 사주 경계를 하면서 그들은 베이스캠프로 알려진 좌표를 향해 나아갔다. 하지만 캠프 주변에는 인기척이 없었다. 곳곳에 흩어진 잡동사니 따위가 굴러다녔다. 심지어 고깃배가 헛간 지붕에 거꾸로 처박혀 있기도 했다. 군인들은 훈련받은 대로 전술적으로 움직였다. 곧 캠프로 사용 중인 헛간 출입문에 다다른 군인들은 멈춰 섰다.

분대장이 손짓했다.

그의 등 뒤에 있던 군인 하나가 고개를 끄덕이면서 문고리를 손으로 붙잡았다. 분대장의 등 뒤에 일렬로 선 전우들을 바라보던 그는 빠르게 문을 밀었다. 문이 열리자, 분대장 맞은편에 선 군인이 섬광탄을 안에 던졌다. 펑. 단발의 폭음과 함께 군인들은 우르르 캠프 안으로 들어갔다.

캠프 안은 난장판이었다. 어구와 잡동사니가 사방에 널브러져 있었다. 쓰러진 테이블과 사방에 흩어져 있던 깨진 유리 조각이 군화발에 바스라졌다. 용도 모를 기구와 현미경 따위도 보였다. 특별한 것은 눈에 띄지 않았다.

그때였다. 잡동사니가 움직였다.

군인들은 반사적으로 소총을 들어 올렸다. 그때 금발 머리 하나가 쓱 솟아올랐다. 분대장은 조용히 수신호를 보냈다. 두 사람씩 짝을 지어 사주 경계하라 지시하자, 분대원들이 입구와 무너진 건물 잔해 너머로 총구를 겨눴다. 분대장은 생존자 쪽으로 고개를 까딱거렸다. 분대장과 두 명의 군인은 천천히 생존자 쪽으로 다가갔다. 분대장이 말했다.

"괜찮습니까? 구조대입니다. 어디 다쳤나요?"

돌아오는 대답은 없었다. 군인 하나가 손을 뻗어 생존자의 어깨를 붙잡았다. 그러자 소매가 깃발처럼 너풀거렸다. 군인들은 남자를 돌려세웠다. 그러자 괴이쩍은 생존자를 붙잡은 군인이 뒤로 물러섰다. 분대장 역시 마찬가지였다. 남자는 눈알을 번뜩거리면서 고개를 돌렸다.

양팔이 없는 남자는 비척비척 군인들 쪽으로 다가왔다. 군인들은 어안이 벙벙한 듯 잠시 침묵을 지켰다. 그는 이미 넋이 나가 있었다. 허옇게 질린 얼굴은 축 늘어져 있었다. 벌어진 턱 아래에는 두 줄 문신이 보였다. 먼저 나선 것은 분대장이었다.

"이보쇼. 여기서 무슨 일이 있었지?"

그는 아무런 대답이 없었다. 몸을 흔들어 보거나 눈앞에서 불빛을 비추어 보았음에도 마찬가지였다. 그는 계속해서 앞으로 나갔다. 다리와 얼굴을 비롯한 온몸이 상처투성이였음에도 그는 멈추지 않았다. 결국 군인들은 안전을 위해 그를 제압해야 했다.

군인들이 양팔이 없는 남자를 바닥에 쓰러뜨리자 그는

짐승처럼 울부짖었다. 스마트폰은 없었지만, 바지에서
지갑이 나왔다. 지갑 속 신분증을 확인한 군인이 말했다.

"칩스 덩컨. 34세. 대학 ID 카드도 있는데."

"하. 요즘에는 장애인 우대 정책이 활발하게 적용되는
가 보군. 일단, 묶어 놓고 다른 사람들을⋯⋯."

군인들의 불만은 이어지지 못했다. 후방을 살피던 군
인이 나지막이 휘파람을 불었기 때문이었다. 분대장은
날카롭게 눈을 빛내면서, 바깥을 경계하던 군인에게 다
가갔다. 그러자 창고 뒤편에 어슬렁거리는 사람 몇 명이
보였다.

구름이 조금 걷히자, 사람들의 모습이 적나라하게 비
쳤다. 그들은 하나같이 양팔이 없었다. 옷소매는 힘없이
축 늘어져 있었다. 사람들의 정신 상태 역시 온전해 보이
지 않았다.

어떤 이는 바닥에 무릎을 꿇고 앉아 아스팔트 옆에 난
풀을 입으로 뜯었다. 다른 이는 터벅터벅 걸음을 옮기다
앞으로 고꾸라지기도 했다. 개중에는 배가 로키 산맥처
럼 나온 뚱뚱한 노인이 있었다. 그는 가슴에 별을 매달고
있었다. 아무래도 보안관인 듯 보였다. 그가 움직일 때마
다 텅 빈 소매가 휙휙 사방을 채찍질했다.

마치 세상에 별 관심이 없다는 듯 그들은 저마다 걸음
을 옮길 뿐이었다.

군인들은 숨을 몰아쉬었다. 어깨 주위를 맴도는 한기

가 총탄처럼 뼛속 깊이 박혔다. 이 모든 사람이 팔이 없었다는 건가? 그건 아닐 터였다. 불길한 소름이 등줄기를 유린하다 사라졌다. 군인들은 그들을 지나쳐 마을 안으로 진입했다.

마을 안에도 양팔이 없는 사람들로 가득했다. 군인들은 그들을 쉽사리 제압했다. 하지만 케이블 타이가 모자랐고, 무엇보다 양팔을 잃은 이들에게 다가가고 싶지 않았다. 본능적인 두려움이 단단히 벼려진 정신력을 흠집 냈다.

대체 이곳에서 무슨 일이 있었던 걸까? 이 외딴 섬마을에 있는 거라곤 무너진 집들과 팔이 없는 사람들뿐이었다. 어디에도 브리핑 때 보았던 거대한 팔은 없었다. 안전을 확인한 군인들은 함선에 보고했다. 곧 상륙선이 섬을 조사할 과학자들과 군인들을 싣고 항구로 들어왔다. 과학자들과 의무병들이 생존자들을 보살폈다. 하지만 그들을 생존자라 부를 수 있을지 의심스러웠다. 팔이 떨어진 그들 중에서 멀쩡한 사람은 없었다. 모두가 백치가 되어 버린 듯 멍하니 허공만 쳐다볼 뿐이었다.

버려진 마을 한편에서 군인들은 담배를 피웠다. 그들은 서서히 어둑해지는 바다를 노려보았다. 하지만 아무도 말을 하지 않았다. 바다는 기이하리만큼 잔잔했다. 폭풍우가 몰아치기 전에 마지막 고요를 즐기는 것처럼 바다는 침묵을 지켰다.

무언가 상당히 잘못 돌아가고 있었다.

◇◇◇◇◇

'LA에 상륙한 거대 팔뚝의 공포.'

데니스는 항구를 가로지르면서 신문 기사를 눈으로 대충 훑었다. 그는 금색 앞머리를 뒤로 쓸어 넘기다 입에 물고 있던 담배를 바닥에 문질러 껐다. 그러자 옆에서 그를 따라오던 타나카는 비대한 볼살을 흔들면서 말했다.

"말세야, 말세. 뭔. 러시아가 지랄 떨다가, 중국이 지랄하더니, 이제는 거대 팔뚝?"

"그러게. 하늘이랑 땅이 블렌더처럼 사람들을 갈아 버리려고 그러나 봐."

콧방귀를 뀌던 데니스는 손가락을 비비면서 말했다.

"그나저나 타나카 너, 이번 작전에 지원했다며? 여전히 와이프에게 휘둘리고 사는 거야?"

"뭐, 애들 학교 때문에 어쩔 수 없지. 넌 왜 지원한 거야?"

"빌어먹을 도박 빚 때문에."

타나카는 한심하다는 듯 혀를 끌끌 찼다.

"넌 도박에 소질이 없어. 그만 관두지 그래."

"소질은 무슨. 너야말로 맨날 포커로 잃는 주제에. 어쨌든, 이번에 추가 수당이나 잘 뜯어 보자. 전쟁 나기 전까지는 모가지 붙어 있어야지."

맞아. 타나카가 중얼거리는 사이, 두 사람은 어느덧 항구 근처에 쳐 놓은 천막 앞에 다다랐다. 천막을 열고 들어가자, 웅성거리는 천막 안에 수병들이 빽빽이 앉아 있었다. 작전 장교인 크라넬이 이미 프레젠테이션 두 번째 페이지를 넘기고 있었다. 목차가 넘어가자, 데니스와 타나카는 말없이 뚜벅뚜벅 막사 안으로 걸어 들어갔다. 두 사람이 빈자리에 앉기 무섭게 크라넬은 날카로운 눈매를 찌푸렸다. 그는 다시 입을 열었다.

"알다시피 이번 항해는 다국적 연구팀이 동승하게 될 것이다. 따라서 보직 변경이 예정되어 있다. 일단, 인원수를 최대한 줄이기로 했다. 개개인의 업무 부담이 가중되겠지만, 다들 임무에 충실하기 바란다."

막사 안에는 잠시 야유가 오갔다. 크라넬은 수병들에게 조용히 하라 소리쳤다. 그러고는 통지서를 꺼내 스무 명에 달하는 이름을 불렀다. 그는 호명 후, 승조원들에게 말했다.

"자네들은 일단 해군 기지에서 대기한다. 나머지 백 다섯 명은 내일 5시까지 승선하도록. 그리고 6시에 출항을 한다. 여기서 질문 있나?"

데니스는 귀를 파면서 고개를 저었다. 그는 이 지루한 브리핑이 빨리 끝나기만 바랐다. 그러자 크라넬은 데니스를 노려보며 말했다.

"데니스, 늦게 들어왔는데. 뭔가 질문이 있나?"

"아뇨, 그냥 빨리 커다란 거인 손 등짝을 걷어차 주고

집에 가고 싶습니다."

그가 옛날 영화 대사를 따라 하자, 막사 안은 웃음바다가 되었다. 작전 장교는 희미하게 웃으면서 말했다.

"내 기회를 주지. 인사 관련 브리핑은 여기까지네. 다음은 탐사대 수장인 에바 영 교수의 브리핑이 있을 걸세. 뒤쪽 막사를 전부 닫아 주게."

작전 장교가 말하자, 막사 뒤편에 앉아 있던 군인 몇 명이 일어나 올라가 있던 텐트를 내렸다. 지퍼가 올라가기 시작할 무렵, 나이 든 여자 하나가 작전 장교와 악수하며 연단 위로 올라왔다. 그녀는 벌써 지친 얼굴을 손으로 쓸어내리다 가슴에 매단 십자가를 손으로 만졌다. 잠시 성호를 그리면서 기도하던 그녀는 입을 열었다.

"안녕하세요. 전 에바 영이라고 합니다. 미스 카토닉 대학에서 해양 생물학 교수로 재직 중이죠. 여러분도 아시겠지만, 파이브 아이즈 회원국과 일본, 한국의 지원으로 이번 탐사대가 조직되었습니다. 그리고 핵 잠수함을 징발해 주신 미 해군 여러분께 감사드립니다. 저희가 쫓을 대상은 미지의 거대한 손입니다."

교수는 설명을 이어갔다. 영양가 있는 설명은 아니었다. 대부분 알아듣기 힘든 전문 용어였다. 하지만 누구도 눈을 돌리지 못했다. 프레젠테이션에 실린 영상들은 짓궂은 크립쇼에서나 볼 법한 것들이었다. 에바는 계속 말을 이어갔다.

"이 팔들은 기이한 회복 능력을 갖추고 있습니다. 정확히 메커니즘이 어떻게 작동하는지, 혹은 무엇을 먹는지, 또 어떻게 번식하는지 알 수 없습니다. 이 생물의 라이프 사이클을 분석하는 것 역시 이번 탐사의 목적 중 하나입니다."

에바 교수는 프레젠테이션을 넘겼다. 다음 프레젠테이션에는 영상이 실려 있었다.

"또한, 이번 LA 사건으로 확실하게 알아낸 게 있습니다. 이건 아직 공식 발표하지 않은 기밀 사항입니다."

에바 영 교수는 리모컨을 눌렀다. 그러자 스마트폰으로 찍은 것 같은 영상이 재생되었다. 혼란스러운 비명과 흔들리는 앵글이 조금 진정되자, 불타는 건물과 그 위를 기어오른 기다란 팔들이 보였다. 혼란스러운 길거리에 쓰러진 여자의 팔이 기이하게 뒤틀리고 있었다. 오른쪽 어깨는 헬리콥터 로터처럼 빙글빙글 돌고 있었고, 왼쪽 팔은 부르르 떨고 있었다. 곧, 여자의 두 팔이 허물을 벗은 벌레처럼 어깨에서 떨어져 나왔다. 여자는 비명을 질렀다. 걸쭉한 검은 피가 조금 튀어나왔지만 이내 멎었다. 떨어져 나온 팔은 쓰러진 여자의 얼굴을 손가락으로 더듬다가 아스팔트 너머로 사라졌다.

영상은 거기서 끊어졌다. 에바가 말했다.

"지금 보신 장면은 팔의 소실 과정입니다. LA에서 회수한 스마트폰에 들어 있었죠. 아직 이 모든 현상이 어떻게 발현되는지는 알 수 없습니다. 하지만 LA에서만 사천여 명이 팔을 잃었습니다. 지금도 숫자가 늘고 있죠. 이 현상은 태평양의 외딴섬인 '세인트 데리'에서 처음 관찰되었습니다. 저와 함께 섬을 조사하던 다른 대학원생들을 비롯한 섬마을 사람 모두가 팔의 소실을 겪었습니다."

에바는 심각한 얼굴로 군인들을 바라보았다. 그녀는 성호를 그리면서 붉게 충혈된 눈을 껌뻑거렸다. 잠시 한숨을 쉰 그녀는 프레젠테이션을 더 넘기면서 말했다.

"우선, 우리 연구팀은 위성 사진으로 거대한 팔을 추적하였습니다. 그 결과 LA와 섬마을을 습격한 두 개의 팔이 해상 도달 불능점인, 포인트 니모 부근에서 왔을 거라 추측합니다. 이번 탐사는 상당히 혹독하고 어려운 탐사가 될 겁니다. 하지만 여러분의 가족과 국가 그리고 더 나아가 인류를 위해서라도 이번 조사를 반드시 성공해야 합니다. 성경 구절에는 다음과 같은 대목이 있습니다. '아버지와 아들과 성령의 이름으로 그들에게 세례를 베풀고 내가 너희에게 명한 모든 것을 지키도록 가르치라. 내가 세상 끝날까지 항상 너희와 함께 있겠다.' 마태복음 28장 19, 20절이죠. 부디 아버지 하나님께서 우리 모두를 굽어살펴 주시길. 아멘."

에바는 가슴에 달린 십자가를 쥐고서 기도를 올렸다. 그녀가 1분가량 침묵을 지키자, 작전 장교는 브리핑을 마무리 지었다. 수병들은 괴이쩍은 얼굴로 에바를 곁눈질하며 자리를 떴다. 이제 그들은 저녁쯤에 다시 모일 터였다. 출항까지 12시간도 남지 않았다.

◇◇◇◇◇

"조심 좀 합시다."

타나카는 고개를 돌렸다. 비곗덩어리 연구원이 꽉 끼는 셔츠와 조끼를 입고서 명령하고 있었다. 그는 기가 차다는 듯 콧방귀를 뀌며 함교 쪽으로 걸어갔다. 타나카의 양손과 오른쪽 어깨에는 가방이 가득 있었다. 항의하고 싶었지만, 그럴 수 없었다. 그가 입을 놀리기 전에 옆에 있던 군인이 화물을 떠넘겼다.

수많은 가방들이 줄지어 잠수함 안에 들어갔다. 거대한 크레인은 천천히 잠수함에다 어뢰를 고정했다. 크레인 줄에 매달린 어뢰가 어뢰 투입구를 따라 선체 안으로 들어갔다. 물론 어뢰만 있는 것은 아니었다. 특별히 '미도리 샤워'라는 탐사용 어뢰도 잠수함 안에 실린다고 들었다. 관리 매뉴얼이 복잡해서 저녁 식사 때 어뢰실 쪽 애들이 징징거린 기억이 났다.

대체 탐사용 어뢰가 왜 필요한 걸까? 거대한 팔을 연구해서 뭘 하려는 걸까?

타나카는 땀을 닦으면서 생각했다. 벌써 새벽 4시 반이었고, 승선 완료 시간이 5시였다. 시간이 빠듯했다. 타나카는 끊어질 것 같은 허리를 더 바쁘게 움직였다. 빨리 해

159

치우고 잠수함에 올라타고 싶은 생각만 간절했다. 하지만 여전히 크고 작은 물건들이 잠수함 안으로 옮겨졌다.

이게 다 언제 끝난다? 타나카는 게슴츠레한 눈을 부라리며 생각했다. 이대로라면 지구가 끝장날 때까지 물건만 나르게 생겼다는 생각이 들었다. 하지만 어쩔 수 없었다. 예전처럼 미 해군에 인력이 빵빵하지도 않았다.

타나카는 한숨을 쉬었다. 그는 예전의 해군이 그리웠다. 위풍당당했던 함대와 수많은 수병이 개미처럼 일사불란하게 움직이던 때가 그리웠다. 그때는 보급 인력만 보급을 담당했다. 하지만 대만 분쟁이 모든 것을 앗아갔다.

중국과의 냉전으로 인력은 점점 줄었고, 남은 이들은 부품처럼 갈렸다. 그러다 이제는 전투원들까지 보급 수송에 나서는 지경에 이르렀다. 그리고 이제는 잘난 똑똑이들을 위해서 몸 바쳐 일하는 지경이었다. 나중에는 뭘 하게 될까? 아주 복도를 돌아다니면서 승무원처럼 교수 나부랭이들에게 음식을 권해야 하나? 하긴 이따가 교수님들의 잠수함 투어도 있었다. 이 관광객들을 이끌 사람으로 지목된 게 바로 타나카였다. 지금이라도 '비프 오어 치킨'이라고 상냥하게 말하는 법을 연습해야겠군. 타나카는 콧방귀를 뀌면서 물건을 오른쪽에 있는 사람에게 건넸다.

그는 반사적으로 왼편을 바라보았다. 하지만 더 이상 물건은 오지 않았다. 방금 옮긴 것이 마지막 화물이었던 모양이었다. 곧 크레인의 시끄러운 구동음도 사라졌다.
얼마 지나지 않아 방송이 흘러나왔다.

"알립니다. 현 시각 10분 전 5시! 전원 승선 바랍니다."

"전원 승선!"

수병들은 소리치며 일사불란하게 외부 해치 안으로 사
라졌다. 교수들도 그들의 뒤를 따랐다. 마지막으로 들어
가는 인원들이 항구 쪽에 사인을 보냈다. 그러자 항구에
있던 해병들이 '씨데빌'호와 항만 사이에 이어 놓은 발판
을 치웠다. 곧 계류삭이 풀려 검은 바닷속으로 사라졌다.
마지막 인원이 잠수함 속으로 사라지자, 외부 해치가 닫
혔다.

인원 보고가 끝이 났고, 연구원들은 장비를 추렸다. 승
조원들은 연구원들이 뭘 하든 신경을 끄고 훈련받은 대
로 움직였다. 평소보다 많은 인원이 빠진 바람에 그들은
훨씬 바쁘게 움직여야 했다.

그나마 다행인 건 그들이 타고 있는 씨데빌호는 최첨
단 핵 잠수함이었다는 점이었다. 많은 수의 업무가 자동
화로 대체되었다. 마스트에서 수집하는 외부 정보를 자
동으로 취합할 수 있었다. 명령어는 간소화되었다.

그런데도 잠수함은 여전히 사람들의 손을 갈구했다.
때문에 잠수함에 탄 수병들은 출항 직전까지도 게이지를
읽거나 장구를 점검해야 했다. 예비 부품과 약품들, 하다
못해 똥통까지 확인했다. 마지막 점검 절차가 끝이 나자

그들은 간신히 출항 준비를 마칠 수 있었다.

그 사이, 타나카는 사전에 들었던 명령대로 움직였다.

"교수님들, 이쪽으로 오시죠. 사령실로 안내해 드리겠습니다."

"고맙군요. 타나카 씨. 제가 군사 계급에는 조예가 없어서."

"편한 대로 부르시면 됩니다. 이쪽으로 오시죠."

타나카는 '비프 오어 치킨'을 떠올리며 교수들을 데리고 잠수함을 가로질렀다. 밋밋하고 좁은 구획 통로를 지나 계단을 내려갔다. 벽면을 가득 채운 계기판들이 반짝거렸다. 이름 모를 파이프들이 구불거렸다. 뚱뚱한 교수들은 끙끙 앓으면서 뱃살을 욱여넣었다. 곧 사다리를 기어오른 그는 교수들을 기다렸다. 뚱뚱한 교수 하나가 투덜거렸다.

"아니, 최첨단 핵 잠수함이 이렇게 좁고, 죄다 계단 아니면 사다리요?"

"잠수함이 다 그렇죠. 자, 잡아드리죠."

타나카는 교수를 잡아 올렸다. 모든 이들이 사령실로 올라오자, 함장인 크리스 리를 비롯한 장교들이 그들을 맞이했다. 그들은 책상과 모니터로 가득한 좁다란 방에서 서로 악수했다. 인사치례한 이들은 곧장 본론으로 넘어갔다. 에바 영은 크리스 리에게 말했다.

"함장님. 환대는 감사드립니다. 하지만 우선 사전에 정해 둔 대로 실험실을 의무실과 식당 쪽에 구성하겠습니다. 그리고 일본 정부에서 지원해 준 탐사 어뢰의 조종 권한도 확실히 하고 싶군요."

에바 영이 말하자, 부함장인 라미레즈가 함장 뒤에서 나타났다. 중년에서 노년으로 접어들기 시작한 남자는 깐깐한 눈초리로 에바를 바라보며 함장에게 말했다.

"함장님, 식당 쪽이면 너무 붐비지 않을까요?"

"걱정은 안 하셔도 됩니다. 그저 표본을 보관할 냉동고가 가까이 있기도 하고, 분석을 위한 장소를 마련하려는 거니까요."

"그런데 그 표본을 식자재 창고에 보관해도 괜찮을까요?"

작전 장교 크라넬이 말하자, 에바는 괜찮을 거라고 걱정을 일축했다. 따로 보관할 용기를 가져왔으니 그곳에 새로운 표본을 보관할 거라고. 전용 용기에 보관한단 말에 크라넬은 조금 안심한 듯 보였다. 하지만 그것만으로 충분할까? 타나카는 생각했다. 병인지 아닌지도 모를 현상을 조사하러 가는데 고작 이 정도로 괜찮은 걸까? 그러나 일개 수병인 그에게는 발언권이 마땅히 없었다.

타나카가 침묵을 지키는 사이, 어느덧 시간은 새벽 6시 반을 넘었다.

좁다란 강철 혈관을 따라 모두가 제자리로 돌아갔다. 씨데빌호는 유유히 오키나와 미군 기지를 빠져나갔다.

항만을 지나 잠수함은 어두운 수면을 가르고서 깊은 바다를 향해 힘차게 나아갔다. 곧 검은 사구처럼 펼쳐진 망망대해 한가운데에서 잠수함은 천천히 잠항을 시작했다.

붉은 점멸등이 켜졌다. 수병들은 지정된 장소에서 주변 고정된 사물을 붙잡고 대기했다. 사람들의 발소리가 멈추자, 대신 기이한 부유감이 규칙적인 기계음과 함께 차올랐다.

얼마나 깊이 잠수하는 걸까? 어디까지 가야 하는 걸까?

누구도 알지 못했다. 그들은 이미 미지의 영역을 향해 돌아갈 수 없는 여정을 시작한 뒤였다. 얼마 지나지 않아 점멸등은 꺼지고 일상적인 조명이 들어왔다. 수병들은 아무렇지도 않다는 듯 하나둘 복도를 가로질렀다. 타나카는 교수들에게 손짓하면서 말했다.

"거의 다 왔습니다. 조금만 더 가면 숙소니까 쉬실 분은 쉬십시오."

"군인들은 아직 잠을 안 자나요?"

동양인 교수가 말했다. 효준이란 이름으로 볼 때 일본인 같지는 않았다. 아마, 한국인인 모양이었다. 타나카는 그에게 말했다.

"저희는 세 팀이 6시간 교대로 움직입니다. 지금 업무 보고 있는 군인들은 건드리지 마세요. 개들은 벌써 5시간 전부터 잠수함을 정비했거든요."

타나카가 말을 마치기 무섭게 맞은편 복도에서 군인

하나가 나타났다. 그가 나타나자, 타나카는 벽에 바싹 몸을 붙여 길을 터 주었다. 워낙 좁았기에 맞은편에서 군인이 한 명 나타나기만 해도 교수들은 신음을 토했다. 교수 중 한 명이 말했다.

"대체 왜 이런 핵 잠수함을 징발한 거죠? 연구 선이면 좋잖아요."

"요즘 실종된 배가 어디 한둘이냐고. 그 손이 공격이라도 하면 막을 도리가 없잖소."

"여기서 포인트 니모까지 얼마나 걸릴까?"

교수들은 관광객처럼 떠들면서 커다란 새처럼 짹짹거렸다. 타나카는 별일 없으면 왕복만 한 달쯤 걸릴 거라 말했다. 자세한 것은 모르지만 대충 그 정도라고 들었노라고 그는 영혼 없이 말했다. 지긋지긋한 일이었다. 빨리 밥이나 먹고 자고 싶었다. 다행히 교수들 역시 피곤해서 그런지 절반은 숙소를 안내하자마자 떨어져 나갔다. 남은 절반은 물건을 들고서 식당까지 따라왔다. 대강 투어를 마친 타나카는 교수들에게 인사를 한 뒤 업무에 복귀하겠노라 말했다. 그러자 에바가 말했다.

"타나카 씨. 고맙군요. 그런데 아직 창고에 연구용 물품들이 가득해요. 혹시 가져다줄 인력을 모아 줄 수 있나요?"

"네, 옮겨드리겠습니다."

"고맙군요. 일단 식당으로 옮겨 주세요. 나머지는 우리가 세팅하죠."

아랫사람 부리듯 거만한 어조가 귀에 쏙쏙 박혔다. 불쾌한 티를 내지 않으려 애쓴 타나카는 경례한 뒤에 복도를 따라 사라졌다. 확 다른 애들에게 짐 이야기는 하지 말까도 싶은 생각이 들었다. 하지만 그랬다간 독박 쓰고 징계를 먹어도 할 말이 없었다. 때문에 그는 침실에 들어가 침구류를 정리 중인 다른 수병들에게 교수들의 말을 전했다. 벌써 잘 준비하고 있던 놈들은 짜증을 내면서 창고를 향해 걸음을 옮겼다.

다른 수병들이 자리를 비운 사이, 타나카는 홀로 침실에 남았다. 그는 세 면이 전부 사층 침대로 둘러싸인 침실을 둘러보았다. 층마다 간신히 몸을 욱여넣을 공간만 남아 있었다.

타나카는 침대로 기어올랐다. 그가 침대 속에 몸을 밀어 넣자, 누군가가 그의 혁대를 잡아당겼다. 뒤를 돌아보니 수병 하나가 그를 노려보고 있었다.

"너 뭐하냐? 왜 우리가 정리한 침대로 올라가는 거냐?"

"뭔 소리야? 여기 조금 매트릭스가 울어서 보려고 한 건데."

"웃기지 마. 일거리 가져왔으면 빨리 앞장이나 서."

젠장. 타나카는 한숨 쉬며 창고를 향해 걸음을 옮겼다. 아직은 잘 때가 아닌 모양이었다.

◇◇◇◇

일과가 시작된 함교에는 규칙적인 기계음이 일었다.

지독한 진동이 사람들을 갉아 댔다. 철골 바닥은 이따금 우는 소리를 냈다. 천장에 달린 스피커는 누군가를 부르기에 여념이 없었다. 모두가 기진맥진한 상태였다. 그럼에도 군인들은 일과를 위해 각자 맡은 구역에서 잠수함을 점검했다. 때문에 좁은 통로는 군인들의 발소리로 가득 찼다.

교수들 역시 연구실을 만드느라 바빴다. 그들은 사전에 약속한 대로 식당의 일부와 의무실을 연구실로 만들었다. 하지만 좁아터진 잠수함 내부에 연구실 같은 것을 만들 여건은 마뜩잖았다. 현미경을 네 대만 두어도 식탁 하나가 가득 찼다. 노트북과 자료 그리고 교반기 따위의 것은 놓을 자리도 없었다.

대학원생들이 식당 일부를 실험실로 바꾸는 사이, 식당에서는 고소한 냄새가 피어올랐다. 풍성한 음식을 담은 커다란 그릇들이 뚜껑을 연 채 배식 준비를 마쳤을 무렵, 배식을 알리는 차임이 울렸다. 차임을 들은 군인들은 하나둘 식당으로 들어왔다.

시간은 8시 정각이었다. 모두가 지친 상태였고, 잠도 못 잔 터라 날이 바짝 선 상태였다. 배식이 시작되고, 긴 줄을 섰던 사람들은 음식을 받기 무섭게 식탁으로 흩어졌다. 그들은 게걸스럽게 음식을 탐했다. 하지만 밥을 먹고 일어서는 사람보다 줄을 선 사람이 더 많았다. 회전율이 떨어지자, 줄 선 군인들은 남은 식탁을 바라보았다. 교수들과 대학원생이 연구실로 삼은 자리였다.

그들은 군인들의 시선 따윈 신경 쓰지 않았다. 굳이 신경 쓸 필요가 있을까? 이 자리는 그들의 것이었다. 함장에게 허락까지 받았다. 그러나 배식이 밀리자, 군인들은 항의하기 시작했다.

"식탁 지금 쓰는 게 아니면 좀 비켜 주쇼."

"맞아. 이러다가 식사 시간 끝나겠다!"

"미안합니다. 실험실 세팅을 맞춰 놔야 해서 비켜드릴수 없어요."

연구원 하나가 단호하게 말하자, 군인들은 감정이 실린 야유를 퍼부었다. 마치 먹이를 빼앗긴 원숭이들의 야유 같았다. 그러든 말든 교수들은 무심하게 하던 일을 마저 했다. 교통 체증처럼 밀리고 밀린 배식은 거의 1시간 만에 끝이 났다. 식당을 가득 채운 군인들은 불만을 토로하며 뿔뿔이 흩어졌다. 지친 교수들이 잠을 자러 숙소에 갔고, 다른 교수와 대학원생들은 밥을 먹고 의무실 쪽에 설치하러 갔다. 때마침 한가해진 식당 안으로 몇 명의 군인들이 들어왔다.

그들은 출출하다는 핑계로 요리사들에게 몇 가지 음식을 주문했다. 그중에는 데니스도 있었다. 데니스는 요리사에게 손을 뻗었다. 그와 주먹 인사를 나눈 데니스는 스스럼없이 말했다.

"허미스. 오늘 맛난 거 좀 있어?"

"콘크리트 회라도 떠 줄 테니까 먹고 싶은 거 적어서 줘 봐, 친구들."

허미스는 배식대 위에 수첩과 볼펜을 내밀었다. 군인들은 저마다 먹고 싶은 메뉴를 적었다. 그동안, 데니스는 식당 구석에 놓인 실험 기구들을 바라보았다. 그것들은 못해도 식탁 두 개를 차지하고 있었다. 데니스는 눈을 부라리면서 말했다.

"어이, 허미스. 저건 또 뭐야? 누가 식당에다 잡동사니를 가져다 놨어?"

"과학자들이 그랬어. 윗분들 허가받았대."

데니스는 혀를 내둘렀다. 빌어먹을 탁한 공기에 먼지와 화학 약품 냄새까지 맡아 가며 밥을 먹어야 한다니. 왜 하필 식당에다 연구실을 차린 건지 그로서는 이해할 수 없었다. 의무실 하나만 쓰기에는 비대하게 부푼 머리를 둘 공간이 부족한가?

혀를 차던 데니스 하퍼 최는 매끈한 스테인리스 식판을 거울 삼아 빗을 꺼내 머리를 빗었다. 식판에 비친 그는 금발 머리에 거의 서양인의 외모를 빼다 박았다. 2대에 걸친 백인 유전자 때문이었다. 그의 몸에 남은 한국인의 특성은 칭기즈 칸의 유전자보다 조금 많았다. 이 유전적

칵테일 덕에 그는 초인적인 인내심과 욱하는 성질을 동시에 가질 수 있었다.

이 두 가지 상반된 성격은 데니스를 괴상한 방향으로 이끌었다. 한국의 노인들이 말하는 것처럼 그는 언제나 될 놈은 되고 그른 놈은 글렀다는 태도로 살았다. 아이러니하게도 이것은 포커의 철학과 맞아떨어지기도 했다.

그는 음식을 가득 담은 식판을 들고 배식대 바로 앞 식탁에 자리를 잡았다. 그러자 그의 포커 친구들도 하나둘 자리를 잡았다. 데니스 맞은편에 앉은 로이는 카드를 꺼냈다. 그는 깡마른 얼굴로 두리번거리더니 식탁 위에 카드를 올려놓았다. 다머와 퍼른도 근육질 몸을 끌고 나타났다. 그들은 각각 로이와 데니스 왼편에 앉았다. 하지만 다머는 피곤했는지 식판을 옆에 물리고 식탁에 머리를 박았다.

슬쩍 엉덩이와 자기 식판을 오른쪽으로 뺀 데니스는 다머에게 항의했다. 그러나 다머는 반응이 없었다. 아무래도 잠든 모양이었다. 다머가 코를 고는 사이, 마침 짐을 나르느라 지쳐 버린 타나카가 식당으로 들어왔다. 타나카는 어깨를 돌리면서 말했다.

"뭐냐, 벌써 치는 거야?"

"넌 왜 벌써 죽을상이냐?"

로이가 묻자, 타나카는 식당 구석에 놓인 짐을 손으로 가리켰다. 다른 군인들은 암묵적으로 고개를 끄덕였다.

반면 퍼른은 비대한 근육질 몸을 식탁에 기대었다. 그는 실실 웃으면서 타나카에게 말했다.

"짐꾼 노릇이 어때? 참해군의 자긍심이 샘솟냐?"

"씨발. 호텔 벨 보이도 나보단 돈 많이 벌걸."

"자자, 불평 그만하고 짜디짠 월급으로 돈놀이 좀 해 보자고. 포커 한판?"

데니스가 웃음기 가득한 얼굴로 말했다. 물론, 타나카는 거절하지 않았다. 어차피 스마트폰도 작동되지 않았고, 미리 받아 놓은 영화는 언제든 볼 수 있었다. 하지만 포커는 아는 얼굴이 모이지 않으면 칠 수 없었다. 타나카는 배식 받은 뒤 데니스 옆자리에 앉았다.

기다렸다는 듯 로이는 카드를 섞기 시작했다. 네 명의 도박꾼들에게 골고루 카드가 배분되었다. 데니스가 패를 집어 들어 카드를 확인하던 그때였다. 식당 안으로 각양각색 옷차림을 한 민간인들이 들어왔다. 어떤 이는 체크무늬 셔츠에 조끼를 입고 있었고, 어떤 이는 모자를 쓰고 있었다. 그들은 장병들과는 멀찍이 떨어져 앉았다. 장병들은 고개를 돌려 민간인들을 바라보았다. 데니스는 손을 튕겨 주의를 끌며 말했다.

"신경 꺼. 자자, 다들 카드 패나 좀 까 보자고."

군인들은 하나둘 패를 뒤집었다. 얼마 지나지 않아 승자가 나왔다. 퀸 페어, 퍼른의 승리였다. 퍼른은 으스댔다. 군인들은 야유하면서 동전을 내던졌다.

군인들이 판돈과 카드를 정리하는 사이, 더 많은 과학자가 식당 안으로 들어왔다. 대략 열댓 명 정도 되는 인원은 소곤거리면서 잡담을 나누었다. 그들이 나누는 잡담 대부분은 탐사에 대한 기대감이었다. 그리고 거대한 손의 생물학적 특성에 관한 의문점도 이야기했다. 하지만 에바 영이 식당에 들어오자, 그들은 입을 다물었다. 가슴에 묵직한 성서를 안고 있던 에바는 테이블 위에 성서를 내려놓았다.

"좋습니다. 다들 모이셨나요?"

에바가 말하자, 식당에 모인 연구원 하나가 손을 들었다. 가슴에 강효준이라 적힌 플라스틱 카드를 매단 남자였다. 조명 때문인지 어두운 얼굴이 한층 더 새까매 보였다. 그는 굳은 얼굴로 말했다.

"불교를 믿으시는 분이랑, 호주에서 오신……. 그, 성함이 뭐였죠?"

효준이 말하자, 옆에 있던 갈색 머리 케이 교수가 말했다.

"도니 스미스 교수님이랑 휘트니 씨도 일단은 주무십니다."

대략 열댓 명의 연구원을 둘러보던 에바는 하는 수 없다고 중얼거렸다. 그녀는 성서를 펼치며 앉았다.

"그럼, 시작하도록 하죠. 제가 오늘 예배를 진행하도록 하겠습니다. 오늘, 우리는 예배일에 탐사를 떠나게 되었습니다. 하나님께서 주신 평안한 삶을……."

"나이스! 트리플 잭이다! 하하하~."

에바와 교수들은 말없이 식당 반대편을 바라보았다. 투박한 철제 식탁 위에 카드 패를 펼쳐 놓은 군인들 몇 명이 보였다. 그들은 음식을 옆에 두고서 카드놀이를 하는 중이었다. 옆에 돈들이 있는 걸로 봐서는 도박인 것 같았다.

에바는 그들의 목소리를 무시하고서 계속 예배를 올렸다. 하지만 예배가 진행될수록 도박꾼들의 목청은 더 커졌다. 참다못한 에바는 잠시 예배를 중지했다. 곧 신자들의 시선은 도박꾼들에게 쏠렸다. 에바는 천천히 자리에서 일어나 도박꾼들 쪽으로 걸음을 옮겼다. 그녀가 테이블 옆에 서서 인기척을 내자 군인들은 모두 그녀를 바라보았다. 에바는 심드렁하게 말했다.

"원래 핵 잠수함 안에서는 도박해도 괜찮은가요?"

"글쎄요, 딱히 제지는 하지 않는 편이죠."

타나카는 어깨를 으쓱이며 말했다. 그러자 에바는 말없이 타나카를 노려보았다. 타나카는 머쓱한 듯 머리를 긁적거렸다. 데니스가 말했다.

"왜요? 우린 여기서 조용히 포커나 치고 있었다고요."

"아뇨, 조용히 치는 게 아니라 시끄럽게 포커를 치고 있었죠."

에바는 딱 잘라 말했다.

"여러분, 저랑 다른 신자분들이 함께 예배드리고 있습

니다. 이번 탐사가 잘 끝나기를 기원하는 자리죠. 그러니 우리 함께 예배에 참여해 보는 게 어떨까요?"

군인들은 서로 얼굴을 쳐다보았다. 잠시 키득키득 터져 나오던 웃음이 곧이어 폭소로 변했다. 그들은 테이블 위에 카드를 올려놓고서 에바를 비웃었다. 퍼른은 고개를 저으면서 조롱하듯 말했다.

"그게, 교수님. 저는 토테미즘이랑은 잘 맞질 않아서 말이죠. 따지고 보면 우리가 물속에 있는 건 핵 잠수함을 만든 사람들 덕이죠. 신은 한 것도 없잖아요. 안 그래요?"

"아뇨, 신께서 만물을 만드셨죠."

에바가 말하자 로이는 흥미롭다는 듯 안경을 올려 쓰고 말했다.

"워우, 당신들 과학자잖아요. 보통은 과학자랑 종교는 안 친한 줄 알았는데."

"견해의 차이일 뿐이죠. 그건 그렇고 기도할 때만이라도 조금 삼가실 수 있나요?"

"우린 그냥 조금 쉬는 거예요. 지금까지 당신들 짐을 날랐다고요. 이 정도면 참아 줄 만도 하지 않나요?"

데니스가 되묻자, 에바는 도저히 믿을 수 없다는 얼굴로 그를 쳐다보았다.

"참아 달라고요? 예배 중에 도박과 소란을 참아 달라는 겁니까? 데니스…… 일병?"

"일병 아닙니다."

"어쨌든요. 이건 과학적인 탐사이기 이전에 영적인 탐사이기도 합니다. 그런데 당신과 당신네 친구들은 하나님에게서 등을 돌리고 기도 대신 이런, 도박 나부랭이나 하고 있잖습니까."

에바의 지적에 수병들은 입을 다물었다. 그들은 이 상황을 어떻게 받아들여야 할지 알지 못했다. 데니스가 말했다.

"그게 뭐 어때서? 우리에겐 쉴 권리가 있어. 이건 우리 조상님이 얻어 낸 권리라고. 알겠어? 당신네 종교쟁이들이 뭔 상관이야?"

에바는 말을 아꼈다. 그러자 다른 과학자가 어느새 다가와 에바 옆에 서서 삿대질했다.

"그 잘난 조상님이 누구 덕에 글자를 배웠는데? 옛날에 기독교가 얼마나 많은 공공사업을 한 줄 알아?"

퍼른은 흩어진 카드 패 위로 손을 짚으며 자리에서 일어났다. 적당히 다부진 체격의 그는 과학자들 앞에 황동상처럼 우두커니 섰다. 그의 허벅지가 테이블 모서리를 때리는 바람에 식판이 조금 들썩거렸다. 당장이라도 싸움이 날 것 같은 분위기에 양측은 격앙된 소리를 냈다. 눈을 부라리던 타나카는 자리에서 일어나 퍼른을 진정시켰다. 만에 하나라도 과학자 나부랭이들과 주먹다짐이라도 했다가는 카드 게임은 금지될 터였다.

과학자들 역시 몸을 움츠렸다. 그들의 똑똑한 뇌는 벌

써 승산을 따져 본 모양이었다. 하긴 다른 동물도 분석한다는 양반들이 인간에 대해 모를 리 없었다. 에바는 팔짱을 끼고서 말했다.

"어쨌든, 각자 바운더리는 침범하지 맙시다. 우리는 지금부터 예배를 올릴 거예요."

"당최 다른 곳은 없나? 굳이 식당에서 이래야 합니까?"

로이가 물었다. 하지만 에바는 대답하지 않았다. 그녀는 볼일을 다 본 사람처럼 쌩하니 몸을 돌려 식당 구석으로 제 무리를 이끌고 돌아갔다. 씩씩거리던 퍼른은 천적을 쫓는 사마귀처럼 두 팔을 들어 보였다. 그러곤 자리에 앉아 분을 삭이듯 말했다.

"빌어먹을. 왜 쉬는 시간에 와서 지랄이야? 지들 똥 기저귀까지 날랐구먼."

"그냥 신경 쓰지 마. 살인해도 용서한다는 종교가 도박은 못 봐준다고 지랄인지."

로이가 툴툴거리는 사이, 사람들의 언쟁에 잠에서 깬 다머가 늘어지게 하품했다. 그는 앓는 소리를 내면서 주위를 노려보았다.

"에이 씨, 10분도 못 자냐? 듣자 하니 카드 가지고 난린데, 뭐야?"

"뭐긴 뭐야? 배우신 분들이 예배한다고 조용히 짜져 있으라잖냐."

퍼른이 못마땅한 듯 말했다. 그러자 다머는 앓는 소리

를 내며 말했다.

"다음에도 지랄하면 확 대가리에 식판을 꽂아 줄 테다. 씨발 새끼들."

다머의 말이 끝나기 무섭게 군인들은 굳은 얼굴로 주위를 둘러보았다. 하지만 누구도 신경 쓰지 않자, 그들은 키득키득 웃어 댔다. 타나카는 볼살을 출렁이면서 고개를 저었다.

"씨발, 그건 너무 나간 거지. 병신아."

"넌 지켜야 하는 사람을 조지려 하냐? 잠깐, 패 돌릴 사람 누구냐?"

데니스가 묻자, 타나카가 손을 들었다. 군인들은 각자 앞에 있던 패를 식탁 한가운데로 몰았다. 타나카는 카드를 손으로 추려 섞었다. 손가락 사이에서 달음박질치는 카드 패가 지퍼처럼 맞물렸다. 타나카는 카드 뭉치를 손바닥으로 눌러 활처럼 휘어 올렸다. 곧 아래로 튀는 팝콘처럼 패는 차곡차곡 손가락 위에 쌓이기 시작했다. 그는 다시 카드를 섞은 뒤에 카드를 돌렸다. 1시간 뒤, 타나카에게 남은 것은 조금 더 늘어난 빚과 한탄뿐이었다.

177

◇◇◇◇◇

전자 장교, 델 토로는 달력에 X표를 쳤다. 벌써 출발한 지 사흘이 지났지만, 아직 잠수함은 호주 근처였다. 델 토로는 호주 근해에서 추가 보급 받을 날짜를 달력에 표시했다. 앞으로 이틀 뒤, 호주 측에서 제공한 물자를 싣고서 포인트 니모로 접근하게 될 것이다. 그러면 그때부터 바빠질 예정이었다. 전자 장교인 그는 수병들을 데리고 과학자들과 포인트 니모 근처를 이 잡듯 뒤질 터였다. 하지만 정말로 거대한 손들이 그곳에서 나오는 게 맞을까?

그는 의구심을 떨칠 수 없었다. 애초에 이 모든 불가사의한 일들이 진짜인지도 감이 잡히지 않았다. 하긴, 달 착륙 같은 허무맹랑한 거짓말도 상식으로 통용되는 것이 현대 사회였다. 어쩌면 거대한 팔 역시 거짓 선동일지도 몰랐다.

델 토로는 스마트폰에 찍어둔 사진들을 바라보았다. 이제 유치원에 들어간 딸의 모습이 보였다. 지금이 새벽 12시 30분이니 한창 잠을 자고 있을 것이다. 그는 하품하며 베개를 똑바로 놓고 잠을 청했다.

딸 목소리라도 듣고 싶었다. 하지만 공해로 나가면 스마트폰을 통한 연락은 힘들었다. 며칠 뒤에 호주 근처를 지나니까 그때 연락을 해 볼까? 그가 침대에 누워 머리를 굴리던 그때였다. 노크 소리와 함께 굵은 목소리가 날아들었다.

"전자 장교님. 아직 안 주무십니까?"

델 토로는 침대에서 내려왔다. 장교용 선실이라 해도 좁아터진 공간에 침대 하나와 커튼뿐이었다. 몸을 일으킨 그는 커튼을 젖혔다. 그러자 수병 두 명이 경례하면서 그를 맞이했다. 델 토로는 무슨 일이냐고 그들에게 물었다. 그러자 수병들이 말했다.

"외부 카메라에 이상한 것이 잡혔습니다. 소나로 볼 때 상당히 커다란 물체 같은데 식별이 어렵습니다. 소음이 전혀 들리지 않아요. 인공 지능 역시 별다른 반응이나 권고도 하지 않고 있습니다."

그렇군. 델 토로는 자리에서 일어났다. 그는 수병들을 뒤에 끌고서 함교로 향했다. 장교용 숙직실에서 사령실 함교까지는 얼마 걸리지 않았다. 그는 사령실로 이어지는 사다리를 올라갔다. 사령실 안으로 들어가자, 널찍한 공간이 세 사람을 맞이했다.

각기 복잡한 전자 장비가 놓인 테이블 여덟 개가 띄엄띄엄 놓여 있었다. 테이블 하나당 모니터 네 개가 달려 있었고, 테이블마다 칸막이가 쳐져 있었다. 수병들의 발아래에는 과학자들이 가져온 장비들이 놓여 있었다. 수많은 저장 장치와 설명서 따위가 칸막이에 가지런히 놓여 있었다. 사람이 지나다니기에는 별 무리가 없었지만, 거슬렸다.

델 토로는 예전에 북적거리던 사령실이 그리웠다. 이것보다 훨씬 더 많은 책상과 인원이 사령실 함교에 배치되었더랬다. 하지만 해군의 간소화 정책 덕에 승무원은 줄었고, 장비 대부분이 전자식 장비로 교체되었다. 아예 사람 대신 인공 지능이 대체한 업무도 있었다. 그럼에도 일거리가 집적화되는 바람에 개개인의 업무 강도는 세졌다. 때문에 사령실은 피로에 찌든 얼굴들로 가득했다.

델 토로는 함장석을 바라보았다. 계단 다섯 칸 정도 위에 마련된 함장석에는 작전 장교인 크라넬이 앉아 있었다. 아마, 함장은 잠시 자리를 비운 모양이었다. 델 토로는 그에게 고갯짓했다. 그러자 그는 피곤한 얼굴로 고개를 끄덕이고 다시 일을 보았다. 델 토로는 함장석 바로 아래에 있는 자기 자리에 앉아 화면을 보았다.

검고 뿌연 화면들 너머로 아무것도 보이지 않았다. 이따금 물고기 같은 형체가 퍼덕거리다 사라졌다. 그것뿐이었다. 밤처럼 정적인 화면들을 둘러보던 델 토로는 코를 훌쩍이면서 전자통신병들에게 말했다.

"뭘 봤다는 거지? 몇 시 자료인가?"

"10분쯤 전이었습니다."

수병이 말하자 델 토로는 곰처럼 느긋하게 화면을 조작했다. 대체 이 애송이들이 뭘 보고서 호들갑을 떠는 걸까? 그는 뭔가가 찍혔다는 화면을 돌려보았다. 자세히 보이지는 않았지만, 카메라와 소나에 뭔가 잡히긴 했다. 소나상으로는 상당히 커다란 물체였다. 하지만 음향 판독 기록이나, 다른 장치에는 아무것도 기록되지 않았다.

그는 소나를 살피면서 동시에 잠수함 외부에 달린 카메라를 살폈다. 전방 오른쪽 하부 카메라를 살피던 그는 영상을 넘기다 눈살을 찌푸렸다. 무언가가 보였다. 화면을 확대했지만 흐릿해서 잘 보이지 않았다. 하지만 자세히 보기도 전에 그것은 망망대해 속으로 사라졌다.

델 토로는 장비의 설정을 확인했다. 설정 자체는 문제가 없었다. 인공 지능에 의한 업스케일링과 예측 모델 역시 진행 중이었다. 그는 다시 화면을 둘러보았다. 세 개의 모니터 위로 외부 카메라와 소나 정보가 잡혔다. 인공 지능에 의한 물체 분석도 진행 중이었다. 그러자 화면에 잡힌 그것이 모습을 드러냈다. 수병들도 눈을 껌뻑이면서 말했다.

"저거, 손가락 아니에요?"

그는 말없이 인공 지능에게 형상을 분석시켰다. 인공 지능은 아무런 답도 내놓지 않았다. 델 토로는 입술을 씹었다. 만에 하나 저게 거대한 손가락이라면 보통 일은 아니었다. 자칫해서 함선이 공격당하면 큰일이었다.

그는 뒤를 돌아서 함장석에 앉아 있는 크라넬을 바라보았다. 분위기를 읽은 크라넬은 책상에 앉아 버튼을 눌렀다. 함장을 호출하는 직통 버튼이었다. 곧 다른 수병들은 긴장한 듯 델 토로를 바라보았다. 그는 말없이 다른 테이블에 앉아 있는 수병들에게 말했다.

"경계 태세 강화한다. 지금부터 외부에서 들어오는 모든 자료를 취합한다. 자네들도 빨리 가서 교수들과 장교들 죄다 불러오게. 알겠나?"

"네, 알겠습니다!"

수병들이 소리쳤다. 그를 인도했던 수병들이 함교 밖으로 뛰어나갈 동안, 델 토로는 키보드를 두드렸다. 곧이어 외부 분석 자료들이 델 토로가 앉은 자리를 향해 물밀듯 들어왔다. 자료를 취합한 인공 지능은 3차원 영상으로 구성하여 보여주었다. 델 토로는 이미지를 열어 보았다.

　이미지 파일이 화면 위에 떠오르자, 델 토로는 입을 다물 수 없었다. 그는 거미처럼 암초 위에 누워 있는 거대한 팔을 바라보았다. 그것 주위로 다른 손들이 있었다. 갈대처럼 흔들리는 작고 가느다란 손가락들과 출렁이는 살덩이가 눈에 들어왔다. 그리고 그 이미지 파일 속에는 팔뚝 말고 다른 무언가가 있었다.

　그는 잠시 그것을 바라보았다. 처음에 그의 뇌는 그것을 인지하지 못했다. 그것은 칠흑같이 무한한 어둠 속에서 잠시 번뜩이다 사라졌다. 그는 잠시 눈을 비비고서 숨을 몰아쉬었다. 피곤해서 그런 걸까? 그는 눈알을 굴리다가 다시 화면을 바라보았다. 그러자 그것이 델 토로의 시선을 움켜쥐었다.

　델 토로 역시 그것이 무언인지 알아차렸다. 곧 본능적인 혐오감이 치밀어, 그는 자리에서 일어났다. 어깨부터 손끝까지 팔 전체가 낡은 엔진처럼 떨렸다. 그는 반사적으로 자기 양팔을 붙잡았다. 하지만 떨림은 조금도 진정되지 않았다. 도리어 머릿속에 똬리를 튼 생각이 종양처럼 점점 더 커졌다.

곧 머릿속 어딘가에 잠들어 있던 감각이 번뜩였다. 모든 것이 선명해지자, 원초적인 감각이 두뇌를 타고 온몸으로 퍼져나갔다. 이 불가사의한 감각 속에서 그가 알 수 있는 것은 딱 하나뿐이었다.

그는 끝을 향해 달려가고 있었다. 그의 딸도, 그가 아는 모든 것이 사라지기까지 얼마 남지 않았다. 모든 것이 막장을 향해 달려가고 있었다. 막장의 끝을 엿본 그는 비명을 지를 수밖에 없었다. 그의 비명을 들은 크라넬이 뒤늦게 달려왔지만, 그는 비명을 멈추지 못했다.

크라넬은 수병들을 불렀다. 곧 요란하게 울리는 발소리와 함께 의무병들이 함교로 뛰어 올라왔다. 그들은 델 토로의 상태를 살폈다. 하지만 누구 하나 섣부르게 상태를 짐작하지 못했다. 모든 이가 귀신을 본 사람처럼 델 토로를 바라볼 따름이었다. 얼마 지나지 않아 다른 수병들과 장교들이 함교로 올라왔다. 그러나 그들도 구토 더미 위에서 히스테릭을 부리는 델 토로를 보고서 할 말을 잃었다.

183

두 팔이 기괴하리만큼 꺾여 있었고, 그의 얼굴은 괴이쩍게 뒤틀려 있었다. 허옇게 질린 얼굴에서는 두려움을 넘어선 무언가를 엿볼 수 있었다. 하지만 그것이 무엇인지 누구도 정확히 설명할 수 없었다.

수병들은 토사물을 뒤집어써 가며 델 토로를 진정시켰다. 그의 팔과 다리를 붙잡아 그를 의무실까지 이송하려

했다. 사람들이 팔을 붙잡자, 델 토로는 게거품을 물며 실신하고 말았다.

델 토로는 거의 꼬박 하루를 기절한 뒤에 깨어났다.

의무실에서 정신을 차린 그는 임무를 수행할 수 있노라고 중얼거렸다. 하지만 누가 보아도 그의 상태는 정상이 아니었다. 그는 이따금 멍하니 벽을 바라보았고, 입에서는 맑은 침을 흘렸다. 밥을 먹을 때도 그는 수프가 담긴 그릇에 얼굴을 파묻고 먹었다. 애초에 손이란 것이 존재하지 않는다는 듯 말이다. 주위에서 지적한 뒤에야 그는 다시 손을 사용하기 시작했다.

함장은 델 토로의 증세를 함구하라 말했지만 좁은 잠수함 안에서 비밀은 없었다. 곧 델 토로의 기이한 증세는 잠수함 수병들 사이에 퍼져나갔다. 온갖 소문과 억측들이 나돌았다. 교수들과 군의관은 정확히 진단을 내릴 수 없었다. 교수들은 의사가 아니었고, 군의관에게는 MRI가 없었다.

다행히 델 토로의 기행은 얼마 지나지 않아 잠잠해졌다. 이틀 만에 그는 활력을 찾았고, 양손에도 힘이 돌아온 듯 보였다. 하지만 그는 잠수함 외부 센서를 보는 것을 꺼렸다. 물론 자기 업무였기에 거부하지는 못했다. 대신 델 토로가 멍때리는 시간이 늘었다.

휴식 시간이 되면 그는 말없이 자신의 침실에 드러누웠다. 하루에 한 번 오는 외부 통신이 연결되자, 그는 집에 전화를 걸었다. 딸아이의 목소리가 너무나도 듣고 싶었다. 하지만 전화는 끝끝내 연결되지 않았다. 그는 소리죽여 울음을 터뜨렸다.

그는 직감했다. 이제 다시는 딸아이와 만날 수 없을 것이다. 그건 확실했다.

◇◇◇◇◇

효준은 기겁하며 잠에서 깼다. 정신을 차리고 보니, 좁은 잠수함 침실 안이었다. 그는 안도했다. 쏟아지던 눈물을 손으로 닦은 그는 눈을 질끈 감았다. 그러자 방금 꾼 악몽이 머릿속에서 되살아났다.

꿈속에서 그는 가족들과 바닷가에 놀러 갔더랬다. 그런데 조금씩 물이 빠지더니 거대한 물의 장벽이 해안가를 덮쳤다. 해일이었다. 해일 속에는 거대한 팔 수십 개가 뒤엉켜 있었다. 놈들은 사람들을 낚아채기 위해 손바닥을 펼치고 있었다. 효준은 아들의 손을 붙잡고 고지대로 이동하려 했다. 하지만 해일이 더 빨랐다.

해일은 순식간에 모든 걸 집어삼켰다. 아수라장 속에서 비명마저 익사했다. 한 손으로 전봇대를 붙잡은 효준은 왼손에 쥔 자기 아들을 놓지 않기 위해 애를 썼다. 하지만 물속에서 튀어나온 거대한 손이 그의 아들을 낚아챘다.

잠에서 깬 뒤에도 그는 떨리는 어깨를 진정시키기 쉽

185

지 않았다. 애들은 서울에 있어. 서울에 잘 있다고. 그는 입술을 깨물다가 눈물을 닦고 잠을 청했다. 하지만 잠은 도통 오지 않았다. 몰아치는 숨소리에 귀를 틀어막았다. 곳곳에서 바스락거리는 소리가 날아들었다. 소리는 위아래, 양옆, 심지어 누워 있는 침대 발치 아래와 머리 위에서도 날아들었다. 그야말로 공간 지각 능력을 총체적으로 활용하여 사람을 괴롭히는 것 같았다.

귀마개를 꽂았음에도 도무지 소리는 잦아들 생각을 하지 않았다. 오히려 심장이 두근거리는 소리와 빌어먹을 화장실 냄새가 올라왔다. 분명 정부 인사들은 씨데빌호를 최첨단 핵 잠수함이라고 이야기했다. 하지만 최신예 핵 잠수함 내부는 열악하기 짝이 없었다. 그는 얇은 커튼을 바라보았다. 그 너머에는 못해도 아홉 명 이상의 인기척이 항상 밖에서 대기하고 있었다.

거기다 땀내와 음식 냄새, 기름 냄새, 괴이쩍은 체취와 향수, 화장품 냄새가 켜켜이 쌓여 있었다. 곧 멀지 않은 곳에서 물 내리는 소리까지 들리자, 그는 얼굴을 찌푸렸다. 거기다 델 토로라는 군인의 기이한 증세까지 겹쳐 불안하기까지 했다.

군인들이 하는 이야기에 따르면 델 토로의 발작은 단순한 발작이 아니었다. 그의 기이한 행동은 차치하더라도 그가 쓰러진 뒤 함선 컴퓨터가 원인 모를 오류로 꺼졌다. 컴퓨터를 다시 켰을 때, 델 토로가 보던 자료만 사라져 있었다. 자료를 복구할 때마다 컴퓨터는 작동을 멈추었다.

기이한 이야기였다. 효준은 최대한 이성적으로 생각하려 했다. 하지만 컴퓨터 오류 따위는 언제든, 어떤 요소로든 일어날 수 있었다. 그러나 그의 이성이 어떤 이야기를 하든 그는 불안감의 고삐를 잡을 수 없었다.

스스로 다독이다 지친 효준은 후회에 잠겼다. 한국에서 그냥 있을걸. 대체 왜 지원해서 이런 망망대해까지 나온 걸까? 효준은 자신을 저주하며 자리에서 일어났다. 그는 주방으로 향했다. 출출했다.

좁다란 복도를 따라 군인 몇 명을 지나치자, 복도 끝에 커다란 식당이 나타났다. 그는 배식대로 가서 먹을 것을 살폈다. 그는 뷔페식으로 늘어놓은 음식들을 바라보았다. 절인 양파, 고기 그리고 감자튀김이 보였지만, 식욕이 돌지 않았다. 음식들이 죄다 느끼했다. 김치가 필요했다. 그가 기름 냄새에 미간을 찡그리자 누군가가 말했다.

"뭘 드릴까?"

효준은 고개를 들었다. 그러자 배식대 뒤에 앉아 있던 요리사가 머리를 들었다. 홀로 주방을 지키던 흑인은 옆에 잡지를 내려놓았다. 그의 억양으로 보아, 자메이카 사람 같았다. 그는 핏줄이 선 두 눈으로 효준을 바라보다 셔츠 옷깃으로 입가를 닦으며 말했다.

"라면? 신라면 드려? 아님, 스테이크?"

외국 사람이 신라면을 아네. 효준은 신기한 듯 그를 바라보았다. 그러다 손을 내저으면서 말했다.

"아뇨. 라면은 질리도록 먹었어요. 다른 시큼하거나 매운 음식은 없나요?"

효준이 간절히 말하자, 요리사는 어깨를 으쓱이면서 말했다.

"어쩔 수 없소. 심해 속에서는 모든 게 부족한 법이니까."

맞는 말이었다. 당장 바깥 공기를 쐴 수만 있다면, 억만금이라도 줄 수 있을 것 같았다. 그런 효준의 기분을 꿰뚫어 보기라도 한 걸까? 요리사는 말했다.

"보아하니 바깥바람 좀 쐬고 싶은 얼굴인데, 조금 있으면 호주에서 제공한 보급이 도착할 거요. 다른 수병들에게 가서 콧바람 좀 쐬고 싶다고 해 보쇼. 교전 지역에 들어온 것도 아니니까 깐깐하게 굴지는 않을 테지."

말을 마친 요리사는 다시 잡지를 집어 들었다. 그는 잡지를 반으로 접었다. 그러자 잡지 안에 실린 여자의 나체가 훤히 드러났다. 효준은 잡지를 힐끔 보다 걸음을 옮겼다. 그럼 어딜 가서 누구에게 말해야 할까? 효준은 한숨을 쉬면서 식당을 빠져나왔다. 때마침 맞은편에서 식당으로 오는 군인들과 마주쳤다. 효준은 그들에게 말을 걸었다. 이따가 호주 근처에서 잠수함이 부상한다는데 언제 부상하느냐고 말이다. 군인은 별말 없이 그에게 시간을 알려주었다. 대략 2시간 뒤에 씨데빌호는 호주 근해에서 부상할 터였다. 곤잘레스란 수병이 보급 담당이니, 4번 복도에서 곤잘레스를 찾으라고 말했다. 효준은 고맙노라고 말한 뒤에 걸음을 옮겼다. 하지만 발걸음이 무거웠다.

이번 보급 이후로 일주일은 더 가야 포인트 니모에 다다를 수 있었다. 그러니 아직도 잠수함 생활이 절반 넘게 남은 셈이었다. 그 뒤로는 보급을 받을 수 없었다. 가장 가까운 육지도 포인트 니모에서 2,000킬로미터보다도 더 멀리 떨어져 있었으니까. 그럼, 앞으로 최소 2주 이상 바깥 공기를 마실 수 없었다.

효준은 부리나케 복도를 지나 계단을 오르고, 다시 복도를 지났다. 하지만 중간에 길을 잃는 바람에 그는 선내 배치도를 보고서 4번 복도에 다다를 수 있었다. 4번 복도는 거주동의 복도와 크게 다를 게 없었다. 밋밋하고 좁은 통로를 따라 무슨 용도로 쓰는지도 모를 파이프가 지나 갔다. 벽면에 적힌 구획 숫자가 아니었다면, 구분하기 힘들 지경이었다. 그는 복도에 서 있는 군인에게 다가갔다. 마침 그는 복도에 늘어선 사물함에서 구명조끼를 꺼내 입고 있었다.

"당신이 곤잘레스인가요?"

"곤잘레스 지젤이요."

그는 손을 내밀었다. 효준은 두툼한 갈색 손을 덥석 잡았다. 효준이 어색하게 손을 흔들자, 곤잘레스는 오토바

이 헬멧처럼 생긴 헬멧을 고쳐 쓰고서 말했다.

"보아하니, 이번에 탔다던 교수님 중 한 분이신 것 같은데, 여긴 조금 있으면 겁나게 바빠질 겁니다. 보급품을 들여와야 하거든요."

"알아요. 그게 다른 게 아니라, 나갈 때 같이 나가서 바람 좀 쐬면 안 되겠습니까?"

"바람이요? 외부 갑판까지 나가시려고요?"

효준이 그렇다고 말하자, 곤잘레스는 머리를 긁적거렸다. 곤란해 보였지만, 곤잘레스는 어깨를 으쓱거리면서 말했다.

"뭐, 발밑만 조심하쇼. 화물을 끌어올려도 멀찍이 떨어져 계십쇼. 괜히 그쪽이 다쳤다간 나한테도 불똥이 튈 테니까."

효준이 고개를 끄덕였다. 그러자 곤잘레스는 말없이 사물함을 열었다. 그는 구명조끼를 꺼내 효준에게 건넸다. 효준이 구명조끼를 입자, 곤잘레스는 그의 체형에 맞게 구명조끼를 단단히 조였다. 붉은 주황색으로 번들거리는 구명조끼 옆으로 살이 조금 튀어나왔다. 곤잘레스는 헬멧을 그에게 건네며 말했다.

"나중에 점멸등 켜지면 다른 수병들도 올 거예요. 그때 같이 올라갑시다."

"고마워요."

효준이 헬멧을 쓰며 말하자, 곤잘레스는 씩 웃었다.

"그나저나 이번 작전, 성공할 수 있을까요?"

곤잘레스가 말했다. 그러나 효준은 쉬이 말하지 못했다. 섬마을과 LA 사건의 영상이 머릿속에 선명하게 떠오른 탓이었다. 교수 생활을 거의 10년 가까이 했지만, 그는 이 현상의 기전 자체를 파악하지 못했다. 초자연적이란 말이 머릿속에 맴돌았다. 그러나 그건 생물학 교수에게 어울리는 말이 아니었다. 효준은 아무 말이나 쥐어짰다.

"분명 이 모든 현상을 설명할 다른 방법이 있을 겁니다. 사람의 인지 능력과 지성은 언제나 완벽하지 않거든요. 어쩌면 지금 우리가 보는 것들도 사실 간단한 문제일 수도 있습니다. 전 그러길 바라요."

효준의 말에 곤잘레스는 그러길 바란다고 말했다. 점멸등이 켜지자, 곤잘레스는 인상을 구겼다. 그는 손목시계를 바라보며 말했다.

"아무래도 일찍 부상하기로 한 모양이네요. 빨리 끝을 내 봅시다. 나랑 다른 애들이 나가서 물건을 가져올 겁니다. 그러니까 그쪽은 콧바람 쐬고 있어요. 들어오라 하면 빨랑빨랑 들어오고요."

효준이 고개를 끄덕였다. 엘리베이터를 탄 것 같은 느낌이 천천히 머리를 휘감았다. 앞으로 쏠리는 느낌도 있었다. 곧 출렁이는 소리가 선체를 때렸다. 잠수함이 부상하는 걸까? 효준은 초조하게 점멸등을 노려보았다. 곧, 점멸등이 꺼지고서 일반적인 조명이 켜졌다. 그러자 곤잘레스는 자리에서 일어났다.

"좋습니다. 먼저 올라가실 건가요?"

효준은 사양하지 않고 잽싸게 사다리를 기어올랐다. 그는 한숨을 연신 내쉬면서 좁은 통로를 따라 기어올랐다. 곧이어 외부 해치가 나오자, 그는 젖 먹던 힘을 다 써가며 해치를 열려고 애를 썼다. 하지만 손잡이를 아무리 돌려도 해치는 열릴 생각도 하지 않았다.

"잠시만요."

발아래에서 날아든 목소리에 효준은 고개를 돌렸다. 사다리를 붙잡고 곤잘레스가 매달려 있었다. 곤잘레스는 차근차근 해치 여는 법을 알려 주었다. 효준은 곤잘레스가 알려준 대로 곧잘 따라 했다. 곧 밀폐된 공기가 빠지는 소리와 함께 해치가 위로 올라갔다. 효준이 힘을 주자, 해치는 특수 경첩을 따라 옆으로 밀려났다.

해치가 열리자, 약간의 바닷물이 빗물처럼 투두둑 쏟아졌다. 바닷바람의 비린내가 풍겼지만, 효준은 숨을 깊이 들이마셨다. 이 비린내조차 잠수함 속의 썩은 공기보다 나았다. 거기다 오랜만에 반짝거리는 햇살을 마주하자, 효준은 웃음을 참을 수 없었다.

그는 잠수함 상부 갑판으로 나가기 위해 사다리를 기어올랐다. 그가 갑판 위로 얼굴을 내밀자 무언가가 효준의 얼굴을 향해 달려들었다. 효준은 비명을 질렀다. 그는 진저리를 쳤다. 퉁퉁 불어 물비린내 풍기는 수많은 손들을 떨쳐 내기 위해 두 손을 허우적거렸다. 본능적인 행동이었지만, 물리적 법칙은 가혹했다. 무게 중심이 무너지고 남은 발마저 미끄러져, 사다리에서 떨어지고 말았다.

곧, 무거운 포대 자루가 떨어지는 소리가 날아올랐다.

망했다. 곤잘레스가 눈을 부라리면서 생각했다. 하지만 숨을 몰아쉴 겨를이 없었다. 그는 사다리를 타고 내려갔다. 그가 두 걸음 아래로 내려가기 무섭게 그의 눈에 효준의 얼굴 위를 기어다니는 것이 보였다. 확실했다. 그것은 팔뚝이었다. 브리핑 때 보았던 거대한 팔뚝이 아니라 사람의 어깨에서 떨어져 나온 것 같았다. 그것은 마치 거미처럼 선내를 기어다니기 시작했다.

곤잘레스는 비명을 지르면서도 냉철하게 상황을 파악했다. 그는 다시 사다리를 올라 해치를 닫으려 했다. 그때였다. 어디선가 기어 온 팔뚝이 곤잘레스의 어깨를 붙잡았다. 그는 힘껏 해치를 잡아당겼다. 그러나 해치를 닫을 수 없었다. 팔뚝이 경첩 사이에 끼인 것이다.

곤잘레스는 반쯤 닫힌 해치를 붙잡고서 소리를 질렀다.

193

곧이어 다른 팔뚝들이 곤잘레스에게 밀려들었다. 그는 꾸역꾸역 밀려드는 팔들의 물결을 피해 몸으로 해치를 막았다. 소용없는 짓이었다. 놈들은 비좁은 잠수함 속으로 들어오기 위해 입구를 향해 몸을 밀어 넣고 있었다. 그나마 좁은 해치 덕에 놈들은 몸이 끼어 안으로 들어오지 못했다. 곤잘레스가 계속해서 도와 달라 비명을 지르자,

곧 발소리가 다가왔다.

"무슨 일이야!"

"도와줘! 아무나 올라와! 빨리!"

곤잘레스가 소리치기 무섭게 다른 군인들은 사다리 쪽으로 고개를 내밀었다. 그들은 사다리 위를 올려다보았다. 곤잘레스는 두 사람과 눈이 마주쳤다. 다머와 크레이그였다. 그들은 욕지거리를 내뱉으면서 팔뚝을 막고 있는 곤잘레스를 바라보았다. 그러다 바닥에 떨어져 피를 흘리는 효준을 바라보았다. 아무래도 상황을 파악하려는 듯 보였다. 곤잘레스가 소리쳤다.

"뭘 보고 있는 거야, 이 머저리들아! 빨리 이것들 밀어내!"

그가 소리치자, 다머가 먼저 사다리를 기어올랐다. 근육질 불곰 같은 사내는 좁은 외부 해치 통로를 기어올라 곤잘레스를 도왔다. 그가 팔뚝을 밀어내기 시작하자, 좁은 입구 안으로 몸을 들이밀던 손들의 물결이 조금씩 뒤로 밀려났다. 곤잘레스도 뒤늦게 허리춤에서 단검을 꺼내 손가락을 잘랐다. 하지만 좁은 통로 안에서 자세를 잡기 어려웠던 탓일까? 얼마 지나지 않아 다머가 휘청거리기 시작했다.

"젠장! 크레이그!"

"씨발! 이러다 우리 다 죽어!"

곤잘레스와 다머가 소리쳤다. 하지만 크레이그는 자리를 지켰다. 그는 벽면에 달린 무전기를 향해 손을 휘둘렀다. 벽에 걸린 무전기가 번지점프를 하듯 줄에 매달려 바닥에 떨어졌다. 그가 무전기를 집어 들었다.

그는 곧장 다른 수병들에게 지원을 요청했다.

"4번 외부 해치 구역! 응급환자 발생! 비상 상황이다!"

무전기에서는 알겠다는 응답이 연달아 쏟아졌다. 그는 무전기를 던져 버리고서 효준의 머리에 난 상처를 살폈다. 상처는 생각보다 심해 보였다. 의학에 문외한인 크레이그의 눈에도 효준은 살아남기 어려워 보였다.

크레이그는 피범벅이 된 군복을 벗어 효준의 상처를 한 손으로 꾹 눌렀다. 그는 효준의 손을 붙잡아 맥박을 재보았다. 두근거리는 진동이 손목을 휘감고 있었다. 거의 팔뚝에 모터를 단 것처럼 맥박은 세차게 크레이그의 손끝을 지나갔다. 크레이그가 괴상하다는 듯 인상을 찌푸릴 때, 효준이 천천히 주먹을 쥐었다. 크레이그는 조심스럽게 그에게 말을 걸었다. 하지만 대답 대신 손이 크레이그의 팔을 덥석 붙잡았다.

크레이그는 자기 팔목을 붙잡은 손을 바라보았다. 피투성이 오른손이 그의 팔목을 힘겹게 붙잡은 뒤에 바닥으로 추락했다. 그는 어리둥절한 얼굴로 자신이 맥을 짚고 있던 효준의 손을 바라보았다. 그 손 역시 오른손이었다. 크레이그는 입을 벌렸다. 그가 붙들고 있던 오른손은 거미처럼 손가락을 버둥거리면서 몸을 뒤틀었다. 크레이그가 비명을 지르자, 주인 없는 손가락들이 꿈틀거리기 시작했다.

효준의 옷 속에서 손들이 꿈틀거리며 기어 나왔다. 크고 작은 손가락들이 크레이그의 몸을 더듬고 지나갔다. 손톱이 짧은 손가락들과 긴 손가락들. 손톱이 빠지거나 너무 불어 뭉클거리는 손가락들. 가늘거나 굵은 각양각색의 손들이 크레이그를 맞이했다.

크레이그는 진저리를 치며 손들을 내던졌다. 그러자 손톱에 매니큐어가 조금 남은 손이 펄쩍 뛰어 벽면을 기어올랐다. 뒤이어 효준의 몸 아래서 근육질의 팔뚝이 튀어나왔다. 놈은 따개비가 달린 손가락으로 크레이그의 군복을 할퀴고 사라졌다. 크레이그는 숨도 쉬지 못한 채 바다 비린내를 매단 팔들이 선내로 흩어지는 것을 보았다.

그때였다. 효준의 손이 크레이그의 손을 움켜쥐었다.

차가운 손아귀에 몸을 떨던 그는 효준을 바라보았다. 그러자 효준의 어깨가 뒤틀렸다. 마치 탈피하는 애벌레처럼 효준의 하얗고 비대한 팔뚝은 좌우로 몸부림을 쳤다. 크레이그는 질색하며 손아귀를 뿌리쳤다. 그러자 팔뚝이 효준의 몸에서 떨어져 나왔다. 효준의 왼팔 역시 파르르 경련을 일으키다 몸을 떠났다. 마치 탯줄처럼 어깨의 단면에는 핏줄과 근육 일부가 너덜거렸다.

크레이그는 양팔을 잃은 효준을 멍하니 쳐다보았다. 효준의 오른손이 몸을 비틀어 크레이그의 손아귀를 벗어났다. 그러더니 뭉뚝한 꼬리처럼 팔뚝을 휘둘러 크레이

그의 턱을 후려쳤다. 크레이그가 비명을 지르자, 손은 거미처럼 벽면을 기어 파이프 사이로 사라졌다. 그것이 사라진 방향에서 군인들 몇몇이 달려왔다.

그들은 바닥에 쓰러진 효준과 위에서 우박처럼 쏟아지는 손가락들을 바라보았다. 잠시 머뭇거리던 그들은 일사불란하게 움직였다. 한 사람은 혼이 나간 크레이그의 뺨을 후려치고서 머리에 상처가 난 효준을 지혈했다. 다른 두 명은 사다리 위를 올려다보았다. 그들은 곧장 다머와 곤잘레스를 도와 손을 함선 밖으로 밀어냈다.

네 사람이 달려들자 뱀처럼 꾸물거리던 손들은 서서히 잠수함 밖으로 밀려났다. 그런데 커다란 팔뚝 덩어리가 두 동강 나면서 약간의 틈이 생겼다. 그러자 외부에 있던 손 몇 개가 군인들 틈바구니를 비집고 잠수함 안으로 들어왔다. 아래에 있던 크레이그는 두 손으로 머리를 감싸고서 몸을 웅크렸다. 효준을 지혈하던 군인도 비명을 지르기 바빴다.

그러든 말든 해치에 매달린 군인들은 팔 덩어리를 완전히 함선 밖으로 밀어냈다. 손들이 외부 갑판으로 흩어지기 무섭게 다머와 곤잘레스는 곧장 해치를 닫았다. 손하나가 세차게 닫히는 해치 문에 끼어 산산조각이 났다. 잠금장치가 저절로 잠겼다. 완전 밀폐를 알리는 디지털 신호음이 들리자, 수병들은 지친 한숨을 내쉬었다.

그들은 헐레벌떡 사다리를 내려갔다. 그들은 바닥에

떨어져 있는 손들을 무자비하게 밟았다. 그러나 이미 많은 팔이 복도를 따라 사라진 뒤였다. 곤잘레스는 비처럼 쏟아지는 땀과 피 그리고 바닷물을 닦아내면서 말했다.

"빨리, 사령실에 알려! 빨리!"

◇◇◇◇◇

함장은 말을 아꼈다. 이미 지시는 내렸다. 일부 수병들을 차출해서 함 내로 들어온 손을 찾으라고 말이다. 너무나 당연한 조치였다. 만에 하나 외부에서 들어온 것들이 장비를 망가뜨릴 수도 있었다. 하지만 교수들의 생각은 다른 모양이었다. 그는 사령실에 들어온 세 교수에게 말했다.

"그러니까, 교수님 말씀은."

"외부에서 들어온 손과 접촉한 군인들을 격리해야 합니다."

호세 마르티네즈란 이름의 교수가 대신 말했다. 에바 역시 동의했다. 과학자들의 요지는 간단했다. 기어다니는 팔뚝과 접촉한 군인들을 격리해야 한다는 이야기였다. 하지만 장교들은 반대했다.

"그렇지만, 이대로 수병들을 격리시키면, 일과를 수행할 인원이 줄어들지 않습니까."

"하지만 일정이 늦어지지는 않을 거 아닙니까? 어차피 가는 건 잠수함이 가는 거니까요."

사령실과 화상 연결이 된 기계 장교, 카일은 학을 뗐다. 그럴 법도 했다. 그는 지금 외부 이물질 때문에 엔진을 긴급 점검 하고 있었다. 물론, 최신예 잠수함인 씨데빌호의 신뢰도는 높았다. 수명 또한 앞으로 수십 년은 거뜬했다. 하지만 아무리 신뢰도가 높다고 해도 결국 불완전한 인간이 만든 기계였다. 언제 어디서 사고가 터질지 모를 일이었다. 그리고 잠수함의 특성상 크고 작은 사고가 승조원들의 목숨과 직결되는 문제였다.

그러나 크리스는 에바의 요구를 받아들였다. 좁은 함선 내에서 전염병이라도 퍼졌다간 끝이었다. 그는 의무실을 격리실로 설정했다. 하지만 이 밀폐된 곳에서 사람을 제대로 격리할 수 있을지 의문이었다. 에바가 말했다.

"격리는 그렇게 처리하고, 효준 교수는 어떻게 처리하는 거죠?"

"시신은 호주 측이 인수해 갔소. 아마 한국 쪽에 소식이 갔을 거요."

크리스가 말하자, 호세 교수는 개탄스러운 탄식을 내뱉었다.

"손들이 물에 떠다닌 걸 어떻게 모를 수가 있죠?"

"잠수함에 탑재한 탐지기는 적 잠수함을 찾기 위한 장비입니다. 너무 작은 물체는 감지하지 못합니다. 그리고 수면에 붙어서 떠다니는 물체는 잠망경으로 포착하기도 어렵고요."

부함장인 라미레즈가 말하자, 사다리 옆에 서 있던 케이 교수는 한숨을 쉬었다.

"그럼 부상할 때마다 이렇게 난리를 쳐야 하는 겁니까? 이러다가 음식이 다 떨어지면 어쩌려고요? 다음에는 우리들을 잡아먹을 겁니까?"

케이 교수가 막말을 내뱉자, 장교 중 몇 명이 그에게 항의했다. 화기 장교인 요나는 특히 격양된 반응을 보였다. 요나는 지금 말 다 했냐며 그에게 삿대질까지 했다. 아우성이 이어지자, 선장인 크리스는 함교에 모여든 사람들을 진정시키고서 말했다.

"6시간 전에 있었던 불미스러운 사고에 대해선 유감스럽게 생각합니다. 음식은 보급 전에도 보름치 넘게 남아 있었습니다. 그리고 이번에 호주 측의 지원을 받아서 작전 끝날 때까지 보급 걱정은 안 하셔도 됩니다. 손들이 또다시 침범할 것에 대비해서 앞으로는 부상 후에 10분간 항행을 할 겁니다. 그러면 뭐가 되었든 파도에 쓸려 나갈 테죠."

함장이 말하자, 장교들은 입을 다물었다. 연구원들은 여전히 날 선 불만을 토해 냈다.

"그래도 안전 대책은 똑바로 세워야 할 거요. 우리가 다 죽으면 돌대가리들 가지고는 전기영동조차 못할 테니까."

케이 교수가 말하자, 장교들은 굳은 얼굴로 학자들을 바라보았다. 그러든 말든 케이 교수와 호세 교수는 함교를 떠났다. 마지막까지 함교에 남은 것은 에바 영뿐이었다. 에바는 함장에게 다가가 말했다.

"함장님. 죄송한 말씀이지만, 좌표 지점에 도착하면 알려 주시겠어요? 그 부근부터 수색을 시작하고 싶습니다."

"네. 알려드리도록 하죠."

짧은 말이 끝나자, 에바는 사령실을 빠져나갔다. 크리스는 의자에 기댔다. 그는 희끗희끗한 수염을 만지작거렸다. 말년에 커리어가 단단히 꼬였다는 생각을 도저히 떨칠 수 없었다. 이번에 진급을 못 하면 평생 잠수함만 몰다 전역할 것이다. 동기들처럼 한자리는 못 해도 뭍에서 일하고 싶었지만 그 꿈은 90퍼센트 가까이 부서진 뒤였다.

그는 참담한 얼굴로 미간을 주무르다 라미레즈에게 지휘를 맡기고서 숙소로 향했다. 장교들은 말없이 함장의 노쇠한 뒷모습을 바라보았다. 그러나 곧 그들은 다시 컴퓨터 속으로 시선을 옮겼다.

수병과 장교들이 일과를 수행할 동안, 의무실에 모인 연구원들은 자료를 분석하기 바빴다. 그들은 복도까지 점거해 가며 분석을 이어갔다. 교수들은 의무실에서 자료를 취합해 토론했다. 하지만 뚜렷한 이론으로 정리되지 않았다. 컴퓨터들이 내놓은 답변 역시 그리 만족스럽지 않았다.

사람들의 어깨에서 떨어져 나온 팔들은 전부 살아 있었다. 소화 기관이나 뇌도 없었지만, 팔들은 쉬지 않고 움직였다. 지능이라 부를 수 있는 게 있는지는 몰랐다. 하지만 물건을 던지면 피하거나 몸을 움츠리는 반응 정도는 보였다. 사물을 어떻게 감지하는지는 알 수 없었다. 손등과 팔에 달린 감각모 때문일까, 조심스럽게 추측하는 이도 있었다.

에바는 잠수함 복도를 빙글빙글 맴돌았다. 그녀는 도통 풀리지 않는 의문에 한숨을 쉬었다. 하지만 한숨을 쉰다고 가슴이 맑아지지 않았다. 탁하고 답답한 공기가 입 안으로 들어와 더더욱 기분이 나빠졌다.

"하늘에 계신 거룩한 아버지시여. 부디 우리 모두를 굽어살피시어……."

에바는 기도한 뒤 다시 격리실로 들어갔다. 물론, 말이 좋아야 격리실이지, 따지고 보면 의무실의 절반을 테이프와 커튼으로 막은 방이었다. 격리실 커튼 앞의 작은 접이식 의자에 앉아 있던 군의관이 자리에서 일어났다. 에바는 상투적인 어조로 말했다.

"군의관님, 접촉한 장병들은 어떤가요?"

군의관은 충혈된 눈을 껌뻑거리면서 말했다.

"일단, 격리된 수병들에게 별다른 외상의 흔적은 없습니다. 팔도 다 붙어 있고요. 12시간 가까이 지났으니까 이제 풀어 줘도 괜찮지 않을까 싶습니다."

"아직은 시기상조입니다."

에바는 딱 잘라 말했다.

"전 세인트 데리에 있었습니다. 그 섬마을에서 참사가 벌어지기 전에 아주 운 좋게 빠져나왔죠. 그때도 저녁때까지는 사람들이 전부 멀쩡했습니다. 하지만 다음날 그 사달이 났죠. LA도 마찬가지였습니다."

"힘드셨겠군요."

군의관이 말하자, 에바는 주름진 이마를 손으로 쓸어냈다. 식은땀이 묻어났지만, 그녀는 태연한 척 군의관에게 말했다.

"어쩔 수 없죠. 주님께서 주신 운명을 거스를 수는 없으니까요. 부디, 저들이 고통 받지 않기를 바랄 뿐입니다."

에바는 성호를 그리면서 기도했다. 군의관도 성호를 그렸다. 두 사람은 함께 기도문을 읊었다. 기도가 끝나자 에바는 자리에서 일어나 식당으로 향했다. 아마, 자료를 분류하는 일본인 대학원생을 만날 모양이었다. 대신 다른 교수들 몇 명이 의무실에 남아 사람들과 팔을 분석했다. 그들은 마치 기니피그를 관리하듯 군인들을 관찰했다. 의무실 침대가 모자라 바닥에 드러누운 군인들은 인상을 찌푸렸다. 하지만 그들의 짜증은 복도를 돌아다니며 선내로 숨어든 팔뚝을 찾는 이들보단 덜했다.

수병들은 잠수함을 돌아다니면서 함 내로 들어온 팔을 찾았다. 기계의 작은 틈 속이나 뜨거운 파이프 사이도 예외는 아니었다. 병사들은 팔뚝들을 모아 옷가지로 쌌다. 그러고는 신발 끈으로 묶어 파이프에 매달아 두었다. 그

물 따위가 없었기에 어쩔 수 없는 처사였다.

"빌어먹을 거대한 팔뚝 보겠다고 이 난리를 피워야 하나?"

데니스는 구시렁거렸다. 그는 굽히고 있던 허리를 폈다. 허리에서는 우두둑거리는 소리가 날카롭게 흘러나왔다. 데니스가 허리를 펴는 동안, 다른 수병들도 구시렁거림에 동참했다.

"그냥 팔이고 나발이고 당장 핵이라도 쐈으면 좋겠네. 보통 영화에서는 그렇게 끝나잖아."

"빌어먹을 우리만 좆뱅이 치고 말야. 따지고 보면 저 새끼들이 갑갑하다 이 지랄만 안 했어도 우리가 지금, 이 지랄을 하겠느냐고."

데니스가 신경질적으로 중얼거리자, 누군가가 말했다.

"그래도 너무 모질게 말하지 마. 사람이 죽었잖아. 적어도 예는 갖추어야지."

로이였다. 아무래도 부모님 중 한 분이 한국계라 마음이 쓰이는 모양이었다. 데니스는 입을 다물고 대걸레질을 했다. 그러다 걸레 사이에 엉긴 손가락 따위를 양동이에 담았다. 타나카는 시퍼렇게 질린 얼굴로 양동이에 구토했다.

데니스는 앓는 소리를 냈다. 똥 냄새에 땀 냄새, 살 내와 빌어먹을 그리스 냄새도 참을 수 있었다. 하지만 이 좁은 곳에서 물비린내와 괴이한 살점들과 부대껴야 한다니. 거기다 이따금 좁은 통로 안에서 철판을 두드리는 소리가 리드미컬하게 울려서, 더욱 참기 힘들었다.

호프만은 신경질적으로 양동이를 걷어찼다. 양동이가 들썩거리자, 물이 출렁거렸다. 타나카가 몸을 일으키며 항의하듯 호프만을 쏘아보았다. 호프만은 타나카를 무시하고서 로이에게 삿대질을 했다.

"죽은 사람에게 예를 갖추라고? 생각하면 할수록 웃기네. 난 멍청이에게 갖출 예는 없어. 우리를 좆뱅이 치게 만든 멍청이는 잘 뒈진 거지."

"뭐라고?"

로이가 중얼거리자, 호프만은 붉으락푸르락하는 얼굴로 입을 열었다.

"뭐라고 했냐고? 오, 간단해. 뒈질 놈이 잘 뒈졌다는 거야. 빌어먹을 동양인 새끼. 놈 때문에 이게 뭔 고생이냐고. 지금 엔진 점검한다는 소리 못 들었냐? 원자로도 위험할 뻔했다잖아. 가뜩이나 팔뚝이 떨어지는 괴상한 질병이 도는 마당에 민폐도 유분수지."

205

손목으로 안경을 올려 쓴 호프만은 비열하게 웃었다. 역겨운 새끼들. 그는 들릴 듯 말 듯 작은 소리로 중얼거렸다. 호프만의 발언에 타나카도 험악한 표정을 지었다. 결국, 듣다 못한 로이는 걸레를 집어 던졌다. 걸레가 철떡거리면서 바닥에 내리꽂혔다. 호프만은 고개를 돌려 로이를 똥 씹은 얼굴로 노려보았다. 로이는 그에게 삿대질해

가며 살벌하게 쏘아붙였다.

"뭐? 씨발, 너희도 들었지, 이 자식이 하는 소리 들었지?"

"사실이잖아. 꼽냐, 열등한 원숭아? 네 동족이 죽으니 아주 같이 죽고 싶냐?"

점점 달아오르는 상황에 데니스는 대걸레를 옆에 던져놓고서 손을 내저었다. 데니스와 타나카는 두 사람 사이를 파고들었다. 다른 수병들도 말렸지만 헛수고였다.

두 사람 사이에 주먹이 오갔다. 싸움을 말리던 데니스는 한숨을 쉬었다. 장기간 항해는 원래 사람의 밑바닥을 긁곤 했다. 데니스 역시 이 점을 이해했다. 하지만 이번 항해는 달랐다. 모두가 시작부터 한계에 다다른 것 같았다.

"야야, 호프만, 아가리 닥치고 머리 좀 식혀. 계속 주둥이 나불대면 영창에 처넣어주지. 로이, 너도 참아. 때리면 같이 영창이야, 이 병신아."

데니스가 미간을 찌푸리던 그때였다. 데니스의 정수리 위로 물 한 방울이 똑 떨어졌다. 그는 반사적으로 고개를 들었다. 그러자 천장에 매달린 팔뚝 하나가 보였다. 기다란 꼬리처럼 몸을 늘어뜨린 그것은 벌레처럼 천장을 기었다.

데니스가 소리치자 싸움을 말리던 수병들은 너나 할 것 없이 손을 쫓았다. 호프만과 로이 역시 손을 쫓았다. 홀로 남은 타나카는 더벅더벅 걸음을 옮겼다. 나중에 휴식 시간에 제대로 쉴 생각이었다.

그러나 사흘이 지난 뒤에도 수병들은 쉴 수 없었다. 사흘째 되던 새벽녘에 사이렌 소리가 선내를 가득 채웠다. 경계경보가 울린 것이다.

◇◇◇◇◇

델 토로는 힘없이 사다리를 올랐다. 등 뒤에 버티고 선 수병 둘이 폐급 병사를 바라보듯 그를 노려보았다. 하지만 여전히 그의 생각은 변하지 않았다. 더 이상 심해를 들여다보고 싶지 않았다. 그가 흐느적거리면서 자기 자리를 향해 다가오자, 다른 장교들은 그를 힐끔거렸다. 자기 자리에 앉은 델 토로는 식은땀을 닦으며 말했다.

"적 함선, 심도 1,000미터, 거리 500미터 지점에서 추격 중입니다."

"어디 소속인지 확인 가능한가?"

라미레즈가 말하자, 음파 탐지를 하고 있던 다른 수병이 말했다.

"아뇨. 엔진 소음도 거의 없습니다. 그리고 어뢰 발사 징후 역시 없습니다."

"인공 지능은 판단 유보 중입니다."

수병들이 탐지 장비를 계측하는 사이, 델 토로가 의욕 없이 말했다.

"미상 물체. 거리 유지하며 따라붙는 건 확실합니다. 교란 목적으로 계속 엔진을 정지했다가 켜는 것 같습니다."

작전 장교인 크라넬은 컴퓨터로 시뮬레이션을 돌리면서 말했다.

"지금 상황에서 어뢰 피격 시 침몰 확률 75퍼센트. 지금이라도 반격해야 합니다. 아니면 경고로 능동 소나를 쏘는 게 어떻겠습니까?"

크라넬의 제안에 함장은 고개를 끄덕이면서 말했다.

"우현으로 180도 선회 후 정지."

함장의 명령이 떨어지자, 조타수는 명령을 복창했다.

거대한 핵 잠수함은 방향을 틀었다. 잠수함이 몸을 비틀자, 물살이 쇳덩이를 움켜쥐고 흔들어 댔다. 곳곳에서 쇳소리가 공명하듯 울려 퍼졌다. 진동이 양발을 잡고 기어올랐다. 얼마 지나지 않아 잠수함은 자리에 멈춰 섰다. 부력에 의지해 심해에 정지한 잠수함이 숨을 죽였다. 그러나 잠수함을 따라오던 물체는 멈추지 않았다. 그것은 조금씩 거리를 좁혔다.

공해상에서 충돌이라. 크리스는 숨을 집어삼켰다. 이런 공해에서 경고했음에도 따라붙었다는 것은 보통 일이 아니었다. 좋게 끝날 리 없었다. 특히, 이곳은 호주에서도 상당히 멀리 떨어져 있었다. 가장 가까운 육지가 이스터섬이었다. 이곳에서 잠수함이 파손된다면 답이 없었다. 사령부는 다음 통신 주기 때 연락이 닿지 않으면 그제야 문제를 인지할 터였다.

함장이 고뇌할 동안 델 토로는 상대 잠수함의 소리를

분석했다. 크라넬은 말없이 3차원 해도로 적 잠수함이 다가올 루트를 파악 중이었다. 화기 장교인 요나는 어뢰 장전 준비를 명령했다. 함장은 델 토로에게 말했다.

"전자 장교. 능동 소나를 쏘게."

델 토로는 능숙하게 장비를 다뤘다. 그는 능동 소나를 쏘았다. 그러나 소나를 맞은 물체는 여전히 씨데빌호를 향해 다가오고 있었다. 이상한 일이었다. 분명 탐지당한 걸 알았을 텐데도 계속해서 따라오다니. 작정하고 적의를 보인 거나 다를 게 없었다.

크리스는 화기 장교에게 음파 어뢰를 사출하라고 지시했다. 그래도 경계를 풀지 말고 교란용 디코이 두 발과 중 어뢰 두 발을 장전하라 말했다. 요나는 곧장 어뢰실에 함장의 지시를 하달했다.

1번 어뢰실과 3번 어뢰실에서 장전을 마쳤다는 메시지가 날아들었다. 측면에 달린 음파 어뢰실에서는 사출 완료 소식이 날아들었다. 4번과 2번 어뢰실에서 '중 어뢰 장전 완료'라는 메시지가 떠올랐다.

209

사령실의 모든 이들은 음파 어뢰의 상태를 조심스럽게 살폈다. 음파 어뢰는 잠수함에서 200미터 가까이 떨어진 곳까지 헤엄쳐 간 뒤에 소음을 토해 냈다. 함장은 기도했다. 제발 바보 같은 놈들이 미끼를 따라가기를 바랐다. 하지만 그의 바람은 이루어지지 않았다.

델 토로는 해당 물체의 항적을 함장에게 보냈다. 크라

넬 역시 적 함선의 예측 동선을 크리스에게 보냈다. 이대로 가면 충돌할 가능성이 있다는 말도 첨부했다. 부함장라미레즈는 크리스에게 결단을 요구했다. 크리스는 모든 자료를 살펴본 뒤에 입을 열었다.

"후진. 1노트. 부상은 하지 말도록."

조타수는 알겠노라, 말한 뒤에 잠수함을 천천히 뒤로 뺐다. 사령실에 탄 모두가 숨을 죽였다. 그러자 거대한 물체는 잠수함 근처까지 다가왔다. 그것은 고작 70미터 앞에서 방향을 틀었다. 충돌을 피한 씨데빌호의 선원들은 안도의 한숨을 쉬었다. 거대한 물체는 음파 어뢰를 쫓지도 않고서 망망대해 어딘가를 향해 달려가고 있었다. 델토로는 고성능 외부 카메라를 작동시켰다. 하지만 뿌연물속에서 제대로 보이는 것은 없었다. 밤이었기에 어쩔수 없었다. 그가 주위를 살피는 사이, 잠수함은 갑자기 자취를 감추었다.

이런 식의 기동은 딱 하나를 의미했다. 적 잠수함이 엔진을 끄고 심해 밑바닥에 바싹 몸을 숨긴 것이다. 델 토로가 보고하자 화기 장교는 손을 비비면서 기쁜 감정을 숨기지 않았다. 라미레즈는 침묵했다. 하지만 긴장이 풀린얼굴을 감추지는 못했다. 장교들이 하나둘 한숨을 쉬거나 성호를 그릴 동안, 델 토로는 인상을 구겼다. 그가 불길한 얼굴로 바닥을 내려다보고 있을 때, 크리스가 입을열었다.

"혹시 지금 교수진 연결 가능한가?"

"왜 그러시죠?"

라미레즈가 묻자, 그는 이를 갈면서 말했다.

"그 작자들의 실험 장비를 쓰고 싶어서 그렇네. 저들 허락 받고 탐사 어뢰를 장전하지. 우리 꼬리를 잡은 놈들이 뭐 하는 놈들인지 면상을 봐야겠어."

◇◇◇◇◇

사령실은 북적거리고 있었다.

대학원생들이 군인들과 장비를 설치했다. 그들은 필요한 소프트웨어를 점검했다. 몇몇 노트북이 잠수함의 센서와 동기화되었다. 그리고 부족한 메모리와 연산 기능을 보충하기 위해 가져온 컴퓨터를 모니터에 연결했다. 그 모든 것을 장교들이 지켜보았다. 밥 교수는 뒤늦게 사다리를 올라왔다.

함장인 크리스는 헉헉거리면서 숨을 몰아쉬는 밥에게 말했다.

"교수님, 괜찮으십니까?"

"네, 조금 쉬면 나을 겁니다. 세상에. 어뢰실에 들어가려 했는데, 군인들이 제지하더군요. 보안 허가가 있어야 한다나? 아니, 분명 허가를 받았던 거 같은데. 하여간, 설명서만 전해 주고 왔죠. 여긴 대체 왜 이리 사다리가 많답니까?"

그는 숨을 돌리다 군 장병들과 함께 케이블을 가지고

씨름했다. 그들이 가져온 탐사 어뢰, 미도리 샤워는 무선 조종 탐사기였다. 빛과 음파로 외부의 모습을 실시간으로 3D 렌더링 해 주었다. 물의 흐름과 물리적 특성에 따른 왜곡을 인공 지능이 알아서 보정해 주었다. 그러나 아직 시제품이라 안정성은 미지수였다.

밥은 사령실 바닥에 놓아둔 미도리 샤워 조종 케이스를 집어 들었다.

조종 케이스는 상당히 단조로웠다. 회색 플라스틱 케이스였는데, 위에는 촌스럽게 'MIDORI'라는 글자가 기울임 체로 적혀 있었다. 밥과 군인들은 델 토로의 자리에 조종 장치를 설치했다. 조종 케이스를 열자, 옆에 누워 있던 조종간과 케이스에 내장된 화면이 자동으로 툭 올라왔다. 조종간을 고정시키자, 넓적한 화면이 빛을 발했다. 이제 미도리 샤워는 해저의 불가시한 풍경을 비출 준비를 마쳤다.

"좋소. 준비는 마쳤는데, 누가 조종할 거죠?"

"조종할 사람이 없습니까?"

크라넬이 묻자, 밥 교수는 어깨를 으쓱거렸다.

"있긴 합니다만, 실력이 좀 미덥지 못해서 말이죠. 조종을 좀 맡아 주셨으면 합니다."

밥이 말하자, 크라넬은 난감한 표정을 지었다. 그는 함장 크리스를 바라보았다. 잠시 생각에 잠겼던 크리스는 고개를 끄덕이며 알겠노라 말했다. 함장의 허락이 떨어지자, 군인들은 델 토로를 바라보았다. 본래 전자 장교나 담당 수병이 맡아야 했다. 그러나 몇 없는 탐사선을 수병에게 맡길 수는 없었다. 그렇다고 조타수에게 맡길 수도 없었다. 비상시에 잠수함을 누가 제어하랴? 그러나 델 토로가 이 일을 할 수 있을까? 모든 이의 얼굴에 불안감이 스쳤다.

델 토로는 답답한 듯 한숨을 쉬었다. 그는 바싹 마른 입술을 핥으면서 미도리 샤워의 조종간을 노려보았다. 그는 떨리는 손으로 조종간을 꼭 쥐었다. 그러자 마치 기계가 작동하는 걸 확인하기라도 한 듯 다른 사람들은 시선을 거두었다.

이제는 남은 건 기도뿐이었다.

델 토로가 준비를 마치자, 화기 장교 요나는 어뢰실에 연락을 취했다. 그는 중 어뢰 장전 대기를 취소하고 1번 어뢰실에 탐사용 어뢰를 장전하라 말했다. 잠시 후, 어뢰실에서 장전 완료라는 짧막한 문자가 날아들었다. 함장인 크리스의 허가 아래, 미도리 샤워는 사출구를 빠져나갔다. 잠수함이 사라진 방향을 따라 미도리 샤워는 계속 나아갔다. 몇 미터 가지 않아 미도리 샤워는 어둠 속에 가려진 심해 밑바닥을 들추었다.

처음에는 별다른 흔적을 찾을 수 없었다. 기이하게 솟구친 바위와 퇴적물들이 쌓인 평원이 펼쳐져 있었다. 이따금 바닥을 기어다니는 생물 같은 것이 모델링 화면 아래에서 모습을 드러냈다 사라졌다. 화면을 바라보던 밥이 말했다.

"좀 더 깊이 내려갈 수 있습니까? 저 밑에 있는 것들이 뭔지 좀 보고 싶어서요."

델 토로는 나중에 잠수하겠노라 말했다. 일단 지금은 저 멀리 달음박질치는 잠수함의 항적을 따라가는 게 우선이었다. 잠수함이 멈추긴 했지만, 저소음 기동을 하는 중일지도 몰랐다. 하지만 얼마 가지 않아 그는 미도리 샤워를 멈출 수밖에 없었다.

"저게 뭐지?"

델 토로가 말했다. 그가 화면을 확대하자 수병들은 웅성거렸다.

"저건, 무슨 파편 같은데요. 아닌가?"

확실히 그것은 자연적인 형상은 아니었다. 완벽한 곡면을 그리고 있었고, 어떤 것들은 미세하게 선체를 구성하는 골격처럼 보였다. 밥은 손으로 모니터를 붙잡았다. 델 토로는 일부러 기침하면서 주의를 주었지만, 밥은 알아듣지 못했다. 그는 화면 오른쪽 구석을 손가락으로 가리키면서 말했다.

"저쪽으로 돌려 봐요."

델 토로는 조종간을 옆으로 돌렸다. 그러자 미도리 샤워는 방향을 틀어 주변 사물들을 분석하기 시작했다. 잠시 로딩이 이어진 뒤에 화면 위로 무언가가 떠올랐다. 그것을 본 사람들은 입을 벌리고서 말을 잇지 못했다. 그것은 잠수함 후미에 달린 펌프제트였다. 주위에는 크고 작은 잔해들이 아무렇게나 널려 있었다.

미도리 샤워는 잔해를 따라갔다. 그러자 200미터 앞에서 잠수함의 선수부가 보였다. 델 토로는 미도리 샤워에 달린 외부 카메라를 작동시켰다. 조명이 켜지고 카메라는 바닷속에 펼쳐진 풍경을 가감 없이 씨데빌호로 전송했다.

"저건, 글자? 한자로군. 세상에."

밥이 중얼거리기 무섭게 미도리 샤워는 잠수함 머리를 찍었다. 그것은 고요한 심해 속에서 잠을 자는 고래처럼 수직으로 우뚝 서 있었다. 괴이쩍은 모습과 무관하게 앞머리에 달린 오성홍기가 선명히 드러났다. 사령실에 있는 이들 모두가 숨을 죽였다. 크라넬은 함 내 데이터베이스에 기록된 수치로 중국의 잠수함을 검색했다.

그때였다. 잠수함 앞머리가 서서히 움직이기 시작했다.

도끼질에 쓰러지는 고목처럼 거대한 잠수함이 기우뚱거리면서 쓰러졌다. 말이 되지 않는 광경에 모든 이들이 말없이 화면을 노려보았다. 곧 잔해들과 분진들이 흩날렸다. 이윽고 잠수함만큼이나 거대한 무언가가 몸을 일으켰다.

델 토로는 새파랗게 질린 얼굴로 물러섰다. 의자가 먼저 쓰러졌던 터라, 진저리 치던 그가 뒤로 넘어졌다. 하지만 그를 챙기는 사람은 없었다. 모두가 미도리 샤워가 보내 주는 비현실적인 광경을 바라보았다. 분진 아래서 일어난 거대한 손이 중국 잠수함의 앞머리를 움켜쥐었다. 오성홍기는 불어 터진 거대한 손가락에 의해 사라졌다. 거대한 팔뚝이 몸을 뒤틀자 거센 물살이 일었다. 그렇게 미도리 샤워의 신호가 끊겨졌다.

곧이어 충격파가 잠수함 표면을 긁어 댔다.

밥은 당혹스러운 표정을 지었다. 밥뿐만 아니었다. 이 광경을 지켜보던 모든 이의 얼굴이 죽은 사람처럼 시퍼렇게 변했다. 그들 모두가 같은 생각을 공유하고 있었다. 감당하지 못할 일에 뛰어들었다는 생각이 또렷하게 기지개를 켰다.

모두가 침묵을 지키는 사이, 델 토로는 바닥에서 몸을 둥글게 말고 진저리를 쳤다. 그는 울부짖으면서 경기를 일으켰다. 그는 횡설수설하면서 아무 말이나 토해 냈다. 그는 울다 웃기를 반복하다 결국에는 수병들의 바짓가랑이를 잡고 늘어졌다.

"살려줘! 이제 알겠어. 난 여기 있기 싫어! 살려줘! 만기일. 만기일이 온다!"

수병들은 곤란한 듯 그를 달랬다. 하지만 누구도 델 토로를 말리지 못했다. 그들 역시 델 토로처럼 이곳을 벗어나고 싶었다. 그들 중 누구도 아직 델 토로만큼 미치진 못했다. 단지, 그뿐이었다.

수병들은 조심스럽게 델 토로를 이끌며 사다리로 향했다. 하지만 델 토로가 경기를 일으키면서 아기처럼 몸을 움츠렸다. 그는 정신을 차리지 못하고 여전히 알 수 없는 말을 중얼거렸다.

"오래된 계약을 잊어선 안 돼! 다들 잊었어! 기한이 다가온다! 압류될 거야! 압류!"

수병들은 모두 똥 씹은 얼굴로 델 토로를 옮겼다. 델 토로가 사령실 사다리와 이어진 복도에서 악다구니를 쓰자, 요나는 심란하게 말했다.

"지금이라도 돌려야 합니다. 본대의 지원을 받아서 다시 오는 편이 어떨까요? 전자 장교님도 그렇고, 중국 핵 잠수함에 대해 보고해야 하지 않나요?"

다른 장교들은 침묵을 지켰고, 크라넬이 말했다.

"전자 장교의 상태가 정상적이지 않다는 건 압니다. 하지만 지금 돌아가도 늦었습니다. 두 시간 전에 지나친 그 잠수함은 중국의 최신예 핵 잠수함이었습니다. 그런 핵 잠수함을 뒤쫓아 파괴할 정도면 그것이 우리를 공격하지 않으리란 법이 없습니다. 오히려 지금은 강행 돌파를 하는 편이 낫습니다."

"저도 같은 생각입니다. 지금 돌아간다 해도 안전을 보장할 수 없습니다."

"그럼 기계 장교 생각도 들어 보지."

함장이 말하자, 기계 장교인 카일은 어깨를 으쓱거렸다.

"일단, 핵 잠수함을 격침시킬 만한 상대가 널린 곳을 지나는 것 자체가 위험합니다. 하지만 지금 엔진이나 여타 기계 장비들도 정상 구동 중입니다. 전 반대 합니다만, 그렇다고 군사 법정까지 가고 싶지는 않습니다."

크리스는 몸을 앞으로 내밀고 앉아 눈을 부라리며 말했다.

"그럼 두 명 빼고 전부 임무 수행에 찬성하는 건가?"

사령실에는 침묵이 감돌았다. 크리스는 사령실에 있는 모든 이들에게 말했다.

"조국을 위해 의무를 다합시다. 기존 항로를 계속 유지하겠습니다."

함장의 결정이 내려지자, 장교들은 자기 자리로 돌아갔다.

하지만 델 토로를 나르던 수병들은 달랐다. 의무실까지 델 토로를 이송한 수병들은 다른 병사들에게 소식을 전했다. 일과가 끝나고 휴게 시간이 되자, 선내는 어수선해졌다.

중국 잠수함과 함장의 결정 그리고 델 토로의 이야기는 들불처럼 번졌다. 기이한 울부짖음과 광기 어린 비명 그리고 선 외를 돌아다니는 거대한 손들. 그 모든 것들은 없던 두려움도 직조해 낼 잠재력을 갖추고 있었다. 그리고 두려움은 마른 가지처럼 타들어 갈 준비를 마쳤다. 이제 작은 불씨 한 번이면 모든 것이 뒤집힐 터였다.

로이는 이 불씨를 들고서 헐레벌떡 식당으로 들어왔다. 그는 카드 게임 중이던 데니스 일행을 바라보며 숨을 헐떡거렸다. 카드를 섞던 데니스가 멈칫거리자, 일행은 로이를 바라보았다. 로이는 상기된 얼굴로 말했다.

"들었어? 너희들도 들었어?"

"뭘 들었냐는 거야?"

로이는 자리에 앉아 전해 들은 이야기를 늘어놓았다. 중국 핵 잠수함이 두 동강 났다느니, 델 토로가 미쳐서 날뛰었다느니 하는 이야기였다. 로이는 델 토로의 광기 어린 아우성을 군인들에게 전했다.

"전자 장교님이 말하기를 함장이랑 교수들이 우릴 죽일 거래. 전자통신 애들이 그랬어."

"뭔 미친 소리야? 게임에 낄 거야? 말 거야?"

"씨발. 데니스, 이 멍청한 새끼야! 게임이 중요한 게 아니야. 그 거대한 팔이 핵 잠수함을 침몰시켰다고! 우리 잠수함도 위험할 거라고 했어!"

"하지만 중국산이라며. 야, 걔들 건 폭탄 빼고 다 터지던데." 219

타나카는 말하면서 동시에 데니스와 하이파이브를 나누었다. 그 모습에 로이는 단념한 듯 다머와 퍼른 그리고 호퍼를 바라보았다. 로이의 애원하는 눈초리에 호퍼가 부담스러워하는 것이 보였다. 그럴 만도 했다. 그는 카드 치는 멤버도 아니었다. 카드판 멤버들이 그의 이름을 아는 것도 그의 가슴에 달린 명찰 덕분이었다. 호퍼는 어깨를 으쓱이며 부리또를 맛보았다. 그의 입에서 쌀알이 떨어질 때쯤, 로이는 입술을 깨물면서 말했다.

"너희들 생각은 어때? 이대로 가도 좋은 거야?"

"어제 링컨 시티에 거대한 팔이 나타났다더군. 내 부모님이 거기 사시는데 연락이 안 돼."

다머가 말했다. 그는 근육질 몸을 떨어 댔다. 그는 카드를 식탁에 엎어 두고서 손가락을 꺾었다. 딱딱하게 굳은 얼굴은 여전히 살기등등했고, 숨소리는 갈라졌다. 침울한 것은 다머뿐이 아니었다. 퍼른 역시 이번 항해에 부정적이었다. 로이는 간신히 얻어 낸 동의에 안도했다.

"뭔가를 해야 해. 안 그러면 우리 모두 다 죽을 거야."

"그래서 뭘 할 건데?"

퍼른이 로이에게 되물었다. 하지만 로이는 꿀 먹은 벙어리처럼 입을 다물었다. 그럴 수밖에 없기는 했다. 그는 반란을 이야기하는 중이었다. 데니스는 한숨을 쉬면서 입을 다문 로이를 바라보았다. 물론, 그가 이해 안 되는 건 아니었다. 데니스 역시 조타수 머리를 날려 버리고 집으로 돌아갈 수 있으면 악마에게 영혼이라도 팔 수 있을 것 같았다. 하지만 군사재판에 호송되고 싶지도 않았다. 그러나 점점 이상하게 흐르는 분위기는 모든 이를 옭아맸다.

다머와 퍼른 역시 강한 척하고 있지만, 그들 역시 얼굴 아래에 두려움을 감추고 있었다. 당장 치고 있던 포커도 맨 정신으로 가만히 있을 수 없어서 치는 것이었다. 이마에 퍼런 핏줄을 세운 퍼른은 손으로 식탁을 내리치면서 말했다.

"아무리 생각해도 이대로는 안 돼. 이건 자살특공대야."

다머는 손뼉까지 치면서 맞장구쳤다.

"듣자 하니, 호주에도 팔들이 상륙했다더군. 우리 임무가 아무리 조사라고는 하지만 이게 맞는 거야? 우리 가족들 팔이 떨어지면 누가 책임질 건데?"

로이는 구체적인 계획을 열거했다. 일단, 기관실과 장교까지 끌어들이면 선상 반란은 성공적으로 끝날 거라 말했다. 그러자 다머는 어뢰실에서 농성하는 것도 좋은 선택이노라고 말했다. 만에 하나라도 최후의 순간에 어뢰를 터뜨리겠노라고 협박을 할 수 있다고. 수병들의 반란 모의가 구체적인 형상을 띠던 그때였다.

작당 모의 중인 식당 안으로 교수 중 한 명이 들어왔다. 그는 상황 파악조차 못 한 듯 느긋하게 기지개를 켜면서 연구실 자리로 걸어갔다. 그러더니 툭 던지듯 카드 게임을 하고 있던 장병들에게 말했다.

"안녕하쇼? 아직도 도박질입니까? 예배 시간에는 좀 자제 부탁드립니다."

"거, 뭘 믿든 말든 나한테 명령하지 마쇼."

"명령이라뇨. 이건 당연한 거죠. 그쪽 병사 중에서도 우리 예배에 참여하는 사람들이 있어요. 그러니까 우리 예배드릴 시간만이라도 조용히 좀 해 주면 안 됩니까?"

데니스와 타나카는 갈색 머리 교수를 바라보았다. 두 사람은 이 교수의 이름을 제대로 기억하지 못했다. 이름이 케이였던가? 어쨌든 네눈박이 교수는 영 못마땅한 표정을 감추지 못했다. 데니스가 그에게 경고하려던 그때였다. 다머가 자리에서 일어났다. 그는 물 흐르듯 자연스럽게 스테인리스 식판을 집어다 교수에게 집어 던졌다. 원반처럼 날아간 식판이 정확히 교수 등짝에 꽂혔다. 교수가 비명을 지르는 사이, 다머는 테이블을 밟고 올라 교수에게 달려들었다. 다머가 포효하며 소리쳤다.

"내가 다음에 지랄하면 대가리에 식판 꽂아 주겠다고 했지? 빌어먹을 씹새끼가 어디서 지적질이야!"

"씨발, 다머!"

타나카가 소리쳤다. 데니스와 호퍼는 자리에서 굳어 버렸다. 아무도 말이 없었다. 잠시 후, 로이와 퍼른은 다머를 도왔다. 데니스는 그들을 말리려 했다. 하지만 몸이 움직이지 않았다. 요리사인 허미스는 조리실 셔터를 내리고서 못 본 척 숨어 버렸다. 곧 세 사람의 폭력 아래 교수는 축 늘어지고 말았다. 데니스와 타나카 그리고 호퍼는 자리에 못 박힌 듯 서 있었다. 그들은 세 사람을 바라보았다. 호퍼는 눈치 없이 소리쳤다.

"이 살인자들!"

다머는 피떡이 들러붙은 주먹을 손으로 감싸면서 호퍼를 바라보았다. 그러자 호퍼는 입을 다물었다. 뒤늦게 호퍼는 복도를 향해 내달렸다. 하지만 세 사람이 더 빨랐다. 그들은 호퍼를 붙잡았다. 곧 주먹이 오갔다. 미트파이에 들어갈 고기 떡처럼 변해 버린 교수와 호퍼를 바라보던 데니스는 마른침을 삼켰다.

이제 시선이 자신과 타나카에게 쏠리는 것을 느낀 데니스는 손을 내저으며 패를 던졌다.

"좆까. 씨발 군대."

타나카 역시 고개를 끄덕이자, 다머가 말했다.

"그럼 가만히 있지 말고 두 놈 옮겨. 그래. 어차피 잘됐어. 그러니까, 네눈박이들이 없으면 이번 출항은 무의미해. 그렇지? 데니스, 그렇지?"

데니스는 고개를 끄덕였다. 하지만 그는 도박꾼이었지 반란 분자가 아니었다. 그리고 지금 그에게는 무기도 없었다. 싸워 봐야 머릿수가 부족했다. 데니스는 시체를 전부 냉동고에 넣겠다고 말했다. 그러자 로이가 말했다.

"빨리 가자. 3번 어뢰실 애들 대부분도 집에 가고 싶다고 했어. 걔들 모으고, 또 기관실 쪽 애들도 포섭해야 해."

"우리 고향은 쑥대밭이 되고 있는데 말야! 이 새끼들 가만 안 둬."

멍청한 놈들. 데니스는 생각했다. 선상 반란은 성공한

사례가 별로 없었다. 끽해야 티하티로 간 영국 애들 정도였다. 이번 일도 좋지 않게 끝이 날 것이다. 분명했다. 그는 타나카의 어깨를 툭 건드리면서 몸을 움직였다. 두 사람이 발걸음을 옮기는 것을 본 다메는 아무 말 없이 로이와 퍼른을 끌고 사라졌다. 세 사람이 사라지기 무섭게 데니스는 숨을 가다듬었다. 그는 케이 교수에게 다가갔다. 발소리가 멀어지는 걸 확인한 데니스는 교수의 머리를 지혈했다. 여전히 피가 멈추지 않았다.

타나카는 호퍼를 흔들면서 말했다.

"어이, 정신이 들어? 어이. 젠장. 이제 어쩌지?"

타나카가 연달아 물었다. 데니스는 눈알을 굴렸다. 얼마나 많은 이들이 반란에 동참할까? 얼마나 많은 이들이 임무를 수행하려 할까? 머리를 굴릴수록 견적은 나오지 않았다. 생각에 잠겨 있던 데니스는 교수의 상처를 누르던 손을 뗐다. 교수는 더 이상 숨을 쉬지 않았다.

◇◇◇◇◇

도니 스미스 교수는 사령실로 올라갔다. 그러자 제일 먼저 그를 맞이한 건 권총이었다. 그는 눈앞에서 번득거리는 권총을 보고서 머뭇거렸다. 다행히도 권총 총구는 그를 향하지 않았다.

"빨리 오세요!"

입구에 서 있던 호프만은 왼손으로 손짓하면서 말했

다. 그는 도니 스미스의 등 쪽을 손으로 잡아다 뒤로 밀었다. 그러자 스미스는 거의 넘어지듯 사령실 구석으로 내몰렸다. 그 바람에 철제 벽에 머리를 조금 부딪쳤다.

도니 스미스는 놀란 가슴을 진정시키고서 주위를 둘러보았다. 머릿속에 스친 것은 '오, 세상에. 고작해야 열 명이야.'라는 말이었다. 그를 포함한 교수들과 대학원생을 전부 합한 숫자였다. 나머지는 반란군과 함께 있는 모양이었다. 일단, 제일 먼저 눈에 들어온 것은 에바 영이었다. 그녀는 이 상황에서 기도 중이었다. 이름 모를 대학원생이 말했다.

"세상에, 이게 다 뭐예요. 이제 다 왔는데. 이제 탐사 장비만 보내면 되는 건데."

그녀는 번진 아이라이너를 손으로 닦으면서 눈물을 감추려 했다. 하지만 잘되지는 않는 모양이었다. 다른 교수들과 대학원생들 역시 흐느끼거나 침묵을 지켰다. 그들은 앞으로 다가올 불확실한 미래에 불안감을 느끼고 있었다. 스미스 역시 마찬가지였다. 그는 반란군에게 붙잡혔을 때의 절망감을 잊을 수 없었다. 그나마 양심적인 군인들이 총을 쏘며 그를 구해 주었더랬다. 하지만 그는 그들의 이름조차 알지 못했다. 도망치기 바빴고, 그를 구해 준 이들은 단말마의 비명과 총성 속에 묻혔다.

스미스는 얼굴에 범벅이 된 땀을 닦으면서 에바 영에게 말을 걸었다.

"그나저나 나머지는요? 케이 교수님은?"

"조용! 지금 위급 상황입니다."

요나가 딱딱하게 소리치자, 교수들은 입을 다물었다. 그들은 구시렁거리는 소리도 내지 못했다. 이따금 이름 모를 대학원생이 흐느끼기는 했다. 하지만 그것을 뭐라 할 사람은 없었다. 아무리 잘 배웠다고는 해도 그들은 훈련 한 번 받지 않은 민간인이었으니까.

에바 영은 그들은 한데 모아 놓고서 입을 열었다.

"다들 조용히 기도하도록 하죠. 이 사태가 무사히 끝나 집으로 갈 수 있기를, 아멘."

에바는 바닥에 놓아둔 성경을 집어 들었다. 너덜너덜 해진 성경책을 펼친 그녀는 말없이 두 손을 모았다. 다른 이들도 그녀를 따라 기도를 올렸다. 그러나 어디선가 날 아든 총소리에 기도하던 이들이 놀라서 새된 비명을 터 뜨렸다. 에바는 그들을 나무라지 않았다. 그녀는 흔들림 없이 계속해서 주기도문을 외웠다. 그때였다. 천장에 달 린 스피커가 쩌렁쩌렁 울렸다.

"난 전자 장교 델 토로다. 더 이상 무의미한 항해를 계 속할 수 없다는 판단에 내가 총대를 메기로 했다. 이미 기 관실과 어뢰실은 우리 것이다. 이제 남은 것은 사령실뿐 이다. 살고 싶은 자들은 전원 투항하라!"

방송을 들은 장교들은 이를 갈았다. 전황이 좋지 않았 다. 당장 반란에 가담한 자들이 몇인지 파악조차 못하는 실정이었다. 기계실과 어뢰실 쪽에서는 저항이 있다고 이야기가 돌았지만, 좋은 소식을 기대하긴 힘들었다.

"외부와의 통신은 닿았나?"

크리스가 힘없이 묻자, 수병들은 고개를 저었다. 몇 시간 전부터 연락을 취했지만, 돌아오는 대답이 없었다. 반란 사실을 알려도 본대에서 지원을 언제 올지 의문이었다. 어쩌면 지상의 상황이 심각하게 돌아간다는 방증일지도 몰랐다.

당장 인터넷이라도 쓸 수 있으면 좋을 터였다. 하지만 인터넷은 고사하고 부상하기도 어려웠다. 잘못하면 거대한 손에게 위협당할 수도 있었다. 잠수함의 특성상 단 한 번의 공격에도 치명상을 입을 수 있었다.

함장이 명확한 답을 내놓지 못하는 사이 전황은 점점 빠르게 기울고 있었다. 구획 곳곳에 연락이 끊어졌다. 기계실에 연락하자 조롱 섞인 욕설이 날아들었다. 이미 장교와 휘하 군인을 체포했으니 항복하란 문자가 대놓고 날아들었다.

라미레즈는 함장인 크리스에게 말했다.

"이제는 결단을 내리셔야 할 것 같습니다. 어떻게 할까요?"

잠시 고민하던 크리스는 손가락을 튕겼다. 그는 장교들에게 계획을 말했다. 계획은 단순했다. 반란 분자에게 함선을 넘길 수 없으니, 조작 패널을 잠그고 파괴하자는 내용이었다. 장교들은 우려를 표했다. 하지만 웅성거리는 소리가 점점 다가오고 있었다. 복도를 따라 부산한 소리가 날아들었다. 아군인가? 아니면 반란군인가? 장교들은 슬그머니 자리에서 일어나 책상 옆에 몸을 숨겼다.

얼마 지나지 않아 사령실 입구 쪽 사다리에서 목소리가 날아들었다.

"어이! 아직도 살아 있나?"

델 토로의 목소리였다. 크리스는 노쇠한 몸을 일으켰다. 그는 가래 끓는 목소리로 호통 쳤다.

"전자 장교! 지금이라도 수병들을 물리게. 이건 마지막 경고네!"

"웃기지 마! 이미 함선 대부분의 구획을 우리가 장악했다! 우린 당장 사령실 전기도 끊을 수 있어!"

듣다 못한 라미레즈가 소리쳤다.

"그러고도 네가 군인이냐!"

"군인은 사람 아닌가? 우린 자살 특공대에 자원한 적 없어!"

일리 있는 소리였다. 하지만 고작 그런 것 때문에 국가와 의무를 저버리다니. 라미레즈는 함장을 바라보았다. 함장은 눈두덩이를 누르고 있었다. 그는 한숨을 쉬면서 말했다.

"우린 끝까지 저항할 거다. 네놈들이 올라오는 즉시 발포할 것이다. 숫자로 밀어붙일 생각이라면 그만두는 게 좋아. 네놈들의 반란은 자동으로 지휘부에 전송될 것이다. 우린 벌써 교신용 클라우드에 반란에 관한 보고서를 올렸다. 지금이라도 투항하라!"

쩌렁쩌렁 울리는 목소리가 사령실 밖 사다리를 타고 내려갔다.

함장의 결연한 태도에 반란군들은 눈을 부라렸다. 특히, 주동자인 다머는 이를 갈면서 말했다.

"교활한 늙은이 같으니."

델 토로는 초췌한 얼굴로 입을 열었다.

"걱정 마. 저 새끼는 어차피 배짱도 없는 새끼야. 가서 몇 놈 데려와."

델 토로가 손짓하자, 다머는 수병들을 바라보았다. 그의 눈짓에 수병 두 명이 고개를 까딱거렸다. 두 수병은 손을 뒤로 묶은 과학자 둘을 데려왔다. 미처 대피하지 못한 사람들이었다. 수병은 두 사람을 바닥에 무릎을 꿇렸다. 다머가 말했다.

"이름."

"난 호세 마르티네즈. 그리고 이쪽은 사라, 사라 웜블턴."

"호세. 이제부터 돼지 새끼처럼 울어야 해. 안 그러면 229 네 다리를 분질러 주지. 알겠어?"

다머가 말하자 교수는 인형처럼 고개를 끄덕거렸다. 다머는 곧장 권총을 호세의 머리에 겨눴다. 호세가 노새처럼 꽥꽥 소리를 지르기 시작했다. 때마침 식당에서 시체를 처리한 데니스와 타나카가 나타났다. 두 사람은 인질을 잡은 다머를 보고서 얼어붙었다. 다머가 소리쳤다.

"지휘권을 넘겨! 안 넘기면 여기 호세 교수를 죽이겠다!"

호세는 울음을 터뜨리며 살려 달라 빌었다.

복도에서 사다리를 기어오르는 울음소리에 사령실은 혼란에 사로잡혔다. 과학자들을 더 이상 사지로 내몰 수는 없었다. 크리스는 머리를 감싸 쥐었다. 그가 머리를 숙이고서 앓는 소리를 내는 사이, 라미레즈가 소리쳤다.

"타협은 없다! 이 비겁한 놈들아. 점령하고 싶으면 직접 올라와!"

라미레즈가 소리치자, 곧이어 총소리가 날아올랐다. 여자의 울음소리와 함께 호세를 부르는 소리가 사다리 아래서 울려 퍼졌다. 크리스가 소리쳤다.

"라미레즈! 지금 무슨 짓을 한 거야!"

당황한 라미레즈가 머뭇거리자, 크리스는 곧장 그에게 달려들어 멱살을 잡았다.

"자네 때문에 과학자 한 명이 더 죽었어! 얼마나 더 죽일 셈이야! 자네는 내가 파면당하길 바라나? 하긴 자네는 내 자리를 탐냈지. 항상 그랬어."

라미레즈는 고개를 저었다. 그는 굳은 얼굴로 한 사내의 밑바닥을 보고 있었다. 주름지고 노쇠한 얼굴을 사악하게 일그러뜨린 함장은 게거품을 물었다. 라미레즈는 함장을 진정시키려 했다. 그러나 시간이 없었다. 사다리 아래에서는 비명이 터졌다.

"이러지 마! 살려 줘!"

"이 년은 사라 윔블턴이란 년이다. 다 너희 때문에 죽는 거야!"

사라는 새된 비명을 질렀다. 처형대에서 몸부림치는 죄수처럼 울부짖는 소리가 계속 이어졌다. 그런데도 장교 중 누구도 쉬이 나서지 못했다. 그들은 새하얗게 질린 얼굴로 함장과 부함장을 바라보았다. 그때였다.

커다란 충격이 잠수함 선내를 뒤흔들었다. 사람이 서있기도 힘든 충격이었다. 라미레즈를 붙잡고서 소리를 지르던 크리스는 그대로 중심을 잃었다. 그는 책상에 부딪혀, 높은 계단 위에 우뚝 서 있던 함장석에서 굴러떨어졌다. 거의 사다리 근처까지 떠밀린 크리스는 오른쪽 어깨를 움켜쥐고서 비명을 질렀다.

"젠장. 함장님! 아무나 함장님 좀 살펴봐!"

라미레즈가 안절부절 못하고서 소리쳤다. 그러자 호프만이 걸음을 옮겼다. 호프만은 입구 쪽을 권총으로 겨누면서 함장에게 다가가 그의 상태를 살폈다. 그러다 자기 상의를 벗으면서 말했다.

"아무래도 어깨랑 팔이 부러지신 거 같습니다."

호프만이 셔츠를 묶어 팔걸이를 만들면서 말했다. 미간을 찌푸린 라미레즈가 소리쳤다.

"조타수, 대체 무슨 일이야!"

"모르겠습니다! 무언가에 걸린 것 같습니다!"

"이런 심해에 걸릴 게 뭐가 있나? 긴급 부상한다!"

그가 소리치자, 컴퓨터를 조작하던 조타수는 고개를 저었다.

"부상이 안 됩니다! 주 부력 탱크에 공기를 집어넣었는데도 수심 변화가 없습니다!"

라미레즈는 이를 갈았다. 뭔가 잘못되어도 한참 잘못되었다. 공기를 집어넣었음에도 뜨지 않는다니. 마치 공기가 가득 든 풍선을 누군가 억지로 물속에 잡아넣는 모습이 연상되었다. 설마 중국 놈들처럼 우리도 손에 잡힌 걸까? 두려운 생각이 들었다. 그들의 두려움을 견고하게 못 박듯, 쇠를 때리는 소리가 선체를 감쌌다. 라미레즈는 공기를 빼라고 소리쳤다. 만에 하나 탱크가 압력 때문에 터지기라도 하면 끝이었다. 조타수는 계기판을 조작했다.

라미레즈는 전자 감시 장비를 담당하는 수병들을 바라보았다. 그들은 모두 멀뚱히 서서 사다리 쪽에 권총을 겨누고 있었다. 이 멍청한 놈들! 라미레즈가 이를 가는 순간, 또다시 충격이 잠수함 표면을 긁어 대기 시작했다. 이번 충격은 아까보다는 덜했다. 하지만 결코 가벼운 충격이 아니었다.

수병들은 뒤늦게 감시 장비를 확인했다. 장비를 모두 동원한 끝에 그들은 잠수함을 뒤흔든 충격에 대해 알아냈다. 그들은 화면을 공유했다. 기우뚱거리는 잠수함 안에서 장교들을 비롯한 사람들이 어정쩡한 자세로 화면을 노려보았다.

외부 카메라에 잡힌 그것은 너무나도 명백했다. 손가락들이었다. 비대하게 부푼 손가락들이 리드미컬하게 잠수함 표면을 매만졌다. 그것은 천천히 외부 카메라 쪽으로 다가와 두툼한 살점으로 카메라를 짓눌러 부숴 버렸다.

요나가 소리쳤다.

"젠장! 이게 잠수함 근처에 올 때까지 아무도 몰랐다는 게 말이 되는 거야!"

"해저 바닥에 바싹 붙어서 접근한 바람에 탐지가 안 된 것 같습니다!"

수병 중 하나가 소리쳤다. 요나는 붉으락푸르락하는 얼굴로 수병을 쏘아보았다. 곧이어 사다리 쪽에서 소란스러운 소리가 날아들었다. 사령실에 있던 이들은 사다리를 향해 권총을 겨눴다. 사다리 소리는 종말을 알리는 종소리처럼 사령실에 쩌렁쩌렁 울렸다.

◇◇◇◇◇

반란을 일으킨 수병들은 혼란에 빠졌다. 지진이라도 난 듯 흔들리는 선내에서 수병들은 웅성거리기 바빴다. 수많은 사람이 넘어지거나 벽에 처박혔다. 다머는 바닥에 쓰러진 호세와 사라를 바라보았다. 그러자 수병들 사이에 섞여 있던 데니스가 말했다.

"지금 뭔가에 부딪힌 거 아냐?"

웅성거리는 소리가 장병들 사이로 퍼지자, 델 토로는 시뻘겋게 충혈된 눈으로 고개를 저었다. 그는 부딪혔을 리 없노라 말했다. 만약 암초가 근처에 있다면 자동으로 경보가 울렸을 거라고 말이다. 하지만 그의 말과는 달리 진동은 점점 더 심해졌다. 데니스는 델 토로에게 쏘아붙였다.

"그럼 지금 진동은 대체 뭡니까?"

"저 위의 놈들이 일부러 위험하게 운전하는 거야. 분명해! 놈들이 반란을 막으려고 일부러 그러는 거라고."

"고작 반란을 막겠다고 위험 운전을 한다고?"

타나카가 말했다. 다머가 그를 노려보았다. 그때였다. 복도에 달린 무전기에서 목소리가 날아들었다.

─다머! 다머, 여긴 기계실!

다머는 무전기를 집어 들었다. 그가 무슨 일이냐 묻자, 무전기 너머에서 고함이 날아들었다.

─여기, 좌현 엔진실에 화재 발생! 화재 발생!

"화재? 무슨 일인데? 왜 갑자기……."

─몰라! 지금 기계 장교랑 수병 애들이 산채로 타고 있어! 여기로 사람 좀…….

무전이 끊어지자, 수병들은 다머를 바라보았다. 훨씬 직급이 높은 델 토로를 보는 이들도 있었다. 하지만 그런 이들은 소수였다. 델 토로는 이미 정상이 아니었다. 혼자

서 중얼거리거나, 제자리를 빙글빙글 돌면서 손톱을 씹기 바빴다. 그의 불안 증세가 점점 심해지자, 자연스럽게 시선은 다머에게로 향했다.

총대를 거머쥔 다머는 고개를 쳐들고서 수병들을 훑어보았다. 다행히 그는 크리스보다는 유능했다. 그는 곧장 친한 얼굴들을 둘러보았다. 그러다 수병들 세 명을 기계실로 보냈다. 그리고 다른 수병들에게는 함 내 물이 새는 곳이 있는지 확인해 보라 말했다. 수병들이 복도를 내달리자, 그는 사라를 일으켜 세웠다. 사시나무처럼 떨던 여자는 간신히 일어났다.

"왜? 그 녀석 데리고 뭘 하려고?"

데니스가 말했다. 하지만 다머는 별말이 없었다. 그는 따라오라 말하면서 남은 수병들에게 손짓했다. 그렇게 대략 일곱 명의 수병들이 그의 주위로 모였다. 그는 자신의 계획을 빠르게 행동으로 보였다. 그는 사라의 등에 총부리를 겨누고서 그녀를 먼저 올려 보냈다.

여자는 입을 뻐끔거렸지만 다머는 그녀가 말할 시간을 주지 않았다. 다른 수병들도 입을 열지 않았다. 그들은 모두 다머의 생각을 알고 있었다. 지금이 기회였다. 지금처럼 정신없을 때 기습적으로 움직여야 했다. 아마, 바깥 상황에 정신이 팔린 놈들은 제때 대응을 못 할 터였다. 그러면 협상하든 뭘 하든 할 수 있으리라.

사라는 애원하듯 군인들을 바라보았다. 하지만 그녀에

235

게 동정의 눈길을 보내는 이는 없었다. 사라는 결국 총부리에 떠밀려 사다리를 깨작깨작 올라갔다. 그 뒤를 다머가 바싹 따라 올랐다. 한 사람이 간신히 올라갈 법한 좁은 사다리 통로였기에 비좁기 그지없었다. 하지만 다머는 머뭇거리는 사라의 옆구리를 총으로 쿡 찔렀다. 사라는 마지못해 다시 사다리를 한 칸씩 올랐다. 그러다 그녀가 사다리 마지막 난간을 붙잡고 사령실 입구로 머리를 내밀던 그때였다.

탕! 사령실 안에서 날아든 총소리가 그녀의 머리 위로 가로질렀다. 사라는 비명을 질렀다. 오줌까지 지린 그녀는 사다리 아래로 내려가려 했다. 하지만 사라의 발아래 버티고 있던 다머가 권총으로 사라를 위협했다. 총구와 마주한 사라는 안절부절 못하고 울먹거렸다. 이글거리는 눈알을 부라리던 다머는 사라의 뺨에 총구를 겨누고 공이를 당겼다. 사라는 울상을 지으면서 힘겹게 사령실로 올라갔다. 사라는 악다구니 썼다.

"쏘지 마세요! 쏘지 말아요! 제발!"

사라가 울면서 천천히 사다리 너머로 얼굴을 내밀었다.

당혹스러운 표정을 감추지 못한 장교들은 총을 내렸다. 사라는 떨리는 몸을 버둥거리면서 사령실 안으로 올라오려 했다. 그러나 그녀는 사다리에 몸을 걸치고 올라오지 못했다. 사다리에서 사라를 붙잡고 있던 다머가 소리쳤다.

"이제 우리도 올라갈 거다. 우릴 쏘는 순간 여자는 죽는다. 사라. 네가 함부로 움직여도 죽는다. 알겠나?"

"올라오기만 해 봐!"

요나가 소리치자 기다렸다는 듯 선체가 크게 뒤흔들렸다. 다머가 소리쳤다.

"장교 나부랭이들만 가지고 잠수함이 돌아갈 거로 생각하나? 이 똥별들아. 난 지금이라도 애들더러 배관을 막고 구명정에 올라타라고 지시할 수 있어! 지금 엔진실에 난 화재를 번지게 두라고 명령할 수도 있다."

다머가 으르렁거리자, 라미레즈는 미간을 손가락으로 누르면서 다머에게 말했다.

"그럼, 자네가 원하는 게 뭔가?"

"일단 우리 쪽 애들도 사령실에 올라갈 수 있게 배려를 해 줬으면 좋겠군. 서로 동등한 위치에서 함선의 미래를 논하는 게 어떤가?"

그 말을 들은 크리스는 소리쳤다.

"함장의 권한으로 절대 안 돼! 이 기생충 같은 배신자들……."

"아니, 방금 말은 취소네. 함장님이 지금은 제정신이 아니셔." 237

라미레즈가 말하자, 크리스는 양팔을 부들부들 떨었다. 그는 라미레즈에게 배신자라고 소리쳤다. 하지만 아무도 반응을 보이지 않았고, 그는 입을 다물었다.

라미레즈가 말했다.

"좋아! 올라오게. 하지만 일단은 사라 씨를 놓아주는 게 낫지 않겠나?"

"일단 올라간 다음에!"

사라의 허리를 손으로 붙잡고 있던 다머는 고갯짓했다. 그는 사다리와 사령실 중간 턱에 어정쩡하게 몸을 기대고 있던 사라를 떠밀었다. 그러고는 사라와 발을 맞춰 사다리를 올랐다. 그는 영리하게 사라를 계단 앞에 무릎 꿇어 앉혔다. 그는 사라의 등 뒤에서 상체를 내밀었다. 그러고는 사라를 일으켜 세우면서 나머지 계단을 다 올랐다.

다머가 사령실 안으로 발을 들이자, 그와 뜻을 함께하는 수병들이 하나둘 올라왔다. 반란을 일으킨 수병들은 사령실에서 장교들과 마주했다. 서로 숫자는 엇비슷했다. 만일, 누구라도 총을 꺼내는 순간 사령실은 피바다로 변하고 말 터였다.

사람들과 함께 기도만 하던 에바가 말했다.

"자, 이제 사라를 풀어 주시죠. 이 아이는 아무 잘못도 없습니다. 지금 같은 상황에서 이렇게 서 있을 겁니까? 마태복음 12장 46절에서 50절까지 이르되, 하늘에 계신 내 아버지의 뜻대로 하는 자가 내 형제요, 자매요……."

"닥쳐. 빌어먹을 종교쟁이야."

다머는 거칠게 사라를 에바 쪽으로 내던졌다. 바닥에 나동그라진 사라가 서럽게 울었다. 에바는 말없이 사라를 부둥켜안았다. 그때였다. 더 거센 진동이 날아들었다. 거대한 손아귀가 잠수함을 뒤흔들자, 이성을 잃은 함장이 소리쳤다.

"다 체포해! 싹 다 체포하라고! 난 이번 항해가 마지막 항해라고! 전역하면 연금이랑 나온단 말이야! 이 망할 것들. 너희 싹 다 반동 분자들!"

"함장님, 진정하세요."

호프만이 크리스의 어깨를 붙잡고서 이야기했다. 그리고 동시에 라미레즈를 바라보았다. 하지만 라미레즈는 호프만과 크리스를 신경 쓰지 않았다. 그의 머릿속에는 아직 함선을 뒤흔든 진동이 맴돌았다. 라미레즈는 반란을 일으킨 수병들을 노려보며 말했다.

"상황을 보고하게. 수상 가능한가? 선체 다른 부분은 어떻지?"

"다른 애들이 확인하고 있습니다."

데니스는 조타수 쪽으로 향하며 말했다. 다머가 노려보았지만, 그는 알 건 알아야 하지 않겠냐고 말했다. 다머는 별다른 말을 하지는 않았다. 크라넬이 소리쳤다.

"지금 우리 함선을 붙잡은 손이 얼마나 큰 거지?"

239

"모르겠습니다! 지금 센서가 전부 망가지고 있어서……."

수병은 모니터를 보면서 쩔쩔맸다. 그는 델 토로를 바라보았다. 하지만 그의 시선이 부담스러웠던 걸까? 델 토로는 진저리를 치면서 숨을 몰아쉬다 소리쳤다.

"안 해. 꺼져! 내가 왜 그딴 걸 들여다봐야……."

델 토로의 말을 잘라먹듯 쇠를 긁는 것 같은 소리가 날아올랐다. 거센 진동에 서 있던 사람들이 모두 다 휘청거리기 시작했다. 모든 이들이 입을 다물고 천장을 올려다보는 사이, 크라넬은 계획을 말했다.

"일단은 어뢰를 쏘아 요격하는 게 좋겠습니다. 다만, 충격파나 기타 피해를 고려했을 때, 조금 아래를 조준해서……."

"하지만 그랬다간 잠수함에 피해가……."

요나는 말을 잠시 멈추었다. 사령실 조명이 깜빡거린 것이다. 더는 생각만 할 수는 없었다. 요나는 숨을 가다듬고서 권총을 책상 위에 내려놓았다. 그는 입술을 깨물고서 크라넬의 계획을 적고 어뢰실에 연락을 취했다. 받든 안 받든 일단 반응을 떠보기라도 할 셈이었다. 어쩌면 위기 상황이니 어떤 식으로든 호출에 응답할 거란 희망도 있었다. 하지만 어뢰실에 몇 번이고 메시지를 보냈음에도 돌아오는 답이 없었다. 요나가 컴퓨터 앞에서 애를 쓰는 사이, 다머는 요나를 지나쳐 그의 오른편 칸막이에 걸린 무전기를 집어 들었다. 다머는 다이얼을 돌려 어뢰실로 맞추었다. 그러자 무전을 받은 군인 하나가 빽 소리쳤다.

—우린 다머 편이다. 네놈 명령은 안 들어!

무전기에서 흘러나온 목소리를 들은 요나는 불쾌한 표정을 지었다. 그러든 말든 다머는 무전기 버튼을 누르고 말했다.

"나야, 다머. 지금 우리 잠수함이 손에 붙잡힌 것 같아! 잔말 말고 1번부터 4번 어뢰실은 될 수 있는 한 빨리 어뢰를 장전해!"

무전기 너머에서는 알겠다는 말이 흘러나왔다. 잠수함 속 모든 수병들은 다시 일사불란하게 움직였다. 반란군이든 아니든 그들은 운명 공동체였다. 머릿속에는 두려움으로 가득 차 있었지만 체득한 훈련 과정이 관성적으로 배어 나왔다. 그러나 상황은 좋지 않았다. 여전히 외부 상황을 정확히 알 수는 없었다. 전자 감시 장비를 보는 수병 중 누구도 제대로 상황을 보고하지 못했다. 그들은 이미 이성적인 판단을 못 하고 있었다.

다머는 델 토로를 설득했다. 물론, 그는 말로 설득하지 않았다. 그는 델 토로의 머리에 권총을 겨눴다. 그 모습을 본 전자 장교 자리에 앉아 있던 수병이 자리를 비켰다. 사령실은 싸늘하게 얼어붙었다. 델 토로는 겁에 질린 어린아이처럼 칭얼거리며 자리에 앉았다.

화면을 훑어보던 델 토로는 선수 부분이 붙잡힌 것 같다고 말했다. 곧 더 많은 물체가 화면에 떠올랐다. 델 토로가 함선 주위를 살필 동안, 크라넬은 함선 내부를 살폈다. 상황은 좋지 않았다. 순식간에 원자로 무결성이 89퍼센트로 변했다. 선체의 무결성 역시 빠르게 떨어지고 있었다. 절망적인 사실을 증명하듯 씨데빌호는 우그러지는 쇳소리를 토해 냈다. 거대한 손이 언제라도 잠수함을 파괴할 준비가 되어 있다는 듯 협박하는 것 같았다.

―하부 복도 냉각기가 꺼졌어!

―불! 빌어먹을 14번 통로에 불이…….

무전기에서 흘러나오는 수많은 비명들이 사령실 안에 빗발쳤다. 곧이어 원인 모를 진동과 함께 사령실의 조명마저 깜빡였다. 어깨를 다친 크리스는 식은땀을 흘리면서 끙끙 앓고 있었다. 라미레즈가 소리쳤다.

"어뢰는 아직인가?"

"아직 장전 중입니다! 2번 어뢰실은 연락 없습니다! 1번 어뢰실은 자동 장전 시스템 다운되었습니다! 재부팅 중!"

요나가 말하자, 수병 하나가 말했다.

"3번 어뢰실에서 장전 중입니다! 하지만 아직도 농성 중인 군인들이 있습니다."

라미레즈는 식은땀에 범벅이 된 얼굴을 손으로 쓸었다. 그러자 요나가 원망스러운 눈으로 다머를 노려보며 말했다.

"소요 사태만 아니었어도……."

"꺼져. 니들이 이딴 곳에 들어와서 그런 거 아냐!"

다머는 요나에게 버럭 소리를 질렀다. 그러자 함장 옆자리에 앉아 있던 크라넬이 자리에서 일어났다. 그는 다머의 머리에 권총을 쏘았다. 총성과 함께 권총을 쥐고 있던 다머가 자리에서 무너져 내렸다. 순식간에 벌어진 일에 모두가 얼어붙은 사이, 크라넬이 시뻘겋게 달아오른 눈으로 사령실을 둘러보았다.

놀란 얼굴들 사이로 반란에 가담한 군인들이 하나둘 움직였다. 그들은 총을 꺼내 들었다. 크라넬은 멍하니 중얼거렸다. 기어들어가는 목소리였지만, 모두가 똑똑히 들었다.

"잘하는 짓이다, 망할 놈들."

크라넬은 곧장 입안에 권총을 밀어 넣고 방아쇠를 당겼다. 뇌수가 기계들 사이로 튀었다. 누군가 비명을 질렀다. 크리스는 난장판을 응시하며 머리를 움켜쥐었다. 라미레즈는 자리에 일어서서 목을 빼고 크라넬과 다머를 살폈다. 물론 볼 것도 없었다.

"대체 왜?"

라미레즈는 작전 장교 컴퓨터 화면을 바라보았다. 그곳에는 확률이 적혀 있었다. 빨간 글씨가 반짝이면서 경고하고 있었다. 인공 지능은 숫자를 강조하듯 '부상 성공 확률 9퍼센트'란 글귀를 반짝이게 했다. 라미레즈는 눈알을 굴리다 화면에 뜬 인공 지능 결괏값을 꺼 버렸다.

그는 떨리는 입술을 깨물었다. 뚜껑이 열린 보온병처럼 안에 든 내용물을 쏟아내는 시체를 치울 시간이 모자랐다. 라미레즈가 소리쳤다.

243

"어뢰실에선 아직 연락 없나?"

요나는 새파랗게 질린 얼굴로 초조하게 어뢰실 연락을

기다렸다. 그러다 어뢰실 무전이 날아들었다.

—4번, 4번 어뢰실 장전 완료! 중 어뢰 발사 준비.

무전기에서 흘러나온 목소리를 들은 라미레즈는 곧장 발사하라고 말했다. 요나는 버튼을 눌렀다. 어뢰가 발사관을 빠져나갔다. 델 토로는 잠수함을 붙잡은 팔을 확인했다. 좌표를 지정해서 원격으로 폭파시킬 계획이었다. 하지만 델 토로는 당황한 듯 입을 열었다.

"어뢰 유도 신호가 먹히지 않습니다."

"무슨 말 같지도 않은……."

요나가 허탈한 듯 한숨을 쉬자, 무전기에서 침울한 목소리가 흘러나왔다.

—아, 여긴 4번 어뢰실. 미안하게 됐수다. 우리가 실수로 미도리 샤워를 장전했군. 다시 장전하겠습니다.

무전기 소리가 끊겼다. 잠시 사령실 안에는 침묵이 맴돌았다. 그들은 빗물처럼 쏟아지는 쇳덩이 휘는 소리와 경고음을 맞으며 서로를 노려보았다. 작두질하듯 시간은 초조하게 흘러갔다.

타나카는 식은땀을 흘렸다. 데니스는 칸막이 옆에 서서 싸한 분위기를 온몸으로 느꼈다. 로이는 입구 쪽에 서서 다머의 피를 쏘아보았다. 퍼른은 전략 장교 책상 아래에 있는 칸막이 책상에 앉아 있었다. 그는 어뢰실에 장전하라고 계속해서 메시지를 보냈다. 라미레즈는 함장의 자리에서 서서 반란군들을 노려보았다. 이름 모를 수병들은 컴퓨터에서 감시 자료를 취합했다. 호프만은 크리스를 진정시켰다.

교수와 대학원생들은 입을 다물었다. 그들은 조타수 오른편에 있는 좁은 공간에 앉아 있었다. 오로지 에바 영만이 경고음 속에서도 묵묵히 영성 어린 기도를 이어갔다. 갑자기 비명이 섞인 무전과 엔진실에서의 지원 요청이 빗발쳤다. 심지어 함 내로 가득 퍼진 매캐한 냄새가 코를 찌르기 시작했다. 기도하던 교수들과 대학원생들은 울음을 터뜨렸다. 밥은 당장이라도 구명정으로 가자고 소리쳤다. 하지만 누구도 움직이지 않았다. 델 토로가 말했다.

"여긴 괴물 놈들 소굴이야. 놈들이 구명정을 가만히 둘 리 없지."

"이제 다 틀렸나? 이 개자식들! 네놈들이 이 지랄만 안 했어도!"

"진정해!"

데니스가 소리쳤다. 하지만 누구도 그의 말은 듣지 않았다. 이미 이성은 교살당한 뒤였다. 남은 것은 방아쇠를 당기는 일뿐이었다. 먼저 총을 들어 올린 건 호프만이었다. 그러자 수병들과 장교들은 서로 총을 겨눴다. 순식간에 분위기가 험악해지자, 함장인 크리스는 몸을 웅크렸다. 라미레즈가 말렸지만, 이미 상황은 고삐 풀린 말처럼 빠르게 내달리고 있었다.

납덩이처럼 무거운 공기가 폐를 짓이기는 순간.

로이가 먼저 방아쇠를 당겼다. 찢어지는 총성과 함께 호프만의 머리가 날아갔다. 비대한 몸뚱이가 바닥에 축 늘어지면서 그의 손에 들린 총이 바닥에 떨어졌다. 그러든 말든 노쇠한 크리스는 시체에 등을 기대고 멍하니 앉아 있었다. 얼굴이 하얗게 질린 채로 넋이 나가 있었다. 그러나 누구도 크리스를 신경 쓰지 않았다.

라미레즈는 로이에게 총을 쏘았다. 하지만 총알은 빗나갔다. 로이는 재빨리 델 토로 옆자리 칸막이 안에 몸을 숨겼다. 데니스 역시 칸막이 뒤로 몸을 숨겼다. 계속되는 총성에 정신이 멍했다. 손을 떨던 데니스는 뒤를 돌아보며 조타수에게 소리를 질렀다. 그 순간, 총소리에 놀란 타나카가 반사적으로 권총을 꺼냈다. 하지만 손이 언 탓일까? 그는 권총을 놓쳤다. 권총은 그의 군화코를 때리고 교수들 쪽으로 굴러갔다.

타나카가 잠시 머리를 내민 그때, 부함장 책상에 앉아 있던 정보통신병들이 타나카를 향해 총을 쏘았다. 총탄이 기계와 벽면에 박혔다. 그러나 모든 총알이 빗나가기만 한 것은 아니었다. 혼자 조종간을 잡고 있던 애꿎은 조타수의 머리가 날아갔다.

몸을 움츠리던 델 토로는 키보드를 잡아 바닥에 쪼그려 앉았다. 그러자 부함장 자리에 숨어 있던 수병 하나가 그에게 총을 쏘았다. 총알이 칸막이 너머로 날아들어 델 토로의 정수리를 스쳤다. 델 토로는 한 손으로 머리를 감쌌다. 뒤이어 세 발의 총성이 바닥을 때렸다. 그러자 델 토로는 허리춤에서 권총을 꺼냈다. 그는 손만 뻗어 권총을 칸막이 밖으로 내밀고 방아쇠를 당겼다. 별다른 조준도 하지 않은 사격이었다. 그럼에도 그가 쏜 총알 중 한 발은 사령실을 지키던 수병의 머리를 날려 버렸다. 그때였다. 모두가 총질에 여념 없던 순간에 무전기가 지직거리면서 목소리를 토해 냈다.

—여긴 4번 어뢰실. 중 어뢰 장전! 장전 완료!

몸을 움츠리고 있던 요나는 말없이 발사 버튼을 눌렀다. 그가 버튼을 누르기 무섭게 어뢰는 빠르게 잠수함 밖으로 나갔다. 수병 하나가 크라넬의 자리에서 일어나 델 토로를 노렸다. 이를 갈던 퍼른은 자리에서 일어났다. 그는 수병의 가슴에 세 발을 쏘았다. 퍼른은 다시 책상 아래로 몸을 숨기고 소리쳤다.

"미친놈들! 전자 장교는 쏘지 마! 다 같이 뒈질 심산이야?"

퍼른의 바로 옆에 있던 요나는 그 소리를 똑똑히 들었다. 하지만 델 토로는 반역자였다. 반역자와 함께 올라가면 같은 반역죄가 되는 건가? 지금 누가 불리한 거지? 누구 편에 들어야 하나? 그는 누구에게도 총을 쏘지 못하고 망설였다. 총구가 손안에서 달그락거리는 소리를 냈다. 247 그때였다. 로이는 곧장 요나가 몸을 숨긴 방향으로 칸막이를 쏘았다. 칸막이에 서너 발 작은 구멍이 뚫렸다.

억 하는 소리와 함께 요나는 책상에 기대어 앉은 자세 그대로 축 늘어졌다. 책상 아래 앉아 있던 퍼른은 머리를 감싸 쥐었다. 그러나 이미 눈이 뒤집힌 로이는 책상 밖으로 기어나갔다. 왜 그런 행동을 했는지는 알 수 없었다. 그는 네발 동물처럼 움직이며 교수진들 쪽으로 다가갔다.

대학원생들은 비명을 지르며 몸을 움츠렸다. 로이가 다 머처럼 인질을 잡을 줄 안 모양이었다. 하지만 로이는 한 마리의 포유동물에 지나지 않았다. 그가 데니스 옆을 지나던 그때, 라미레즈는 괴성을 지르며 함장석 아래로 펄쩍 뛰어 내려갔다. 그러곤 로이가 숨었던 칸막이를 총으로 쏘았다. 두 발의 총성과 함께 로이의 머리가 날아갔다.

델 토로는 눈물로 범벅이 된 얼굴로 멀찍이 떨어진 모니터를 바라보며 중 어뢰를 조종했다. 그는 폭파 시뮬레이션을 확인하면서 중 어뢰를 유도했다. 어뢰는 거대한 팔뚝 부분을 때릴 예정이었다. 만약에 제대로만 기폭 된다면 팔을 날려 버리고 선체의 피해는 거의 없을 터였다. 하지만 지금 같은 상황에서 제대로 계산할 수는 없었다. 그는 경험과 운 그리고 인공 지능에게 모든 것을 맡겼다. 델 토로가 겨우 기폭 루트를 입력하던 그때였다. 기습적으로 자리에서 일어난 퍼른이 총을 쏘았다. 하지만 그는 조준도 제대로 하지 못했다. 그가 쏜 총알은 애꿎은 델 토로의 모니터를 박살 냈다. 라미레즈는 반사적으로 퍼른에게 총격을 가했다. 퍼른 역시 총격을 멈추지 않았다.

델 토로는 소리쳤다.

"충격! 충격에 대비해라!"

그가 소리치고 몇 초 지나지 않아 잠수함 전체가 한순간에 들썩거리기 시작했다. 모니터가 솟구쳤다가 바닥으로 떨어졌다. 책상을 고정한 나사가 깨져 튕겨 나갈 정도였다. 배에 남은 수병들은 장난감 병정들처럼 굴러다녔다. 어디선가 바닷물이 갈라진 쇳덩이 사이를 비집고 조금씩 들어왔다. 여전히 꽁무니에 붙은 불은 잡힐 기미가 보이지 않았다. 불과 물이 공존하는 쇳덩이 속에서 수병들은 악다구니를 쓰기 바빴다.

거대한 충격에 총성은 멎었다. 조종석으로 날아가 처박힌 퍼른은 앓는 소리를 냈다. 앞으로 고꾸라진 라미레즈는 정신을 잃은 듯 보였다. 교수들과 함께 구석에 처박혀 있던 타나카는 몸을 일으켰다.

"뭐가 어떻게 된 거지? 우린 어떻게 된 거야?"

퍼른이 말했다. 자리에서 일어나려던 그는 다시 자리에 주저앉았다. 그는 다리를 손으로 감싸 쥐었다. 아무래도 총알이 칸막이를 뚫고 무릎 부근에 박힌 모양이었다. 그가 권총을 떨어뜨리자 교수들도 고개를 들었다.

"성공한 겁니까? 올라갈 수 있으면 당장 물 위로 올라갑시다! 당장!"

도니 스미스가 소리치자, 교수들과 대학원생들은 아우성을 치기 바빴다. 그러자 다리를 다친 퍼른은 앓는 소리

249

를 내면서 숨을 몰아쉬었다. 그는 데니스와 타나카를 바라보다 두 사람에게 말했다.

"조타수는 내가 맡지."

"괜찮겠어? 다리 다쳤잖아."

타나카가 묻자, 퍼른은 어깨를 으쓱거렸다.

"다리가 대수냐? 여기 있으면 죽어. 씨발. 부축해 줘."

퍼른은 조타수 자리를 손으로 가리켰다. 타나카가 그를 부축해서 일으키자, 데니스는 총을 계기판 위에 올려놓고 조타수를 끌어냈다. 의자 머리 받힘에서 뇌수가 찌익 늘어났다. 하지만 퍼른은 태연하게 조타수 자리에 앉았다. 그는 자기 허리에서 혁대를 풀어 다리에 단단히 조였다. 퍼른은 앓는 소리를 냈다. 그러자 에바는 기도했다. 하지만 발음이 뭉개져 알아들을 수 없었다. 데니스는 퍼른을 살피면서 델 토로에게 말했다.

"장교님, 지금 어때요? 우리 괜찮은 거예요?"

전자 장교 델 토로는 말이 없었다. 그는 키보드를 안고 바닥에 앉아 멍하니 눈물을 흘리고 있었다. 퍼른이 고통스러운 듯 으르렁거리면서 말했다.

"일단 부상해 보면 알겠지!"

퍼른은 땀을 뻘뻘 흘리면서 조종간을 조작했다. 그는 부상 버튼을 눌렀다. 서서히 레버를 밀어 올리자, 점멸등이 켜졌다. 심해에 갇혀 있던 잠수함은 그렇게 천천히 몸을 뒤틀었다. 그러나 씨데빌호는 무언가에 걸리기라도 한 듯 거칠게 흔들렸다.

사람들이 비명을 지르자, 퍼른은 조종간을 멈추었다.

"제길. 꿈쩍도 안 해. 엔진실에 불은 꺼진 거야? 탄내가 여전히 나잖아!"

"엔진실에는 내가 연락해 볼게."

데니스는 요나 자리 옆에 있던 무전기를 잡아챘다. 아직 총격전의 충격에서 덜 벗어난 타나카는 라미레즈를 살폈다. 그러나 그는 미동도 없었다. 감히 상처를 살펴볼 용기가 나지 않았다. 대신, 타나카는 말없이 함장 크리스의 안주머니를 뒤졌다. 데니스가 말했다.

"타나카. 너 소나 볼 줄 알아?"

"몰라. 잠깐, 내 권총 어디 있지?"

타나카가 자기 엉덩이를 만지작거리는 사이, 밥이 말했다.

"있잖습니까. 될지는 모르겠는데, 아까 미도리 샤워를 쐈다고 했잖아요. 그걸 이용해 보면 어떨까요?"

군인들은 말없이 밥을 바라보았다. 밥이 도살장 근처까지 끌려온 돼지처럼 몸을 웅크리자, 데니스는 그에게 손짓하며 말했다.

"지금 갈 데까지 갔는데 뭔 허락을 구합니까? 빨리 해 봐요."

251

밥은 군인의 눈치를 살피면서 일어났다. 어디선가 연기 냄새가 지독하게 날아올랐다. 밥이 델 토로의 자리를 뒤적일 동안, 데니스는 무전기에 대고 소리쳤다. 하지만 돌아오는 대답은 없었다. 데니스가 재차 보고를 요구했음에도 마찬가지였다. 데니스가 무전기와 씨름을 하는 사이, 타나카는 기절한 라미레즈를 끌어다 벽에 기대어 앉혔다. 퍼른이 말했다.

"으으. 씨발. 눈앞이 흐려지는데."

"잠깐만요. 전에 쓰던 조종기를 대체 어디에다 뒀는지……."

밥은 델 토로의 자리를 뒤지다가 머리를 긁적거렸다. 분명 델 토로가 마지막으로 썼다. 그 뒤에 누군가가 조종기를 치운 모양이었다. 하지만 손을 부린 수병들은 죄다 죽어 있었다. 망할. 밥은 속으로 중얼거렸다. 그는 다른 책상을 살폈다. 그러다 요나의 책상을 보고 밥은 손뼉을 쳤다. 밥은 찾았노라 말하고서 'MIDORI'라 적힌 회색 케이스를 꺼냈다. 곧 설치를 마친 그는 요나의 자리에 조종 케이스를 올려놓았다. 컴퓨터와 조종간을 연결하자, 얼마 지나지 않아 신호가 잡혔다는 문구가 화면 위에 떠올랐다.

미도리 샤워의 조종간을 돌리던 밥은 화면을 노려보다 인상을 찌푸렸다.

"어, 혹시 누구, 바닷속에서 빛을 낼 법한 게 뭔지 아는 사람 있어요?"

스미스와 대학원생들은 하나둘 자리에서 일어났다. 대

체 뭘 보고 저러는 걸까? 에바는 잠시 기도를 멈추고 밥에게 다가갔다. 교수들은 쓰러진 요나의 시체를 슬쩍 바라보다 미도리 샤워가 보내오는 시각 정보와 소나를 분석했다. 그들은 바닷속 한가운데에서 반짝이는 파르스름한 광채를 보았다. 그것은 마치 체렌코프 현상을 연상케 하는 광채였다.

스미스가 먼저 입을 열었다.

"어쩌면 잠수함 같은 걸까요?"

"그럴 리 없죠. 이 바닷속에서 빛을 내 봐야 무슨 소용이에요?"

밥은 넉살 좋게 웃으면서 말했다. 그러자 스미스가 반박했다.

"하지만 잠수함 외에 이 심해에서 저렇게 밝은 빛을 내는 물체가 또 어디 있습니까?"

스미스의 말에 모두가 꿀을 먹은 벙어리가 되자, 에바는 퍼른에게 말했다.

"저기, 다치신 분. 우리가 지금 몇 미터 아래에 있는 거죠?"

"대략 2,000미터 아래요."

퍼른이 지친 목소리로 말하자, 밥은 놀란 듯 입을 열었다.

"2,000미터? 이렇게 커다란 잠수함이?"

혀를 차던 밥은 미도리 샤워를 광원 쪽으로 보냈다. 광원으로 다가갈수록 과학자들은 자기 눈을 믿을 수 없었다. 스미스는 인상을 찌푸리고서 화면을 손으로 가리켰다.

"저거, 지금 저거, 피라미드 맞나요?"

교수 중 누구도 입을 여는 사람은 없었다. 그들 중 지질학이나 고고학에 조예 깊은 이는 아무도 없었다. 하지만 문외한이 보아도 화면에 비친 것은 확실히 인공 구조물이었다. 사각뿔 구조물 빗면을 따라 빼곡히 들어선 계단 형태가 선명하게 보였다. 그러나 어느 민족의 건축 양식인지 아는 이는 없었다. 언제 마지막으로 인간의 손길이 닿았는지도 알 수 없었다.

"여기. 잠깐만 멈춰 봐요. 이거 보이나요?"

밥과 스미스 교수는 에바가 가리키는 3D 렌더링 화면을 바라보았다. 그녀는 피라미드의 꼭대기를 손으로 가리켰다. 마치 거대한 종양 덩어리처럼 뭉개진 폴리곤 덩어리가 피라미드 위에 얹어져 있었다. 스미스는 눈살을 찌푸리며 손을 허공에 휘저으면서 말했다.

"이게 다 뭐죠? 그러니까……, 오류 같은 건가요?"

과학자들은 자기들끼리 이야기를 하기 시작했다. 그들이 토론하는 사이, 데니스는 퍼른의 상태를 살폈다. 퍼른은 게슴츠레한 눈으로 계기판을 확인했다. 모서리에 총을 맞는 바람에 계기판에 달린 모니터의 발광 패널 일부가 죽어 있었다. 그래서 그는 무지갯빛으로 번진 모니터를 손으로 때리며 주 부력 탱크 압력을 살폈다. 탱크에서 물을 빼도 여전히 잠수함은 부상하지 않았다. 퍼른은 식은땀을 흘리면서 말했다.

"젠장. 데니스…… 누구, 연락 안 받아?"

"가만히 있어 봐. 다른 구획에도 연락 돌릴 테니까. 타나카. 얘 좀 살펴봐."

데니스는 시신을 수습하던 타나카에게 소리쳤다. 타나카가 새하얗게 질린 얼굴로 퍼른에게 다가왔다. 데니스는 초조한 듯 벽에 걸린 무전기를 손에 쥐고서 응답하라고 말했다. 여전히 무전에 응하는 이는 없었다. 그는 다른 구역으로 다이얼을 돌렸다. 무전기 너머의 응답을 기다리던 그는 눈을 뜨고 죽은 요나를 바라보았다. 불쌍한 양반 같으니. 그는 혀를 끌끌 차면서 요나의 눈을 감겨 주었다. 그러자 밥이 중얼거렸다.

"세상에."

데니스는 교수들을 바라보았다. 스미스는 고개를 저으며 진저리를 쳤고, 화면을 바라보던 에바는 성호를 그으면서 숨을 집어삼켰다. 밥은 굳은 얼굴에 들러붙은 식은 땀을 닦았다. 대체 뭘 보기에 저러는 걸까?

심상치 않은 분위기에 데니스는 고개를 내밀어 과학자들이 보고 있는 화면을 들여다보았다. 그것은 본 데니스는 무전기를 놓쳤다. 무전기가 책상을 때리고 아래로 떨어졌다.

타나카와 퍼른은 고개를 돌렸다.

"왜 그래? 또 무슨 일이야?"

"다들 이거, 와서 보는 게 좋겠어."

데니스가 손짓하자, 타나카는 걸음을 옮겼다. 그는 데니스를 쳐다보다 미도리 샤워가 보내 주는 화면을 바라보았다. 곧 타나카는 자리에서 얼어붙었다.

그것은 거대한 피라미드 위에 우뚝 솟아 있었다. 기하학적으로 뒤틀리고 비틀린 직육면체 형태의 골조가 우두커니 서 있었다. 골조 옆에는 비틀리고 녹이 슨 파편들이 잔가지처럼 어지럽게 매달려 있었다. 하지만 골조에 매달린 것은 파편뿐만이 아니었다.

"저거, 전부 다……."

데니스가 중얼거리자, 에바는 고개를 끄덕였다. 모든 이가 당혹감에 얼어붙었다. 그들은 화면 속에 난폭하게 손짓하는 거대한 팔뚝들을 바라보았다. 놈들은 골조를 긁어 대고 있었다. 놈들이 손을 휘저을 때마다 물보라가 일었다. 이 거대한 손들은 서로 아우성을 치면서 좁은 문틈을 빠져나오려 애를 쓰고 있었다.

무언가를 갈구하는 걸까? 인간의 팔을 원하는 걸까? 누구 하나 쉽사리 답을 내릴 수 없었다. 도달 불능점까지 와서도 일은 해결될 기미가 보이지 않았다. 오히려 더 괴이쩍은 형태로 변화하여 과학자들 앞에 나타났다. 모든 지적·인지 능력을 가용해도 진실에 다가가지 못할 거란 당혹감이 입을 틀어막았다.

그때였다. 둔탁한 소리가 났다. 모든 이목이 델 토로에게 쏠렸다. 그는 입을 벌리고 우두커니 서서 주위를 둘러보았다. 데니스는 고개를 갸우뚱거리다 문득 그의 왼팔을 바라보았다. 옷소매가 어깨 부분부터 푹 꺼져 있었다. 데니스가 인상을 찡그리던 사이, 델 토로는 앓는 소리를 내면서 오른손을 추켜올렸다. 그러자 그의 팔이 바닥으로 곤두박질쳤다.

그 광경에 사람들이 기겁했다. 가까이 있던 밥은 벌떡 일어났다. 스미스는 밥에게 떠밀려 넘어져 바닥에 기어다니는 델 토로의 팔뚝을 배로 깔아뭉갰다. 손은 괴로운 듯 몸부림치다 스미스의 몸을 기어올랐다. 대학원생들과 데니스는 손에게 발길질했다. 그러나 재빠르게 움직이는 손을 걷어차는 건 어려운 일이었다. 오히려 그들의 발은 스미스의 정강이와 갈비뼈를 걷어찼다.

스미스가 외마디 비명을 지르자, 에바 영과 밥은 그들을 말렸다. 에바가 말했다.

"여러분, 경거망동 마십쇼! 우린 지금 시험받는 겁니다. 우리의 믿음과……."

에바는 끝까지 말을 잇지 못했다. 갑자기 요나가 오른팔을 들어 올린 것이다. 요나뿐이 아니었다. 죽은 이들 모두가 서서히 팔을 들어 올렸다. 각기병에 걸린 사람들의 다리처럼 팔뚝은 기이한 방향으로 뒤틀렸다. 관절이 괴이쩍은 소리를 내면서 어깨가 탈구되었다.

257

떨어져 나온 팔들을 바라보던 대학원생 하나는 미쳐버린 듯 사다리 쪽으로 뛰어갔다. 그녀는 깔깔 웃으면서 거의 3미터 아래로 몸을 내던졌다. 누구도 말릴 사이 없이 벌어진 일이었다. 둔탁한 소리와 비명이 뒤이어 날아올랐다.

데니스는 무전기를 잡고서 비상 상황임을 몇 번 알리다 무전기를 팽개쳤다. 그는 시체에서 떨어져 나오는 팔뚝을 바라보았다. 그것은 마치 커다란 바퀴벌레처럼 사방을 기어올랐다. 보다 못한 그는 손을 마구 밟았다. 과학자들은 아우성을 쳤다.

"뭐라도 좀 해 봐요! 당신들 우리를 지켜야 할 거 아냐!"

"씨발, 씨발! 우리더러 뭘 어쩌란 거요! 안 그러냐, 퍼른?"

항의하는 대학원생에게 소리치던 타나카는 퍼른의 어깨를 흔들었다. 그러자 퍼른의 팔이 떨어졌다. 그것은 어깨에서 완전히 떨어져 나와 뱀처럼 바닥에 똬리를 틀었다. 타나카는 기겁하며 퍼른에게서 떨어졌다. 이미 의식을 잃은 퍼른의 얼굴 위로 그의 오른손이 거미처럼 기어올랐다. 그 모습에 사람들은 원초적인 반응을 보이기 시작했다. 그들은 괴성을 지르며 보이는 족족 팔들을 밟아 짓이기기 시작했다. 그 와중에 핏물에 미끄러져 중심을 잃고 쓰러지는 사람들도 있었다.

사람들이 이성을 잃자, 에바는 피 웅덩이 한가운데에 서서 사람들을 노려보며 설교하기 시작했다. 그녀의 말에는 어느 때보다 힘이 실려 있었고, 그녀의 몸짓은 강렬했다.

고함과 기도의 하모니가 인간 기술의 정점인 핵 잠수함 안에서 울려 퍼지고 있었다. 그러나 대부분의 이들은 울거나 비참하게 몸을 웅크리고 있었다. 그들은 모두 두려움에 떨고 있었다. 죽음에 대한 두려움. 혹은 죽는 것보다 못한 것이 될 거란 두려움이 그들을 감싸고 있었다.

버려진 양 떼들은 무질서하게 울부짖기 시작했다. 에바 영은 그 광경을 두고 볼 수 없었다. 그녀는 양들을 노려보다 천천히 제자리에서 발을 굴렀다. 그러다 그녀는 운동화 밑창에 차인 검은 쇳덩이를 바라보았다. 권총이었다. 에바 영은 권총을 집어 들었다. 그녀는 한 손에 성경을 펼쳐 들고 성경 구절을 외웠다. 소란에 비해 너무나도 작은 목소리였기에 그녀가 무얼 하는지는 잘 들리지 않았다. 하지만 곧이어 모두가 그녀의 말에 주목했다. 그럴 수밖에 없었다.

그녀가 함장인 크리스의 머리를 날려 버린 직후였기 때문이었다.

◇◇◇◇◇

에바 영은 김이 모락모락 나는 권총을 쥐고 있었다. 그녀는 멈추지 않았다. 에바는 밥과 스미스가 쪼그려 앉아 있는 곳으로 다가갔다. 그러고는 데니스를 노려보다 총구를 겨눴다. 데니스는 기겁하며 주저앉았다. 에바는 떨리는 목소리로 말했다.

"형제자매들이여. 우린 끝까지 회개해야 합니다! 우리의 굳건한 믿음으로, 우리 모두 그리스도의 양입니다. 천국이 머지않았나니. 모두 부정함을 씻읍시다."

에바는 자기 말을 증명하려는 듯 손에 권총을 쥐고서 성경책을 넘겼다. 종이가 찢어지면서 옆으로 넘어갔다. 그러자 밥이 천천히 에바에게 다가갔다. 그는 권총을 달라는 듯 손을 뻗었지만, 에바는 곧장 그에게 총을 겨눴다. 밥이 뒤로 물러섰다. 하지만 그러다가 바닥에 앉아 있던 스미스의 손을 밟는 바람에 스미스는 새된 비명을 질렀다.

"여러분. 우리 모두의 시간이 끝에 다다랐습니다. 천국이 머지않았습니다. 우린 이곳에서 죽을 것입니다. 하지만 우린 기꺼이 이 죽음을 받아들여야 합니다. 이 또한 하나님이 우리 모두에게 부여한 운명일 테지요."

"아니요. 아니에요. 지금이라도 구명정에 타자고요."

대학원생의 중얼거림에 에바는 총격으로 답했다. 대학원생이 쓰러지자, 에바가 말했다.

"모르겠나요? 저것들은 인간의 말로에요. 하나님이 우리를 거두시려고 내려보낸 천사들이라고요."

"미쳤군."

밥이 중얼거리자, 에바는 고개를 저으면서 말했다.

"아니. 전 지금 그 어느 때보다 합리적으로 생각하고 있어요. 밥. 생각해 봐요. 당신은 이 모든 일을 과학적으로 증명할 수 있다 믿나요? 이건 우리의 이성을 아득히 넘었

어요. 죽은 자들의 손이 기어다니는 시대에 살고 있다고
요. 우린."

그녀는 잠시 말을 멈추었다. 사라의 울음소리가 너무
컸던 탓이었다. 그녀는 불쌍한 사라에게 다가갔다. 그녀
는 사라의 손을 잡고서 말했다.

"사라, 괜찮을 거예요. 당신은 천국에 갈 겁니다. 천국
에요."

차분하게 중얼거린 그녀는 권총을 사라의 얼굴에 가져
댔다. 사라가 기겁했지만, 이미 총구가 불을 뿜은 뒤였다.
사라가 앞으로 고꾸라지기 무섭게 다른 사람들은 비명을
질렀다. 에바는 두려워하지 말라 소리쳤다.

"모든 것에는 끝이 있어요. 우리를 보십쇼. 인간이 만든
모든 것의 끝이 오고 있어요! 이 최첨단 핵 잠수함 역시
이 모든 것을 막을 수 없었죠. 모두 다 끝났어요."

에바는 대학원생들을 한 명씩 쏘았다. 무방비하게 서
있던 이들이 인형처럼 쓰러졌다. 광기를 보다 못한 밥이
에바에게 달려들었다. 하지만 에바가 더 빨랐다. 그녀는
밥의 배를 총으로 쏘았다. 배에 총상을 입은 밥은 뒤로 물
러났다. 그 틈에 타나카가 에바에게 달려들었다. 그는 총
을 빼앗으려 했다. 하지만 총구는 함장석으로 뛰어올라
가는 대학원생들 쪽으로 쏠렸다. 권총이 불을 뿜자, 에바
가 소리쳤다.

261

"네, 전 지옥에 떨어질 겁니다! 하지만 여러분을 천국

으로 모셔다드릴 겁니다! 그런 뒤에 저는 지옥 업화에서 불타겠습니다. 우리 시대의 묵시록 앞에서 모두 경건해집시다. 여러분!"

에바는 완전히 정신 줄을 놓은 듯 시뻘겋게 충혈된 눈알을 부라렸다. 그러더니 타나카를 밀치면서 바닥에 쓰러진 스미스의 가슴을 쏘았다. 총성에 잠시 얼어 있던 데니스는 눈을 부라렸다. 그는 개처럼 바닥을 기었다. 분명 총을 계기판 위에 올려두었더랬다. 확실했다. 데니스는 핏물에 미끄러져 가며 권총을 향해 몸을 날렸다. 에바는 총구를 돌렸다. 타나카는 끝까지 에바를 막아섰다. 에바는 방아쇠를 당겼다. 한 발의 총성과 함께 데니스는 자리에서 일어났다. 그는 계기판 위에 올려놓은 권총을 집어들어 방아쇠를 당겼다.

총구가 불을 뿜은 순간, 에바는 권총과 성경을 떨어뜨리고 바닥에 고꾸라졌다. 데니스는 총을 던져 버리고 바닥에 쓰러진 타나카에게 다가갔다. 타나카는 자기 가슴을 손으로 힘겹게 누르고 있었다. 데니스는 타나카의 상처를 손으로 잡아 누르며 조용히 뇌까렸다.

"괜찮아. 괜찮을 거야. 괜찮아."

데니스는 실성한 사람처럼 말했다. 그러나 괜찮은 것은 아무것도 없었다. 울상을 짓던 데니스는 허탈한 듯 웃으면서 주위를 둘러보았다. 데니스는 축 늘어지는 타나카의 손을 바라보았다. 그는 피투성이인 손으로 자기 머리를 움켜쥐었다.

데니스가 머리를 감싼 사이, 타나카의 어깨가 꿈틀거렸다. 어깨에서 떨어져 나온 팔은 어디론가 빠르게 기어갔다. 타나카뿐이 아니었다. 피바다 속에 누워 있던 모든 이들의 팔들이 하나둘 떨어져 나왔다. 데니스는 그것들을 애써 무시했다. 이제 시간이 별로 없었다. 잠수함의 어디가 망가졌는지 알 수도 없었다. 이제 양팔이 멀쩡한 사람은 데니스뿐일지도 몰랐다.

아까부터 조용한 무전기가 모든 정황을 뒷받침해 주고 있었다.

피투성이가 된 데니스는 조종기의 작은 화면에 비친 미지의 구조물을 노려보았다. 저걸 파괴하면 모든 게 해결이 될까? 그는 머리로 견적을 짜 보았다. 하지만 도무지 답변이 떠오르지 않았다. 거대한 팔과 떨어지는 양팔. 이 모든 게 무슨 악마의 장난처럼 느껴졌다.

그는 결정을 내려야 했다. 아직 어뢰는 많았다. 지금이라도 어뢰를 쏴서 날려 버리면 모든 일이 해결될지도 몰랐다. 하지만 그것은 너무 할리우드 영화 같은 결말이었다. 현실은 언제나 영화와는 달랐다. 거기다 다른 걸림돌도 있었다.

어뢰를 장전하려면 어뢰실로 가야 했다. 데니스는 숨을 몰아쉬었다. 모든 일이 갑갑하게 느껴졌다. 하지만 그가 잠시 무기력에 빠진 순간, 미도리 샤워와 연결된 화면에서 몸을 떠는 거대한 팔뚝의 모습이 비쳤다. 그것은 진저리를 치듯 몸을 떨면서 안간힘을 다해 다른 손을 뿌리치고 나왔다. 마침내 거대한 팔뚝이 대양 속으로 몸을 던졌다. 마치, 허물을 벗고 나온 벌레처럼 그것은 축 늘어진 상태로 가만히 있었다. 그러다 몸을 뒤틀며 미도리 샤워를 지나쳐 갔다.

데니스는 자리에서 일어났다. 패를 깔 시간이 다가오고 있었다. 문제는 어디에 배팅해야 하는가였다. 그는 할리우드식 결말에 판돈을 걸었다. 어차피 죽기 아니면 까무러치기였다.

◇◇◇◇◇

사다리를 타고 내려가자, 연기가 심해졌다. 눈물이 나올 정도였다. 그는 바닥에 쓰러진 대학원생을 피해 발을 내디뎠다. 아까 화면을 바라보다 깔깔 웃으면서 뛰어내린 대학원생은 의식이 없었다. 양쪽 팔 역시 보이지 않았다.

데니스는 숨을 몰아쉬면서 발걸음을 재촉했다. 하지만 걸음을 옮길 때마다 양팔이 떨렸다. 그는 권총을 쥔 오른손에 힘을 주면서 아직은 아니라고 중얼거렸다. 적어도 거대한 팔뚝의 엉덩이를 걷어차 주기 전까지 죽거나 바보가 될 수 없었다. 하지만 어뢰실로 향하는 걸음걸음마다 절망감이 밀려들었다.

통로를 내달리는 수많은 팔뚝이 저마다 각기 다른 방

향으로 오갔다. 파이프 사이에 숨어든 놈들은 쇠를 두드리는 소리를 내며 사라졌다. 경사면을 따라 아래로 더 내려가자, 천장에서 물이 조금 새고 있었다. 물속에서는 팔뚝들이 몸을 접었다 펴면서 헤엄을 치고 있었다. 마치 척추뼈가 굳은 장어처럼 부자연스러워 보였다.

특히 천장부터 바닥까지 빼곡히 손으로 들어찬 복도에 들어설 때는 숨이 멎을 뻔했다. 하지만 그는 쉬지 않고 움직였다. 여기서 물러설 수는 없었다. 어차피 징그러울 뿐이지, 딱히 위협이 되지는 않았기에 어뢰실까지 가는 길 자체는 무난했다.

문제는 어뢰실 안이었다. 해치를 완전히 열자, 백치가 된 인간 셋이 놀란 닭처럼 어디론가 뛰어갔다. 데니스는 욕지거리를 내뱉으며 어뢰실로 들어갔다.

어뢰실에는 거대한 카트리지 형태의 중 어뢰들이 고정틀에 싸여 있었다. 천장에 달린 어뢰 이송 크레인이 카트리지와 결합되어 있었다. 아마 수병들이 장전을 시도했던 모양이었다. 데니스는 홀로 곧장 어뢰 장전 작업에 들어갔다. 잠수함에 타고서 그의 두 번째 보직이 어뢰실이었기에 손에 익은 일이었다. 그는 크레인을 조작했다. 장전기에 실린 어뢰가 투입구 안으로 들어갔다. 해치가 자동으로 잠겼다.

데니스는 어뢰실을 빠져나왔다.

그는 사령실로 걸음을 재촉했다. 시체 안치실로 변한 265

사령실에서 그는 어뢰 경로를 설정했다. 델 토로만큼 능숙하지 않아 그는 설명서를 보면서 어뢰 경로를 입력했다. 그런 뒤 요나의 자리로 가서 빨간 버튼을 힘껏 눌렀다. 곧이어 어뢰 사출 완료란 문구가 요나의 컴퓨터 화면에 떠올랐다.

데니스는 말없이 의자에 앉아 미도리 샤워가 보내 주는 화면을 바라보았다.

곧 어뢰는 빠르게 미도리 샤워를 지나쳐 문을 향해 다가갔다. 그리고 그것이 물속에서 거대한 폭발을 일으켰다. 허연 포말 너머로 바윗돌이 심해 속에서 비처럼 쏟아져 내렸다. 신호가 끊어진 미도리 샤워의 조종 단말기는 검은 화면을 송출했다.

데니스는 한숨을 쉬었다. 그는 자리에서 일어났다. 지금이라도 구명정에 타야 했다. 그러면 곧장 수면까지 다다를 수 있을지 몰랐다. 하지만 발걸음이 떨어지지 않았다. 지독한 무기력감과 함께 눈앞이 번뜩거렸다.

이게 뭐지? 그는 떨리는 눈으로 빛을 바라보았다. 은은한 빛이 눈앞에 반짝이기 무섭게 괴이쩍은 감각이 그에게 다가왔다. 어깨 근육이 떨리는 감각과 쥐가 나는 것 같은 감각이 서서히 달아오른 것이다. 잠시 어깨를 긁던 데니스는 입을 벌렸다. 우득 하는 소리와 함께 살갗이 파인 부분이 손끝에 만져졌다. 서서히 그의 팔이 기이하게 뒤틀리기 시작했다.

데니스는 왼팔로 오른쪽 어깨를 붙잡으려 했다. 하지만 그럴 수 없었다. 이미 그의 팔은 그의 것이 아니었다. 비명을 지르려던 순간, 데니스는 인지 능력의 끝에 매달린 생각을 바라보았다. 의식과 그 너머 광대한 망각의 경계 사이에 너덜거리는 그것이 있었다.

그것은 고대의 계약이었다. 시간조차 망각할 만큼 오래된, 절대적이고 직관적인 계약이었다. 수많은 손 가운데 인류의 손만이 어떻게 문명을 이룰 수 있었을까? 모든 것이 위대한 자에게서 지혜를 빌려 얻은 부산물이었다.

모든 이가 크게 다르지 않았더랬다. 그저 흙 위를 기어 다니는 작은 동물이었다. 그러나 작은 동물들은 고대의 계약을 잊었다. 갚아야 할 빚을 방치하고, 서로 반목을 거듭했다. 이제 말세에 다다라, 영겁 동안 쌓인 이자가 인간들을 기다리고 있었다.

이자는 지금도 계속 바다를 떠다니고 있었다. 바다 위를 떠다니는 손. 그것이 인류가 감내할 이자였다. 이자이자, 동시에 사채업자였다.

대체 누가 어떤 존재와 이런 계약을 맺었단 말인가? 그가 의문을 가지자 위대한 존재감이 그를 바라보았다. 그것은 위대한 만큼 인내심이 강했다. 그는 데니스를 지켜보았고, 그가 버튼을 누르기를 기다렸다. 그의 의중이 또렷해지자, 데니스는 눈물을 흘렸다. 감당하지 못할 시선이 머릿속을 유린했다. 이제 마지막 불빛이 사그라들 때가 왔다.

모든 것을 이해했던 데니스는 동시에 아무것도 이해하지 못했다. 그의 팔이 떨어짐과 동시에 지성은 데니스의 몸을 떠났다. 이제 그는 의자에 앉아 침을 질질 흘리고 있었다. 얼굴은 아래로 축 늘어졌고, 동시에 두 눈은 흐리멍덩하게 빛을 잃었다.

이제 데니스에게는 더 이상 잠수함 바깥 상황을 염탐할 지성이 남아 있지 않았다. 그랬기에 그는 파괴된 피라미드 잔해를 떨쳐 내는 거대한 포털을 보지 못했다. 구 형태의 포털에서 무수히 쏟아져 나오는 팔뚝을 볼 필요도 없었다. 그나마 손을 막아 주던 문틀을 없애 버렸다는 죄책감 역시 가질 필요가 없었다. 하지만 그는 천장이 바닥으로 변하는 것을 보았다.

수많은 손아귀가 씨데빌호를 움켜쥐었다. 선체가 장난감처럼 접혔다. 곧 잠수함의 실루엣은 살점 아래로 사라졌다. 거대한 팔들은 바다를 가르고 지상을 향해 솟구쳤다. 무한히 이어지는 살점의 물결 아래 만물이 머리를 조아렸다. 그리고 모든 것이 끝났다.

◇◇◇◇◇

시간이 흘렀다. 하지만 얼마나 지났는지는 알 수 없었다. 이제 더 이상 시간을 계측하는 이는 남아 있지 않았다. 이제 남은 것은 시뻘건 선지처럼 굳어 버린 호수와 살덩이뿐이었다. 그 흔했던 나무 한 그루도 보이지 않았다. 모든 언덕, 모든 바다, 모든 산은 모조리 살덩이 아래 파묻혔다.

이 거대한 미트볼 위에서 인류의 흔적도 찾아볼 수 없었다. 모든 것들이 고요했다. 이따금 굵직한 울음소리가 들리긴 했지만, 그뿐이었다. 뱀처럼 뒤엉킨 거대한 살덩이가 움직이기 시작하면 모두가 침묵을 지키고 도망치기 바빴다.

망각 속에 버려진 살덩이의 대지 위에서 한 동물이 두 발로 서서 주위를 둘러보고 있었다. 그것은 털로 뒤덮인 평평한 얼굴을 씰룩거렸다. 목을 쭉 빼서 어깨에다 턱주가리를 문질렀다. 그러자 코에서 나온 역겨운 갈색 점액이 가슴 위에 분수처럼 흩뿌려졌다. 그러든 말든 그것은 혀로 턱수염 부근을 핥았다. 갈색 액체의 맛을 보던 그것은 터벅터벅 걸음을 옮겼다.

얼마나 걸음을 옮겼을까? 멀찍이 피 웅덩이 호수 근처에서 이 두 발 달린 생물은 동족을 마주쳤다. 동족들은 이 생물과 거의 같은 특징들을 가지고 있었다. 밋밋한 얼굴에 두 다리가 길게 뻗어 있었다. 배는 불룩 튀어나왔으며, 가슴 양옆에는 뭉뚝한 흔적기관 같은 것이 남아 있었다.

그들은 부끄럼 없이 몸을 섞었고, 스스럼없이 대소변을 아무렇게나 보았다. 심지어 대소변을 밟아 넘어지는 바보도 보였다. 그들의 생김새는 너무나도 인간을 닮아 269

있었다. 그러나 그들 중 누구에게서도 찬란했던 인간 문명의 흔적을 전혀 찾아볼 수 없었다.

그들은 피 웅덩이에 얼굴을 담아 목을 축였고, 살덩이를 입과 발로 뜯었다. 물론 질겼기에 이빨이 없고 쭈글쭈글한 것들은 굶어 죽어야 했다. 굶어 죽는 이들은 다른 이족보행 동물들의 일용할 양식이 되었다. 그들은 야생동물과 다를 게 없었다.

콧물쟁이는 타박타박 그들에게 다가갔다. 인사도 필요 없었다. 멍하니 서로를 바라보던 그들은 하던 일을 계속했다. 해가 지자, 동굴 속에 모여 잠을 청했다. 그들에게 미래는 없었다. 하루하루 그냥 살 뿐이었다. 살덩이는 그들의 욕망을 자극했고, 그들은 지표를 덮은 살덩이와 서로의 살덩이 모두를 탐했다. 콧물쟁이 역시 함께했다.

하지만 얼마 지나지 않아 그들은 뿔뿔이 흩어졌다. 이미 백치가 된 이들에게 있어, 공동체라는 개념은 흐릿한 안개와도 같았다. 그랬기에 콧물쟁이는 또다시 정처 없이 걸음을 옮겼다. 머리 위로 번적이는 것이 지나다 사라졌다. 눈앞이 보이지 않을 만큼 어두워졌다.

그러든 말든 콧물쟁이는 무심하게 걸었다. 아무런 생각도 없이 그는 발길 닿는 대로 걸었다. 얼마나 걸었을까? 그는 거대한 팔뚝으로 만들어진 산맥 앞에 멈춰 섰다. 산맥 위로 불쑥 튀어나온 이질적인 물체가 보였다. 거대한 크기의 구조물이었는데, 앞이 뭉뚝한 막대처럼 보였다. 만일 콧물쟁이의 선조들이 그것을 보았다면, 저 멀리 서 있는 구조물을 핵 잠수함이라 불렀으리라. 하지만 콧물쟁이는 선조의 발자취를 뒤로하고 핏물을 마셨다.

곧 살점의 산맥이 뒤틀리면서 기지개를 켰다. 진동에 놀란 콧물쟁이는 겁먹은 닭처럼 도망가기 바빴다. 콧물쟁이가 달아난 직후, 살점의 산맥 너머로 거대한 손이 튀어나왔다. 거대한 손은 한때 핵 잠수함이라 불리던 쇳덩이를 붙잡아 살점 속으로 끌고 들어갔다. 쇳덩이가 휘고 깨지면서 기이한 소리를 냈다. 곧이어 다른 손과 팔뚝이 튀어나왔다. 손과 팔뚝은 핵 잠수함과 다른 팔뚝을 완전히 집어삼켰다. 기이한 비명이 어디선가 대지를 가로지르고 울려 퍼지다 사라졌다.

살점의 대지에는 다시 고요한 정적이 찾아왔다.

MISSION 1

p. 112~113

그리고 난데없이 노래가 시
작되었다. ~ 허리가 으스러지
며, 그의 몸이 두 동강 났다.

MISSION 1

p. 147

그는 창밖에 들리는 매미 울
음소리에 귀를 기울였다. ~
그러나 놈들은 죄다 바람에
쓸려 사라졌다.

MISSION 2

p. 139~141　　　가져온 파트

"다 되면 깨우쇼." ~ "좋
아. 다들 장비부터 꺼내지.
(……) 그리고 할 수 있다면,
뼈까지 뚫어 보지."

MISSION 2

p. 11~12　　　가져온 파트

바다 위에 거대한 무언가가
있었다. ~ 희수의 커다란 오
른손이 나의 조그마한 왼손
안에서 점점 미끄러졌다.

p. 37　　　반영한 파트

전 인류를 대표해서 이 경이
로운 존재와 첫 접촉을 시도
한 연구자들은 총 3명이었습
니다. ~ 이야기했네요!

p. 185~186　　　반영한 파트

효준은 기겁하며 잠에서 깼
다. ~ 하지만 잠은 도통 오지
않았다.

MISSION COMPLETION CHECK

작가 7문 7답

무악의 손님
배예람

1. 지금의 공통 한 줄에서 어떤 매력을 느끼셨나요?

'바다에서 거대한 손이 올라왔다'라는 한 줄을 읽자마자 머릿속에 선명한 장면이 떠올랐습니다. 하늘을 향해 손바닥을 치켜든 거대한 손이, 무시무시한 진동을 일으키며 바다 밑에서 천천히 올라오는 장면이었어요. 상상하면 할수록 공포스럽고, 또 한편으로는 경이로운 광경이었습니다. 마치 실제로 그 광경을 목격하기라도 한 것처럼 저는 금세 거대한 손에 매료되었어요. 두려움과 경이로움이 공존하는 코즈믹 호러의 색채를 드러내기에 더할 나위 없이 완벽한 한 줄이라고 생각했습니다.

2. 한 줄을 지금의 이야기로 기획하시면서 스스로 가장 재미있다고 느끼셨던 부분은 무엇인가요?

「무악의 손님」은 코즈믹 호러지만, '손님'이라는 정체불명의 존재가 세계에 끼치는 영향보다는 희령이라는 개인의 삶에 가져온 변화를 더 깊이 들여다보는 이야기입니다. 처음부터 그런 방향으로 이야기를 써야겠다고 마음먹었던 것은 아니었지만, 어느새 희령의 이야기를 구상하고 있는 저를 발견할 수 있었습니다. 거대한 사건을 통해 개인의 감정을 들여다보는 이야기를 좋아하는 취향이 무의식적으로 반영되었던 것 같아요.

여러 흥미로운 순간이 많았지만, 특히 희령이 자신의 트라우마를 극복하기 위해 어떤 방법을 '선택'하는지, 선택을 향한 희령의 여정을 따라갈 때가 가장 즐거웠습니다. 희수를 잃은 희령은 소심하고, 우유부단하고, 답답한 구석이 많은 인물입니다. 그러나 무악에서 일련의 사건을 겪으며 점점 변해 가고, 끝내는 자신의 트라우마를 극복하기 위해 중대한 결단을 내립니다. 이전의 자신이었다면 상상도 하지 못했을 선택을 하죠. 오랜 트라우마에서 마침내 벗어나는 순간, 희령이 느꼈을 카타르시스를 저 역시 함께 느꼈습니다.

3. 원고를 쓰면서 가장 고민하셨던 지점은 어떤 부분인가요?

석후, 다미, 교주인 구까지, 희령을 제외한 다른 인물들이 단순한 악역처럼 보이지 않도록, 반대로 희령 역시 지나치게 착하기만 한 주인공처럼 그려지지 않도록 많은 고민을 했습니다. 독자분들께서 각 인물에 대해 복합적인 감정을 느끼길 원했어요. 「무악의 손님」에 등장하는 그 어떤 인물에게도 죽음이 당연하지 않기를 바랐습니다. 인물들이 하나둘 죽음을 맞이할 때마다 기뻐할 수도 슬퍼할 수도 없는, 기묘한 찝찝함을 남기고 싶었어요.

4. 원고 중 가장 만족하시는 장면은 어떤 대목인가요?

모든 것이 끝난 후, 무악의 해변에서 희령이 홀로 눈을 뜨는 마지막 장면을 좋아합니다. 길게 묘사하지는 않았지만, 고요한 해변에 잔잔한 파도가 밀려오는 광경을 바라보는 희령의 뒷모습이 울적하면서도 평화롭게 느껴졌거든요. 온전히 자기 자신으로 존재하는 순간, 무악의 해변을 눈앞에 두고 희령이 무엇을 떠올렸을지, 어떤 마음으로 어떤 표정을 지었을지 오랫동안 상상했습니다. 희령의 속마음을 묘사해 보려고도 했는데, 결국 없는 게 낫다는 결론을 내리게 되더라고요.

5. 상대 장면 가져오기 미션에서 그 부분을 가져오신 이유는 무엇인가요?

클레이븐 작가님의 이야기와 제 이야기는 신기할 정도로 여러 유사한 점이 있으면서도, 동시에 너무 다른 작품이었습니다. 두 이야기에 공통으로 등장하는 장면을 미션에 반영하면 흥미로울 것 같았고, 그래서 '손과의 첫 조우' 장면을 가져와 보았어요. 전혀 다른 전개로 흘러가는 두 이야기지만, 손을 처음 만난 인간들의 반응은 똑같을 수 있지 않을까 생각했거든요. 거대하고 무시무시한 존재를 마주하고도 온기에 먼저 감탄하는 인간이라니, 너무 사랑스러웠습니다.

6. 상대 작가님의 작품을 읽어보았을 때 어떤 생각을 가지셨나요?

위에서 설명했듯, 「무악의 손님」과 굉장히 비슷하면서도 조금도 닮지 않은 이야기라 무척 흥미로웠습니다. 같은 한 줄에서 이렇게 비슷한 듯 다른 이야기가 탄생할 수 있다는 점이야말로 '매드앤미러' 시리즈의 가장 큰 매력이 아닐까 생각했어요. 클레이븐 작가님의 이야기에서는 특히 코즈믹 호러 특유의 공포가 생생하게 느껴져 즐거웠습니다. 잠수함 내부의 퀴퀴한 냄새, 테이블 위에 널브러진 자질구레한 생활용품들, 그 사이로 풍기는 피비린내…… 읽는 내내 이 세계의 일부가 되고 싶은 마음을 꾹 참아야 했습니다. 정말 재밌었어요.

7. 끝으로 작품을 읽으신 독자님들께 한 말씀 부탁드립니다.

「무악의 손님」은 물 그리고 '손'이라는 괴물을 통해 믿음에 관해 이야기하는 작품입니다. 물과 괴물을 소재로 믿음을 다루는 이야기를 쓴 건 이번이 두 번째네요.

몇 년 전, 친할머니의 장례식에 참석한 후 저는 매일 믿음에 대해 생각했습니다. 제 마음은 하루에도 몇 번씩 흔들렸어요. 오늘은 무언가를 간절히 믿다가도, 자정이 되면 언제 그랬냐는 듯 아무것도 믿지 않겠다고 결심하곤

했죠. 그런 과정을 수십, 수백 번 반복한 후에야 겨우 깨달았습니다. 무언가를 믿어야만 그 순간을 버틸 수 있었던 저도, 아무것도 믿지 않겠다고 다짐해야만 안도할 수 있었던 저도 모두 진짜 저라는 사실을요. 믿는 것도 믿지 않는 것도 전부 저의 진심이었고 그중에 정답은 없었습니다. 깨달음 이후 저는 상반되는 두 마음에 대한 이야기를 써야겠다고 결심했고, 두 번째 이야기인 「무악의 손님」으로 독자분들을 만나게 되었어요.

희령과 함께하는 동안 저는 조금 더 단단해질 수 있었습니다. 부디 희령의 여정이 독자분들께도 닿을 수 있기를, 가끔은 무악의 해변이 여러분의 머릿속에 떠오르기를 바랍니다. 읽어 주셔서 진심으로 감사드립니다.

바다 위를 떠다니는 손
클레이븐

1. 지금의 공통 한 줄에서 어떤 매력을 느끼셨나요?

저는 주로 주제를 떠올렸을 적에 결말과 시작 부분이 떠오르면 작업을 하는 편입니다. 그런 면에서 '바다에서 거대한 손이 올라왔다'라는 공통 한 줄은 보자마자 결말과 도입부가 떠오르더군요. 특히, 바다에서 솟아오른 손에 대한 이미지가 너무 강렬했습니다. 축축하고, 악취가 진동할 듯하면서도 매끈한 손. 그 손은 어쩌다가 바다 위로 올라왔는가? 누군가의 팔인가? 아니면 독립된 생물인가? 그것도 아니면 미지의 존재가 남긴 일종의 경고장인가? 아니면 하수인인가? 생각이 꼬리에 꼬리를 물었죠. 처음에는 수많은 손이 돋아난 말미잘 같은 괴물을 떠올렸습니다. 하지만 너무 흔한 것 같아 현재 안으로 채택하였죠.

2. 한 줄을 지금의 이야기로 기획하시면서 스스로 가장 재미있다고 느끼셨던 부분은 무엇인가요?

후반에 선상 반란이 일어나는 장면이 제일 재미있었습니다. 불길함과 민간인의 죽음 속에서도 유지되던 규율이 두려움에 의해 무너지고 각자 엇갈린 생각들이 결국 총성으로 끝을 맺죠. 이 부분이 인간으로서의 어쩔 수 없는 한계를 보여 주는 장면 같아 마음에 들었습니다.

3. 원고를 쓰면서 가장 고민하셨던 지점은 어떤 부분인가요?

후반부 총격전을 쓸 때 제일 고민을 많이 했습니다. 특히 다머의 생사가 문제였습니다. 처음에는 상처만 입히고 살려 둔 뒤에 엄마를 찾으며 울먹이다 죽음에 이르게 할까 싶었습니다. 하지만 코스믹 호러라는 테마와 작품의 결에 맞게 변경하였습니다.

잠수함의 구조와 탑승객의 인원수에 대해서도 고민이 깊었죠. 처음에는 어느 정도 규모의 잠수함으로 정해야 할지 몰라서 한참 조사했던 기억이 있네요. 특히, 한국에는 없는 핵 잠수함이다 보니 해외 자료를 뒤져서 필요한 부분만 집어넣었습니다.

4. 원고 중 가장 만족하시는 장면은 어떤 대목인가요?

결말이죠. 굳이 말할 필요 없다고 봅니다. 최선, 혹은 유일한 선택 끝에 맞이하는 파멸이라니. 이보다 질 나쁜 농담이 어디 있을까요? 특히, 분량 때문에 잘렸지만 야생 인간들의 삶을 더 그리고 싶었습니다. 지성을 잃은 인류가 어떻게 살아남게 되는지, 무엇을 먹고, 어떤 식으로 사는지도 그리고 싶었죠. 아마, 구상대로 구현되었으면 〈2001 스페이스 오디세이〉 도입부를 보는 기분이 들었을 거라고 생각합니다. 하지만 지금 결말도 개인적으로는 만족하고 있습니다. 폭력적인 쏠쏠함이 느껴진달까요.

5. 상대 장면 가져오기 미션에서 그 부분을 가져오신 이유는 무엇인가요?

「무악의 손님」에서 제일 중요한 장면이라 생각했기 때문입니다. 주인공의 인생을 지배하는 트라우마이자 가장 빛나는 장면이기도 하죠. 무엇보다 두 작품을 공통적으로 지배하고 있는 바다라는 배경이 주는 압도적인 파괴력과 잠재적인 두려움이 깃들어 있습니다. 이런 장면을 꿈으로 바꿔서 좁은 잠수함 속에서 소음과 불안에 시달리다 간신히 잠든 사람 뇌리에 주사하면 어떨까, 싶었습니다. 그랬더니 거대한 팔들이 땅으로 기어 올라오는 제 작품의 분위기와도 시너지를 이루더군요. 원래부터 미션을 위해 남겨 둔 부분이었습니다만, 마치 잃어버린 퍼즐 조각을 찾은 것처럼 딱 맞아떨어지더군요.

6. 상대 작가님의 작품을 읽어보았을 때 어떤 생각을 가지셨나요?

'바다에서 거대한 손이 올라왔다'라는 문장에서 시작한 작품이고, 시각적 이미지도 비슷한 점이 눈에 띄었습니다. 하지만 제 작품과는 다른 시선으로 쓰셨구나 싶었죠. 제 작품은 군상극으로 딱히 주인공이라 부를 인물이 없습니다. 하지만 「무악의 손님」은 주인공이 명확하죠. 그리고 주인공의 트라우마와 기묘한 사건이 직간접적인 연결 고리를 지닙니다. 결말에 다다라서 트라우마를 떨쳐 내는 주인공의 모습을 그리죠. 특히, 한쪽 팔을 잘라 내면서 과거를 청산하는 모습은 매우 인상적이었습니다.

7. 끝으로 작품을 읽으신 독자님들께 한 말씀 부탁드립니다.

어려운 시기에 제 작품을 찾아 주셔서 정말 감사하다는 말씀부터 올립니다.

코스믹 호러라는 장르를 사랑하는 입장에서 장르의 팬 분들을 만족시켜 드리고자 최선을 다했습니다. 제 작품은 교훈이나 희망, 용기를 이야기하지는 않습니다. 오히려 20세기에 횡횡했던 허무주의를 다시 되살린 것 같다는 생각도 하고 있습니다. 하지만 그것이 이 장르가 가지는 묘한 매력이라 생각합니다. 그러니 여기까지 읽으셨다면, 이 기회에 H.P.러브크래프트의 소설도 읽어 보심이 어떠실는지요.

　그럼, 이만 마치도록 하겠습니다. 절대 무적의 행운이 함께 하기를.

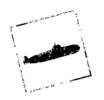

같이 읽고 싶은 이야기
텍스티(TXTY)

텍스티는
모두가 같이 읽고 싶은 이야기를
만들고 제안합니다.

읽고 나면
주변에서 벌어지는 일에 관심이 생기고
다른 이들과 나누고 싶어지는 이야기를 만들겠습니다.

계속해서
이야기의 새로운 재미를 발견하고
이야기를 통한 공감이 널리 퍼지도록 애쓰겠습니다.

텍스티의 독자라면 누구나
이야기 곁에 있도록 돕겠습니다.

당신의 잘린, 손
매드앤미러 05

초판 발행	2025년 5월 30일
지은이	배예람 클레이븐
기획	㈜투유드림 매드클럽 거울
책임 편집	박혜림
IP 제작	김하명 이원석 조민욱
출판 마케팅	최연욱
IP 브랜딩	홍은혜 텍수LEE
IP 비즈니스	조민욱 김하명
경영지원	옥민주 손혜림
교정·교열	이원석 박혜림
예타단 2기	강성욱 박영심 황희민
디자인	그리너리케이브
북-콘텐츠	유수정
인쇄	올북컴퍼니
배본	문화유통북스
사업 총괄	조민욱
발행인	유택근
발행처	㈜투유드림
출판등록	제2021-000064호
주소	(02810) 서울특별시 성북구 종암로13길 16-10
대표전화	02-3789-8907
이메일	txty42text@gmail.com
인스타그램	@txty_is_text
홈페이지	https://www.toyoudream.com
ISBN	979-11-93190-36-4(03810)
정가	14,000원